AI DE ZHUANJIAO
YUJIAN SHUI

爱的转角遇见谁

叶紫 / 著

重庆出版集团 重庆出版社

图书在版编目（CIP）数据

爱的转角遇见谁 / 叶紫著. — 重庆：重庆出版社，2014.8
ISBN 978-7-229-07769-3

Ⅰ. ①爱… Ⅱ. ①叶… Ⅲ. ①言情小说—中国—当代
Ⅳ. ①I247.5

中国版本图书馆CIP数据核字(2014)第065136号

爱的转角遇见谁
AI DE ZHUANJIAO YUJIAN SHUI
叶 紫 著

出 版 人：罗小卫
责任编辑：陶志宏　何　晶
责任校对：李小君
装帧设计：弗工作室

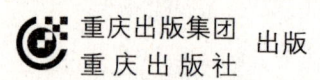

重庆出版集团 出版
重庆出版社

重庆长江二路205号　邮政编码：400016　http://www.cqph.com
北京兴湘印务有限公司制版
北京兴湘印务有限公司印刷
重庆出版集团图书发行有限公司发行
E-MAIL：fxchu@cqph.com　邮购电话：023-68809452
全国新华书店经销

开本：710mm×1000mm　1/16　印张：15.5　字数：236千
2014年8月第1版　2014年8月第1版第1次印刷
ISBN 978-7-229-07769-3
定价：29.80元

如有印装质量问题，请向本集团图书发行有限公司调换：023-68706683

版权所有　侵权必究

目 录

Chapter 1 等你的季节 / 001
Chapter 2 无处可逃 / 020
Chapter 3 忽然之间 / 036
Chapter 4 那一刻爱上你 / 048
Chapter 5 谁是谁的谁 / 077
Chapter 6 原来这就是爱 / 090
Chapter 7 擦肩而过 / 116
Chapter 8 笑忘书 / 126
Chapter 9 最心疼的人只有你 / 137
Chapter 10 我相信 / 153
Chapter 11 幸福恋人 / 175
Chapter 12 如果没有你 / 187
Chapter 13 我会一直等 / 212
尾声 我愿意 / 232
番外 / 239

Chapter 1 等你的季节

尹小沫晕晕乎乎地倒在床上,发烧加痛经,折腾得她死去活来。

手机振了下,似乎是条短信,她懒得看,继续躺被窝里发呆。过了一会儿,手机持续振动,看来不达目的誓不休,她艰难地从枕头下摸出手机,屏幕上跳动的名字是她大哥的前任女友——梁冰。

"喂……"尹小沫的声音沙哑无力。

"生病了?"

"嗯。"

"上微博。"梁冰意简言赅,"保管你药到病除。"说完已经挂断电话。

尹小沫被她这位风风火火的前任嫂子弄得丈二和尚摸不着头脑,虽头疼得厉害,想了想,还是用手机登上了新浪微博。

刚一登录就吓了一跳,右上角显示有几百条圈她的微博。

尽管她粉丝数不算少,但也没红到这个份上。

打开一看,她"嗖"的一下坐了起来,眼睛瞪得老大。

最原始的那条来自她的死党倪倩,是这样写的:@薄荷柠檬茶 亲爱的,我今天和伍卓轩一班飞机,需要我帮你向他表达你的爱慕之情吗?

薄荷柠檬茶是尹小沫的新浪微博昵称,此条微博被伍卓轩的粉丝搜了出来,转发了五百多次,她也不能幸免地被圈了五百多次。

大家转发的内容千奇百怪,但大多数都是支持表白的。

尹小沫出了一脑门子的冷汗,脸瞬间就涨红了。

伍卓轩是大众偶像,影视歌三栖明星,从十八岁出道至今,历经浮沉,无论当红时期还是处于谷底，难得保持沉稳低调，且洁身自好鲜有绯闻。

尹小沫对伍卓轩的迷恋，只要看过她微博的，一定能够深切体会到。除了一些她自己的心情、吐槽和喜好，其他的或多或少与伍卓轩有关。她在伍卓轩的粉丝圈里小有名气，但和她偶像一样，也相当低调，从不参与粉丝聚会，也不掺和各种活动，她经常自娱自乐，给他在作品中饰演的角色画些Q版造型，以及画一些新戏的宣传海报之类的，能用微小的力量替偶像做一点事，她就心满意足了。

作为她最好朋友的倪倩，比一般人更了解她对伍卓轩的感情，所以这么好又这么难得的机会，自然不能错过。

尹小沫正忙着回复好友信息，冷不防右上角跳出提示您有一位新粉丝，她随手点开，登时大脑一片空白。

懵了几秒后，她立刻打电话给梁冰，"大，大嫂，伍卓轩关注了我！"

梁冰冷静问道："现在什么感觉？"

"我，我以后不敢发微博了。"

梁冰无语，一般正常人的反应要么高兴要么吃惊要么激动，她这是什么外星人的脑回路。

"怎么办怎么办，我的微博都是些吃喝拉撒没内涵的东西，这下都要被他看见了，糟了糟了。"尹小沫急得团团转，脑门上的汗冒得更多。

梁冰淡定道："办法不是没有。"

"什么办法，你快说啊。"尹小沫两眼发亮。

"你可以把他从你的粉丝列表里移除掉。"

"要是你，你舍得吗！"尹小沫快哭了，也是病急乱投医，居然相信起梁冰的话来。

"有什么不舍得的，看你纠结成那样，还不如移除呢。"

这个大嫂有时就是冷静过头，尹小沫被她泼了凉水不爱和她说话了，随便扯了几句便挂了电话。

她怔怔地看着粉丝里伍卓轩的头像，脑袋昏昏沉沉的，感觉像是在做梦。

"大河向东流啊，天上的星星参北斗啊……"倪倩的电话将她从白日梦中惊醒，这是尹小沫给她设的一个专有铃声，十分符合她大刀阔斧的性格。

"小沫小沫，我帮你要了个伍卓轩的签名，看我对你多好，等我回来

Chapter 1
等你的季节

你一定得请我吃饭！"

还没等尹小沫开口，倪倩在电话另一头大声尖叫："伍卓轩关注你了！啊啊啊啊啊！"

尹小沫赶紧把手机拿远点，倪倩的高分贝海豚音她实在消受不起。

"尹小沫，下个月的伙食你包了！"倪倩简直比中了五百万大奖还兴奋，叽叽喳喳地说个不停。

"凭什么！"尹小沫有气无力道。

倪倩理直气壮，"就凭我让你和你偶像牵上线搭上桥，继而有机会勾搭成奸！"

尹小沫被她彪悍的用词吓得直冒冷汗，汗出多了，身体倒是轻快了不少。"你的语文该重新进修了。"

倪倩立马心虚，"我还有事先不和你说了，拜拜。"一到词穷，她闪得比谁都快。

微博上似乎炸开了锅，就此事件展开了激烈的讨论。并且因为伍卓轩意外关注尹小沫一事，许多人跃跃欲试，不停地发微博圈他，或者给他留言和转发，试图引起他的注意。

尹小沫抓耳挠腮，此事因她而起，如果因此给他造成困扰和不便，那绝对不是她想看到的。

她彷徨了半天也不知该怎么办，准备把手机丢到枕头底下眼不见为净，这时，有一条私信进来，她一看，来自微博好友忘忧草。

忘忧草其人，是尹小沫唯一熟识的伍卓轩的粉丝。虽然她喜欢伍卓轩的时间没有尹小沫久，却资深得多。听说她堂姐是知名编剧，表姐做了娱记，所以她有比旁人更多的机会接近娱乐圈。按理说，某些事过于接近，便会幻灭和反感，但忘忧草对伍卓轩反而更加痴迷，用她的话说，伍卓轩除了老好人和时而犯二以外，没有其他缺点。她和尹小沫相识的过程很普通，有一回尹小沫给伍卓轩画了幅他最新古装剧的Q版头像，忘忧草十分的喜欢，就在微博给她留言，尹小沫谦虚回复，两人一来一去便成了好朋友。忘忧草经常将伍卓轩拍戏过程中的一些趣事与她分享，她听得津津有味。两人不在同一个城市，虽然没见过面，但说话默契，爱好相似，尹小沫总有种错觉，上辈子她们不是情人就是姐妹。忘忧草是一名室内装潢设计师，眼光独到，她会对尹小沫的画给出一点中肯建议，令她受益匪浅。忘忧草有时去探班，还会把画拿给伍卓轩看，得到肯定和表扬后，又会转述给尹小沫听，她能兴奋上好几天。

"小薄荷，托你的福，伍卓轩居然关注我了。"忘忧草如斯说。幸福来得太突然，她说话有点语无伦次。

尹小沫立刻去翻了伍卓轩的关注名单，果然看到了忘忧草，还有其他好几个不认识的人名。"嗯，我看到你的名字啦。"

忘忧草又说："但现在好像很多人都在求关注，会不会打扰到他？"

尹小沫顿时垮下脸，"我也是这么想的，你说怎么办？"

"要不你给他发个私信道声歉吧。"

"给谁？"尹小沫打字的手在微微颤抖。

"伍卓轩啊，还有谁。"

尹小沫吓到了。"我……我不知道要说什么。"

忘忧草循循善诱，"就说今天的事给他带来了困扰，十分抱歉。"

尹小沫犹豫了会，觉得忘忧草的话有几分道理，于是怀着激动又忐忑的心情给伍卓轩发去了私信。然后给忘忧草回了个愁眉苦脸的表情："发过去了。"

忘忧草打了个笑脸过来："亲，你真的好听话，哈哈哈。"

尹小沫郁闷："会有什么后果？"

"后果就是……他会给你回复，哈哈哈。"忘忧草自己不敢，便撺掇尹小沫，没想到这姑娘又特别老实，她十分期待后续发展。

尹小沫脑子懵了下。

这一天她所得到的惊喜和刺激实在太多，晚上高烧直接飙到了39.5℃，在医院打了三天吊针才退下去。

由于尹小沫前前后后病了好几天，等到她回去工作，发现之前几个兼职的位置都已被顶替。

她好说歹说才说服便利店店长把晚上十二点到早上七点这段时间留给她。

这是所有人都嫌弃的时间段，顾客少，营业额差，但又不能休息，必须守在店里，尹小沫也没办法，她需要这份工作挣钱养活自己、交学费。

她强打精神撑到凌晨三点，大病初愈的身体渐渐有些支持不住。

Chapter 1
等你的季节

门口有小小的动静，尹小沫努力挤出笑容，"欢迎光临。"

"小沫，跟我回去。"来人竟是她的兄长许之然。

尹小沫愣了愣，很快说道："哥，你别添乱，我这上班呢。"

这不是许之然第一次来找她，但每次都被她拒绝以后，他确实很久没出现了。特别是在他和梁冰分手以后，尹小沫见他的次数还比不上梁冰。

"这半夜三更的上什么班，你一个女孩子抛头露面的成什么体统。"许之然厉声道。

又来了，尹小沫一阵头皮发麻。她这位大哥封建意识极重，不准许她超过十点回家，不赞成女孩子在外头工作，呵，虽然尹小沫从不给他好脸色瞧，他仍旧乐此不疲。他对待梁冰也是，总想把她当作贵重物品藏在家里，偏偏梁冰的个性独立，还是个工作狂，两人思想上存在很大分歧。许之然对女性苛刻，他自身却又风流成性，他交往过的女子能从城西排到城东，同梁冰确立关系以后还不消停，梁冰无法忍受，最终导致分手收场。

尹小沫丢给他一个白眼，"我的事不用你管。"

"不用我管？别忘了，我是你唯一的亲人。"许之然怒气冲冲地说。

尹小沫顿了顿，"我承认你是我大哥，但你也管得太宽了。我没干作奸犯科的事，靠双手吃饭碍着谁了？"

"家里又不缺你这点钱，我也不是没给你钱，你犯得着作践自己吗？"许之然想不通，他对这个妹妹可谓掏心掏肺，奈何她总不领情。梁冰也是，做阔太太不好吗，非要去职场打拼，试图和男人一争长短，不累吗？

尹小沫咬咬唇，"那是你的家，不是我的。你的钱，我也不会要。"

许之然怒极，"说了多少遍了，我的钱也不是坑蒙拐骗回来的。你们一个个的都那么让人不省心！"

尹小沫拿眼角瞟他，"你教训我归教训我，别把大嫂扯进去。"

"谁是你大嫂？拜托你以后别在我面前提到她的名字。"说起梁冰，许之然的愤怒似乎更甚。不知好歹，肆意妄为，这是许之然对梁冰的评价。

尹小沫懒得理他，"不提就不提，你走吧，不要影响我的工作。"

许之然甩了一叠钞票在桌上，"在这里干一天多少钱，我给你。"

尹小沫板起脸，"把你的臭钱拿回去。"

"尹小沫！"许之然也怒了。

"许之然！"尹小沫也不是好惹的。兄妹俩每次一见面就跟火星撞地球似的，以前还有梁冰充当和事佬，现在……

许之然怒目而视，"注意你的措辞。"

"我哪里说错了？"尹小沫淡淡而笑。

有一层火焰在许之然眼底倏然跳动了一下，尹小沫确实惹恼了他，但他却拿这个性子刚烈的妹妹毫无办法。他冷哼数声，转身就走。

尹小沫大声叫道："你的钱我不要，拿走。"

许之然当作没听见，把钱强行留下一走了之，是他能想出对付尹小沫的唯一办法。

尹小沫叹声气，把钱收好。她明白大哥关心她，可是总用错方法。

人还是很疲倦，她揉揉眼睛，拿出手机刷微博。

看到有一条私信以为是忘忧草的就顺手点进去，然后猛地张大眼睛。

伍卓轩：没有关系，随缘自在。后面跟着两个可爱的笑脸。

尹小沫愣了下，在手臂上狠狠掐了一把，疼得眼泪都要出来，这才相信自己这不是在做梦。

兼职被顶替以及同许之然争执所带来的阴霾顿时一扫而空。

她手忙脚乱地给忘忧草拨电话，拨到一半想起这是半夜，她早和周公下棋去了。尹小沫吐吐舌头，捂着发烫的双颊傻笑了很久很久。

……

早晨交接班后，尹小沫回家洗澡换衣服。今天下午才有课，她趁有时间去了趟银行，把大哥给的钱存进去。这些年许之然每隔一段时间总会想方设法地给她一笔钱，尹小沫都存在这张卡上，从未动用。她打算等她大学毕业找到一份稳定的工作，再把钱还给大哥，到那时他应该没有理由再拒绝。

刚存完钱就有电话进来，尹小沫见是肖阿姨的号码，很有几分意外。肖阿姨是她做家教的初三男孩林家明的母亲，如果不是临时要改时间的话，她一般不会找尹小沫。

"喂，肖阿姨什么事？是家明要改时间吗？"

那一头顿了下，"小沫，我有件事要和你说。"

尹小沫有不好的预感，心往下一沉。"什么事，您说吧。"

Chapter 1
等你的季节

"是这样的，"肖阿姨似乎有点为难，"家明马上要念高中了，他爸爸给他找了个名牌大学数学系的大学生做家教，你……"她仿佛下定了决心，"你这周过来给他上完最后两节课，下周开始就……"

尹小沫截住她的话，"我明白了。"

"小沫，真不好意思……"

"没关系。"屋漏偏逢连夜雨，这对于尹小沫来说简直是雪上加霜。但又有什么办法呢，她只是美院的学生，家长自然要找比她更优异的高材生来辅导自己的孩子。

肖阿姨又客套了几句，才挂了电话。

尹小沫翻出钱包，捏着最后那几张薄薄的票子，暗自叹息：难道真要动用那笔钱吗？她坚持了那么久的底线就这样不堪一击？

她和许之然是同母异父的兄妹，母亲孟晓璐因为许之然的父亲许广兆经常在外拈花惹草，愤然与他离婚。在这点上，许之然和许广兆简直如出一辙。

许广兆的家庭是极有名望和财富的，但孟晓璐没有要一分钱，毅然离开，当时许之然只有八岁。

后来孟晓璐遇见了尹志，那是个同许广兆全然不同的清俊男子。他是名中学教师，每月拿清贫的工资，但对孟晓璐极好。两人结了婚，很快生下了尹小沫。一家三口其乐融融地过着小日子，直到尹小沫十八岁那年，尹志和孟晓璐为庆祝结婚纪念日出门旅游，结果途中遇上意外，在车祸中双双丧生。

从幸福的顶端坠下，尹小沫一下子成了孤儿。

许之然曾经多次要接尹小沫回去，她都不愿意。

一来，她的身份着实尴尬，许广兆前妻的女儿，这算什么。

二来，她对许广兆始终心存排斥。

尹小沫不肯跟许之然回家，他只能托付梁冰代为照顾她。没想到两人一见如故，后来梁冰虽然与许之然分了手，同尹小沫还一直保持不错的关系。

一开始尹小沫还有父母留下的存款和抚恤金赖以生存，后来钱花光了，不仅美术学院高昂的学费难以维持，连正常的生活都成了问题。许之然不止一次给予尹小沫经济上的帮助，她都不肯接受。还是梁冰出面借给她一笔钱，并且嘱咐她不用着急还。

尹小沫为了省下住宿费，申请走读，每天倒三次公交车往返于城市的东西两头。她最多时一天干过六份工作，在餐厅洗盘子，书报亭卖杂志，做中学生家教，发传单，社会调研，甚至还做过钟点工。

她熬得很辛苦，每天只睡三个小时，人迅速消瘦，有时回家坐公交，站着也能睡着。尹小沫却毫不在意，她骨子里的骄傲令她支撑下来，终于还清了借梁冰的那笔钱。梁冰见她累成这样，将她狠狠骂了一顿，尹小沫只是笑笑，在她心里，没有什么比尊严更重要。

如今她穷途末路，但丝毫不气馁，她坚信天无绝人之路，没有什么可以难倒她。

尹小沫回家拿书包，刚到楼下，就见倪倩坐在花坛上，笑眯眯地看着她。

"怎么不给我打电话？"尹小沫奇怪地问。

"打了啊，你关机了。"

尹小沫这才发现手机没电自动关机。她抱歉道："不好意思，找我有事？"

"嘿嘿，"倪倩拖出身后的行李箱，"我要租你的房子住几个月，你不会不答应吧？"

"啊？"尹小沫怔了怔。

倪倩挺一挺胸脯，"租约到期了，我没地方住，搬你这住些日子，我会交房租的。"

"住呗，房租就不用了。"尹小沫帮着她把行李箱一起搬上楼。她住的是父母留下的老房子，六楼，没有电梯，两人累得够呛。

倪倩把私人物品大致整理了下，交给尹小沫一个信封，"先交三个月的房租，多了没有。"

尹小沫吸吸鼻子，"说了不要了。"

倪倩硬塞到她手里，"快收好，以后每天管饭就行。"

尹小沫眼圈发红，她明白倪倩名为租房，实际是为了补贴她。又怕她要面子不肯答应，才出此下策。

"傻瓜，哭什么。"倪倩摸摸她的头发。

尹小沫抱了抱她，在她耳边轻声说："谢谢。"

倪倩捏了捏她的俏鼻，"好了，你再不走，上课要迟到了。"

尹小沫一看表，立刻跳起来冲出去。

"书包！"倪倩扔给她。

尹小沫扮了个鬼脸，"我走啦，晚上回来给你做好吃的。"

倪倩嫌弃地摆手，"快走。"

尹小沫所就读的美院是所很有名的艺术院校，当然学费也是惊人的。由于考艺术院校分数要求相对其他大学要低，所以很多有钱人家的孩子为混张文凭大多选择这类学校。而尹小沫不同，她是因为喜欢画画才读的美院，付出的努力也比旁人要多一些。当她匆匆忙忙地赶到学校，发现这堂文化课居然只有五个人来听课，还是忍不住叹了口气。

老师似乎也习惯了这样的氛围，说话不温不火，不求有功但求无过。

上完课尹小沫抱着书本去女生宿舍找同学梁开开商量找兼职的事，之前的那份家教就是她介绍的，尹小沫希望她能再帮一次忙。还有上次她有说起替杂志社画插画的事，不知还有没有下文，如果能够胜任，那她就可以辞去便利店的兼职，否则长此以往她身体也受不了。

一道白光在她眼前闪了一下，尹小沫想都不用想便叫道："于宙你给我出来。"

从树干后面慢慢踱出一个人影，身材高大，面容俊秀，但神情扭捏，他害羞地说："小沫，下午好。"

"给我。"尹小沫摊手。

"什么？"于宙下意识地把手往身后藏。

尹小沫板起面孔："还装傻！"

于宙只是嘿嘿傻笑。

"不交出来我就生气了。"尹小沫转过身，假装不理他。

于宙果然慌了，"给你，给你。"他把手机交给尹小沫。

尹小沫熟练地翻到手机相册，删去刚刚被他偷拍的照片。

于宙沮丧道："每次都这样。"

尹小沫暗自笑了一下，每次他偷拍自己的照片都会被发现，那怪得了谁。"下次不可以了。"尹小沫把手机还给他。

"哦。"于宙虽满口答应，但尹小沫知道下一回他还会这么做的，也不知哪来的毅力，屡战屡败，屡败屡战，乐此不疲。

尹小沫继续往女生寝室走，于宙在她身后大声问："小沫，晚上我可以请你吃饭吗？"

"不可以。"尹小沫头也没回。

于宙再度铩羽而归。他从第一次见到尹小沫就喜欢她，奈何襄王有梦，神女无心，每次约她总被拒绝，但他依然不死心。尹小沫性格极强，她十分清楚自己要什么，所以绝不会给于宙机会让他抱有希望。

梁开开在窗口看到这一幕，一见尹小沫就数落她，"和他吃个饭你会死啊！"梁开开人称开妈，因为她不仅事儿妈，还是小管家婆。

尹小沫但笑不语。

"话说小沫，你为什么不喜欢于宙？他长相英俊，家境又好，是个不错的对象。"寝室另一名女生蒋雯边修指甲边问。

尹小沫寻思片刻，笑："没有心跳的感觉。"

"没有心跳人就死了。"梁开开一针见血。

尹小沫："……"

蒋雯捂着嘴直乐。

"是不是对着你们家伍卓轩你才有心跳的感觉？"梁开开调侃她。

尹小沫轻咳一声，赶紧转移话题："插画的事怎么样了？"

梁开开一拍脑门，"你不提起我差点给忘了。"她摸出手机，调出一个号码抄给她，"这是郁编辑的电话，你和她联系一下。"

尹小沫扑上去在她脸上亲了一口，"我真是太爱你了。"

梁开开使劲翻白眼，"拜托。"

尹小沫逗她，"你救我于水深火热之中，我无以为报，只能以身相许了。"

"既然如此，那我便笑纳了。"谁怕谁，梁开开也不是省油的灯，她坏笑着把尹小沫拉进怀里，"从今天起，你就是我的人了。"

尹小沫调戏她反被调戏，臊得满脸通红。

蒋雯拍手，"小沫，论脸皮厚度，你怎么会是开妈的对手。"

梁开开双手叉腰，"你这是夸我呢，还是损我呢。"

蒋雯和尹小沫抱着笑作一团。

梁开开笑眯眯地说："尹小沫同学，家教的活不想要了是吗？"

尹小沫立刻谄媚道："开开你最好了，别和我一般见识。"

Chapter 1
等你的季节

梁开开得意地笑,"好啦,有消息会马上通知你的。"

尹小沫挨着她亲昵地蹭了几下,心里还是很感动的,这几年要不是有好朋友支持她,她一定撑不下去。

三个人聊了一会,尹小沫打道回府。她提前下车,去附近的菜场买了菜,路上接到倪倩电话,她一个劲地叫唤"饿死了饿死了",尹小沫笑着说:"马上就回来,你个小馋猫。"

倪倩是尹小沫做兼职时候认识的,比她大三岁,当时两人在同一家餐厅打工,倪倩被客人性骚扰,她本想忍气吞声,反被诬陷偷钱,尹小沫看不过去,替她作证,结果双双被炒鱿鱼,两人却由此结下深厚友谊。倪倩大学毕业后留在了这座城市并且顺利找到一份人事助理的工作,前几天去厦门出差,在飞机上偶遇伍卓轩,替她转达了爱慕之情,由此引发开头的故事。

尹小沫烧了几道拿手好菜,倪倩吃到撑还是不肯放下筷子,最后实在吃不下了,才恋恋不舍地摸肚子,"好久没吃那么饱了。"

"以后只要有空我天天做给你吃。"尹小沫豪言壮语道。

倪倩双眼发亮,"真的?"

"嗯!"尹小沫拍胸脯保证,从前她一个人懒得做饭,常常下个面草草了事,现在和倪倩同住,她又帮了她这么大的忙,给她做顿饭还不是举手之劳。

倪倩感动得热泪盈眶,"我终于找到长期饭票了。"

尹小沫:"……"

收拾好碗筷,尹小沫想着给郁编辑打通电话,约个时间谈插画的事,她的电话倒先进来了。

尹小沫有点紧张,语无伦次道:"郁老师您好,您贵姓?"

那边似乎笑了一下,"免贵姓郁。"

尹小沫意识到语病,桃红色抹遍双颊,所幸对方看不见。

"不知道小梁有没有和你提起过我,你明天有空吗,想请你来我们杂志社一趟,我们谈一下合作细节。"

"有空,有空。"尹小沫点头如捣蒜。

郁编辑报了地址给她,"那明天见了。"

尹小沫捧着手机高兴地在原地转了三圈，兴奋之情溢于言表。

"瞧你这点出息。"倪倩取笑她。

尹小沫才不理她呢，她现在的目的就是赚钱赚钱再赚钱，交学费，养活自己，存钱存钱再存钱，去探班伍卓轩。忘忧草曾说过，伍卓轩本人甩视频和照片576条街，她还没见过真人，实在太可惜。

倪倩丢了包牛奶给尹小沫，淡定道："我有份礼物要送你。"

尹小沫纳闷，又不是过生日，送什么礼物啊。而且无功不受禄，哪怕她俩这样熟络了，她还是觉得别扭。

倪倩了解她的想法，似笑非笑："不要的话别后悔。"

尹小沫若有所悟，凑过去，"快给我。"

倪倩笑嘻嘻地说："在你枕头底下放着呢。"

尹小沫飞也似的奔进卧室，又一阵风一样地跑出来，手上多了个本子。她隐约猜到了什么，激动到手抖，几次都没法打开笔记本。

倪倩白她一眼，"有什么好紧张的，又不是真人站在你面前。"

话音刚落，尹小沫被她惊得本子直接掉在地上。

倪倩用手指着她直摇头。

尹小沫好不容易翻开笔记本，一行字映入眼帘：To薄荷柠檬茶，所有作品都已看过，很不错，感谢你的用心。最后是伍卓轩龙飞凤舞的签名和日期。

"啊啊啊啊……"整个房间只听到尹小沫的叫声，"是伍卓轩写给我的？"她不可置信。

"嗯。"倪倩颔首，"开心不？"

尹小沫重重点头。

"怎么报答我？"倪倩眨眨眼。

尹小沫激动到人晕晕乎乎的，听到这话总算找回一点神志，她双手抱拳道："大恩大德没齿难忘，下辈子必定做牛做马任君差遣。"

倪倩不屑地撇嘴。

"那你要我怎么报答嘛？"尹小沫紧紧抱着本子，生怕她要回去。

倪倩贼兮兮地一笑，"明天要加菜。"

尹小沫唇角扬起笑意，爽快地说："成交。"

Chapter 1
等你的季节

很久以后，当伍卓轩知晓他的墨宝成为倪倩骗吃骗喝的工具，脸上会是怎样生动的表情。

尹小沫去的杂志社主要做旅游类和娱乐类内容，旅游部分的主编姓郁名莹，就是昨晚给她打电话的郁编辑。她先给尹小沫介绍了下杂志社的主要情况，然后把电脑屏幕转向她，"你的工作就是按照文稿配插画，每三天交一幅，有问题吗？差不多就是这种风格，能画吗？"

"没问题。"尹小沫满口答应。

郁莹看她一眼，"原先负责这项工作的女孩忙不过来，所以要找人帮忙，她就坐那儿，"郁莹指指角落，"回头你可以和她交流一下。"

尹小沫拘谨道："好的。"

郁莹失笑，"别紧张，我们这里的氛围是很轻松的。"她对着角落叫："小曹，人交给你了。"

小曹应声而来，呵呵笑了，"跟我来吧。"

尹小沫忐忑不安地跟过去。

"坐啊。"小曹见她一副局促的模样，好笑地说。

尹小沫腰板挺得直直的，屁股只沾了椅子的一个角。

"我叫曹子怡，你呢？"

"尹小沫。"

曹子怡从桌底下搬出个纸箱，抱出一厚叠书，笑说："这是以往的期刊，你一会带回去找找感觉。"

尹小沫点点头。

"你带U盘了吗？"

"没……"尹小沫茫然道。

"没关系，先用我的。"曹子怡把电脑里一些东西拷贝进U盘，"这是下一期要用到的稿子，你试着先画画看。"

尹小沫忽然感觉压力好大，她原以为还能再跟着学习几天，没想到这么快就要她上手。

"放轻松点。"曹子怡抿着嘴笑了笑，"小梁介绍过来的人我们有信心。"

尹小沫表情还是有些拘谨，她担心万一画的不合她心意，又或者读者

013

不买账，那不仅自己没面子，还给梁开开丢脸。

这时，坐在曹子怡边上的一名四眼男青年推推鼻梁上的眼镜，"小曹快来看，有八卦新闻。"

曹子怡头一扭，双眼发光，"伍卓轩！"

尹小沫眉心一跳，她不动声色地瞟一眼，屏幕上的男子一袭黑色风衣，面容隐在墨镜后，但尹小沫还是在第一时间认出是伍卓轩。背景似乎是某酒店大堂，他独自一人，应该是私人行程，不知怎么被娱记拍到，照片十分高清。

眼镜男貌似做的是排版的工作，他搔搔头皮，"刚娱乐部发来的，要我务必加在最新一期里，我这都排满了，怎么弄啊。"

曹子怡用手指头戳他脑门，"你笨死了，有伍卓轩的肯定好卖。"

"也是。"眼镜男憨憨地笑。

曹子怡回过头见尹小沫一脸惊讶，笑："你也是他粉丝？"

尹小沫不知如何作答，只好讪笑。

曹子怡眨眨眼，"要是喜欢他的话，你来这工作可是来对了。"

尹小沫不解地看她。

"我们刚和他经纪人谈妥过一段时间要去巴黎拍一组写真，你说福利好不好？"

尹小沫心中欢呼雀跃，表面还得装作镇定自若。

忽然有人推门进来，是个长腿细腰的美女，她叹气："小曹，我还没找到她怎么办？"

"给她私信没回吗？"曹子怡问。

眼镜男插嘴："谁啊？"

"和你无关。"长腿美女不理眼镜男，只跟曹子怡说话："发了好几条都没回音，还有其他什么办法能联系到她吗？"

曹子怡摇头。

长腿美女倒在椅子上，"今天再找不到她，只能换其他配图了。"

"这个薄荷柠檬茶还挺神秘。"曹子怡摊手，她也毫无办法。

尹小沫眼皮狂跳，弱弱地问："哪幅图，能给我看一下吗？"

长腿美女用脚踢踢眼镜男，"新来的同事？"

曹子怡替尹小沫回答："是的，来帮我的。"她打开微博，找到薄荷柠檬茶的微博，用手指着其他一幅图，"这个。"

那正是尹小沫给伍卓轩的新戏画的某个Q版造型，她脸一红，轻声道："不好意思，我就是薄荷柠檬茶。"最近实在太忙，她都好几天没刷微博了。她移动鼠标，用自己的账号密码登录，果然显示有三条未读私信。三条来自同一人，内容也一样，都是关于那幅画的授权。而发信人的头像正是眼前这位长腿美女。

"这么巧……"长腿美女也震惊了。

曹子怡瞪大眼睛，"这……"

眼镜男嘀咕："踏破铁鞋无觅处，得来全不费工夫。"

尹小沫的脸更红了。

长腿美女倏然反应过来，"那太好了，赶紧给我授权吧，按市场行情付费给你。"

尹小沫又弱弱地问："这是要做什么用？"

曹子怡赶紧给她解释："这期杂志有个伍卓轩的专访，主要是说他的新戏……"

长腿美女打断她，"你那幅画配上就非常完美，所以想要你的授权。"

"可以。"尹小沫身体微微前倾，眼角的弧度弯弯，"不过不用给我任何费用。"

"啊？"三人都惊讶。

"我怎么可以拿我偶像换钱？"尹小沫羞涩笑笑。

曹子怡坏笑，"尹小沫你暴露了你脑残粉的本质。"

长腿美女恍然大悟。

眼镜男若有所思地点头。

尹小沫白皙的脸庞窘成粉红色，真是一失足成千古恨啊。

人倒霉的时候坏事一件接着一件，而时来运转时则挡都挡不住。梁开开这边暂时没有家教的消息，但尹小沫去家明那里上最后一堂课时，肖阿姨给她介绍了一份。据说是家明父亲朋友的女儿，刚上小学，成绩跟不上，想找人帮她补习，肖阿姨就推荐了尹小沫。

尹小沫当然愿意，连连道谢。

她给家明上完课，拿过地址一看，离她家居然不远。这样既节省时间，又节约路费，一举两得，何乐而不为。

隔开一条马路，尹小沫住的是普通公房，而那一头是高级住宅小区。她还没踏进小区就被保安拦下，"去哪一家？"

尹小沫报了门牌号，保安又问："去干什么？"

"做家教。"

保安见她背书包扎马尾斯斯文文的样子，已相信了一大半，但为保险起见还是把电话打到业主家中，核实了身份以后才放她进去。

到底是高档小区，首先绿化就做得极好，空气清新，还有花香袭人。空地处没有一辆车，显得宽敞又洁净。也许是太干净了，尹小沫怀念起自个小区门口那个大垃圾桶，反而觉得那才是人间烟火味。

她对照了一下地址，按下门铃。

门应声而开，迎接她的是一位中年妇女，相貌和蔼可亲。"是小沫吧，快进来。"

尹小沫安心不少，她最怕的是遇上嚣张跋扈，有点钱就自我感觉超好的人。

从里面走出来一女子，三十多岁，高高的颧骨，皮肤很白，她扫了尹小沫一眼，"刘阿姨，家教来了？"

刘阿姨恭敬道："是的。"

"带她进来。"那女子扭头走了。

尹小沫汗颜，险些就认错了主人。不过看来，这是位不好伺候的主。

屋内是复合式建筑，刘阿姨带她上到二楼一间房间，里面有个小姑娘在弹钢琴。

尹小沫虽对音乐一窍不通，但也能感受到流畅、自然以及动听。

女人说："乐乐，这是你的新家教。"

小姑娘看了尹小沫一眼，继续弹奏曲子。

那女人面无表情地努努嘴，"交给你了。"说完，关上房门走了。

尹小沫无语，还是第一次碰见这样的家长。她深呼吸，露出最甜美的笑容，"你叫乐乐是吗？"

乐乐用嫌恶的眼神瞪她，"闭嘴。"

尹小沫愣住，她虽说不上特有孩子缘，也是头一回被个小破孩嫌弃。她头疼了，她将要经历的是个怎样被颠覆的家庭。但知难而退显然不是她的作风，她竟然笑起来，"挺有性格嘛。"

乐乐反倒是一怔，她没说话，换了首曲子又开始弹。

尹小沫仔细听了一会，诧异："是《流言蜚语》？"

乐乐看她的目光有了丝动容，"你倒识货。"

尹小沫失笑。这是伍卓轩的第一支单曲，她又怎会不晓得。

乐乐再换一支。

尹小沫胸有成竹道："是《转角遇见你》。"

乐乐像是故意考她似的，弹的还是伍卓轩的歌曲。

"《明明相爱》。"尹小沫说，她开始好奇这不到十岁的孩子竟也是伍卓轩的狂热粉丝，难怪网上总说他的魅力从三岁到八十岁通杀。

乐乐似乎放下戒心，微笑，"你很有品位。"

"谢谢夸奖。"今天算是尹小沫的奇遇记，先是被小破孩鄙视，如今又被她表扬。

"你准备教我什么？"乐乐问。

"语文、数学或者英语都行。"尹小沫虽文化课成绩不算特别优异，但教个把小学生她还是有把握的。

乐乐嘴里蹦出一串英文，溜得就跟她母语一样。

尹小沫："……"

乐乐淡淡道："我从小是在英国长大的，回国还不到一年。"

尹小沫擦汗。

"我还会法文和德文，你要听一听吗？"

尹小沫忙摇头。

乐乐甩出一张卷子，"那这道题你会做吗？"

尹小沫一看是奥数题，先就吓坏了。她咬着笔杆算了会，还是放弃。她沮丧地想：可能高考那时还会解，现在可全还给老师了。

乐乐抢过笔，刷刷几笔就解开了这道题。尹小沫瞄一眼解题过程，思路清晰，公式运用毫无破绽。

"英语和数学你还不如我,要不你教我语文?"乐乐试探。

尹小沫翻白眼,"你普通话说得比我还好,我哪敢教你。"她不是和她斗气,只觉得被耍。这家人怎么回事,这孩子智商这么高,哪里需要家教,直接进尖子班还差不多。

乐乐心里有小小的得意。

尹小沫背起书包打算走人,乐乐急了,拽住她,"你去哪儿?"

"辞职,回家,让你妈另请高明。"这样的家庭她尹小沫伺候不起。

"她不是我妈!"乐乐尖叫。

继母?尹小沫脑中发挥想象,难怪她脾气如此古怪。

乐乐死死拉着她,"别走,你挺对我胃口的,我不想换别人。"

"呃……"尹小沫无措道,"可我没东西能教给你。"

乐乐抓耳挠腮,"唱歌?"

"抱歉,我五音不全。"

"钢琴?"

"抱歉,不会。"

"画画?"

尹小沫心念一动,"这个可以有。"

乐乐把试卷翻过一面,"来,画一个我瞧瞧。"

尹小沫哭笑不得,明明是她硬留下她,现在又要考她。她随手涂鸦,一只活灵活现的小兔子跃然纸上。

乐乐眼睛都亮了,"我要学。"

尹小沫揶揄,"能让你心服口服可真不容易。"

"人各有所长,不要妄自菲薄。"乐乐小大人般地说。

可把尹小沫逗乐了。她重新放下包,托腮想了会,她从没教人画过画,因为她觉得这是种天赋,后天是很难培养出来的。"你想先画什么?"她问。

乐乐没有犹豫,从抽屉最底层摸出一张照片,"画我妈妈。"

照片上的女子二十出头,美丽优雅,眉目和乐乐有几分相似。"他们都说我长得像妈妈,"乐乐低喃,"所以那个女人看我很不爽。"

虽然乐乐没有明说是谁,但尹小沫第一反应便是之前那个目中无人的女人。她胸口发烫，正义感油然而生，"来，我们就从画你妈妈开始。"

乐乐紧握画笔，学得很认真。

尹小沫边教她边在纸上勾勒轮廓，"乐乐，我们比赛看谁画得比较像好不好？"

乐乐重重点头，"尹老师，就算我现在画得不好，但总有一天会超过你的。"

尹小沫摸摸她的脑袋，"老师相信会有这一天的。"

最后尹小沫把自己画的素描送给了乐乐。

"尹老师你什么时候再来？"乐乐眼泪汪汪地问，短短几个小时的相处，她已完全把尹小沫当成唯一的朋友。

"下个星期的这个时候我会准时出现在你面前。"尹小沫揉她的头发，"你想我时也可以给我打电话。"她把手机号码留给了乐乐。

乐乐这才破涕为笑。

尹小沫站在玄关换鞋，隐隐看见个人影从厨房出来，又走上楼梯。他身材颀长，侧面棱角分明，有几分神似伍卓轩。尹小沫有点小近视，她使劲揉揉眼，人影已不见踪影。她暗自好笑，今天一定是听多了伍卓轩的歌才会产生幻觉。

Chapter 2
无处可逃

　　尹小沫坐在教室最后一排，正昏昏欲睡。她这几天忙着插画的事，每天熬到半夜两三点，出门前才把文件发到曹子怡的邮箱，这会儿困意上来，眼睛都睁不开。

　　今天上课的同学倒是来了不少，也算奇迹。尹小沫趴在桌上闭目养神，正好有前面同学替她遮挡。

　　没想到这位讲师的课枯燥乏味，大家全闷坏了，头点着点着就倒在了课桌上。

　　讲师幽幽地说："知道为什么你们睡觉我还在讲吗，因为我相信你们睡觉也能听到一些，就像胎教。"

　　胎教……

　　全班哄堂大笑。

　　讲师眯眼："清醒了吧，我继续讲课。"

　　尹小沫的瞌睡虫全被赶跑，她笑得前俯后仰，还不忘发短信给倪倩说这事。

　　倪倩估计在忙，没理她。

　　尹小沫托着下巴听课，手机在口袋里剧烈振动。她还以为是倪倩，结果是忘忧草发来的短信，简单几个字：速看微博后援会公告。

　　忘忧草刚成为伍卓轩全国后援会会长，消息更加灵通，她这么说肯定有重要的事。

　　尹小沫抖擞精神，侧着身体假装注意力在书本上，其实视线已瞟向底

Chapter 2
无处可逃

下的手机。

伍卓轩S市定点偶遇粉丝报名！

尹小沫激动得差点跳起来。这消息来得突然，她没有任何心理准备，冲击得她小心脏怦怦乱跳。她指尖颤抖地给忘忧草回信：才100个名额，万一抢不到怎么办？

忘忧草：我是个正派的人，别妄想开后门。

尹小沫啼笑皆非，她可真没往那方面想。

忘忧草又发来：放心吧，就算我不能进去也不会落下你。

尹小沫泪奔：感激不尽。

她心潮起伏，再定不下心听课。之前伍卓轩的公开活动很少，就算偶尔有，也安排在伍卓轩所定居的B市，所以她计划要去探班，但囊中羞涩，一直无法成行，现在突然有了这样好的机会，她怎会不心动。这次无论如何，她都要去见上他一面。她托着下巴，憧憬于即将见到伍卓轩真人的幻想中。她忽然眉心一动，对啊，怎么把梁冰忘了。她是艾柯娱乐公司的老总，多多少少和娱乐圈有着千丝万缕的关系，说不定她能开个后门，帮个小忙，反正只要能见到伍卓轩，她厚着脸皮豁出去了。

说曹操曹操到，当梁冰的名字出现在手机屏幕上时，尹小沫差点以为她有特异功能。

梁冰：在上课吗？有空给我回个电话。

一下课，尹小沫立刻给她拨去电话，"大嫂，找我什么事？"

"怎么还叫我大嫂？"

尹小沫吐吐舌头，"我习惯了。"

"你最近还好吧？"梁冰一定听说什么才这样问的。

尹小沫笑嘻嘻地答："很好啊。"

"便利店的活不要做了，来我公司帮忙吧。"梁冰又说，"从助理开始做起，做得不好我照样会骂，还会炒你鱿鱼。"她担心尹小沫爱面子，脾气倔，不愿受人恩惠，小心组织了措辞。

尹小沫倒是没那么想，只是她还是学生，虽然课业不繁重，但每天都有课，她没法全心投入。她说："便利店的工作我已经辞掉了，现在做家教和给杂志社画插画，足以养活自己，大嫂你就放心吧。"

梁冰已经放弃纠正她，也知道无法勉强她，笑了笑，"那你注意身体，有需要就跟我说。虽然我和你大哥分开了，但我们还是一家人。"

"嗯。"尹小沫重重地点头。

刚挂电话，曹子怡的电话又进来，尹小沫忐忑不安地接起，生怕是画出了问题通不过。

曹子怡如银铃般的笑声一串串的，说话还带着笑意，"小沫，告诉你个好消息，通过了，后续的工作你要抓紧了。"

"真的？"尹小沫喜出望外。

"当然是真的，今天又不是愚人节。"曹子怡嘻嘻一笑，"小沫，你很有天分，郁主编也很欣赏你的作品，加油。"

尹小沫开心极了，"谢谢子怡姐，是你教导有方。"

"好甜的小嘴，本来打算让你请客吃饭的，现在就给你省点钱吧。"

尹小沫虽没多少钱，但该有的气量一点不小，她拍胸脯，"请吃饭是应该的，子怡姐，不要为我省钱。"

她家里的情况曹子怡也听郁莹说起过，自然不会故意敲诈她。曹子怡笑，"以后再说吧，等你站稳脚跟，我一定不会轻易放过你。"

尹小沫笑着答应了。

晚上尹小沫回到家，惊奇地发现倪倩竟破天荒地做了一桌子菜。

"太阳从西边出来了？"尹小沫打趣道。

倪倩大言不惭，"我正在为做贤妻良母打基础。"

尹小沫抱着肚子笑不停。

"你去洗个手，马上开饭。"

尹小沫坐到餐桌上，又发现一件奇怪的事。她问："你在桌上放那么多碗干什么？里面还有水……"她端起一碗闻了闻，"不是白酒……"

倪倩羞涩道："一会你就知道了。"

尹小沫好笑道："搞那么神秘。"她夹起炒蛋尝了一口，皱眉："好咸。"

倪倩抓抓头发说："不好意思，第一次做饭经验不足，盐放太多了。所以碗里都是清水，你在第一个碗里漂一漂，再到第二个碗里涮一涮，最后在第三个碗里浸一浸，就可以吃了。"

Chapter 2
无处可逃

尹小沫:"……"被她彻底打败了。

由于吃多了盐,尹小沫一个劲地喊口渴。

倪倩服务周到地给她削梨剥橘,还殷勤地送到她嘴边。

尹小沫享受着这难得的VIP级别的服务,心里乐得能开出一朵花来。

"快看,伍卓轩。"倪倩忽然对着电视机直叫唤。

画面正定格在伍卓轩身上,只见他靠在墙上看手机,身边同他攀谈的是他的经纪人罗秋秋。

"好像是S市机场的出租车候车处,"倪倩说,她经常出差,坐飞机跟家常便饭似的,一眼就认了出来,"咦,时间是今天下午。"

尹小沫"腾"的一下站起来。

"伍卓轩来了S市,你这个铁杆粉丝居然不知道?!"倪倩奇怪地问。

尹小沫委屈道:"我怎么会知道,我又不是他经纪人或者助理。"

"后援会会长不是你好朋友吗?"

尹小沫无语,"私人行程的话她也不会知道。"

"他带着经纪人呢,怎么会是私人行程。"

尹小沫撇嘴,"倪小姐,你的问题我无法回答。"

话音刚落,忘忧草的电话进来了,"薄荷,薄荷,老伍今天到S市了。"忘忧草喜欢这么称呼伍卓轩,说是亲切。

"我刚才在娱乐新闻里看见了,知道是什么活动吗?"

"不是商业活动,粉丝不能围观,听说是应邀参加某公司年会。"

尹小沫两眼发光,"快帮我打听下是什么公司。"

"好,一有消息我就通知你。"

倪倩用胳膊捅她,"你说你这粉丝当的,连真人都没见过。"

尹小沫不服气,"没见过怎么了,我心里有他就行。"

倪倩啧啧钦佩,"果然痴情一片。"

尹小沫瞪她,"讨厌!"她跑回卧室上网搜索有关伍卓轩这次S市之行的资料,但一无所获。

直到深夜忘忧草那边也没有消息传来,尹小沫在无限期盼中睡了过去。

第二天下午尹小沫在杂志社和曹子怡讨论一幅插画的时候,梁冰发来

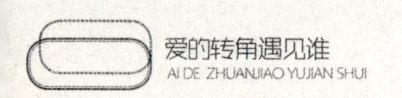

短信：有时间的话，一会来我公司一趟。

梁冰大概怕她没钱吃饭，所以想方设法帮她改善伙食，尹小沫便回道：今天有事，不过去了。

梁冰回复得很快：不来会后悔的哦。

她这位前任大嫂为人严谨，一贯不开玩笑，这样说，肯定有事，她想了想，还是答应了下来。

她舍不得打车，又是下班高峰，等她倒了一次地铁两次公交赶到艾柯娱乐公司时，已是华灯初上。

梁冰不停地看手表，等得焦急万分。一见她，"你就穿成这样来？"

"怎么了，我不是一直这么穿的吗？"简单的白色T恤配黑色牛仔裤，舒适又简洁。

梁冰把她扔给公司助理纪浅浅，"你带她进去化个妆。"

"啊？"尹小沫一脸莫名，还没来得及问缘由，就被纪浅浅拖进了化妆间。

"刘姐，小沫交给你了。"

造型师刘姐打量了尹小沫一番，"嗯，这样的面孔还是挺有改造潜力的。"

尹小沫汗颜，这是对长相平凡比较委婉的说法吗？

好的化妆师就如同优秀的画家一样，总能化腐朽为神奇。刘姐不愧是艾柯娱乐资深化妆师，在她的妙手点缀下，尹小沫简直脱胎换骨。原本就白皙的肌肤显得晶莹剔透，尹小沫是标准的樱桃小嘴，刘姐给她上了点粉色唇彩，使得娇艳欲滴，眼睛更大，神采奕奕，整张脸说不出的精致动人。

刘姐点点头，笑道："很好，很好。"忽然又皱眉："这穿的什么乱七八糟的衣服？"她看都不看，就从身后一排衣架上扯下一套白色小礼服，命令她："去换上。"

尹小沫弱弱地问："谁能告诉我这究竟是要干什么？"

没人理她。

尹小沫推搡纪浅浅，"告诉我嘛。"

纪浅浅神秘一笑，"梁总说了不能告诉你哦，反正一会你就知道了。"

尹小沫毫无形象地翻白眼，嘟囔："搞什么嘛。"

"快去换。"纪浅浅把尹小沫推进更衣间。

Chapter 2
无处可逃

尹小沫没有办法，一边无奈一边还是屈服。

她极其没自信地走出来，用手不停地拽着过短的裙摆，可往下拽狠了，胸前又露出一大块，怎么都不行。

"别动。"纪浅浅替她抹平褶皱，惊艳万分："好漂亮。"

刘姐托着下巴赞许道："果然不错。"也不知道是赞扬尹小沫的美貌还是在夸奖自己的好眼光。"过来做发型。"

尹小沫苦着一张脸，"还没折腾完呢。"

刘姐哼一声，"你知道我给别人做形象设计得多少钱吗，要不是梁总交代下来，我才懒得理你这黄毛丫头。"

尹小沫语塞，果然有本事的人脾气都不小。

刘姐给她做了个微卷发，清纯中带点妩媚，纪浅浅眼都看直了，说："一会得多拍几张照留念。"

尹小沫好奇："为啥？"

"下一回你那么漂亮的时候估计得等到结婚了。"

尹小沫无语，有那么夸张吗！

刘姐又多加了一句："除非还是我给做的造型。"

尹小沫抚额，就不能少埋汰她几句？

梁冰风风火火地走进来，"好了没有？"

"好了，好了，梁总你看。"纪浅浅把尹小沫推到她面前。

梁冰眯眼看她，"还可以，时间紧迫，能这样已经不容易了。"

果然是老板，说话犀利又留有余地。尹小沫却快发飙了，叫她过来又折腾她一个小时就是为了说这番话给她听的？

梁冰昂一昂下巴，"纪浅浅，带她过去吧。"

"好的。"纪浅浅领命。

尹小沫扭捏地不肯出化妆间。

"怎么了？"梁冰颦眉。

"穿成这样我怎么出去？"尹小沫从来没穿过这样暴露的衣服，怎么看怎么不自在。

梁冰淡笑，"怎么就不能出去了，好看着呢。"

"我不要。"尹小沫犟脾气上来了。

"真的不要?"梁冰问。

尹小沫气呼呼地说:"不要。"

"不会后悔?"梁冰准确拿捏她的七寸。

"呃……"尹小沫总觉得今天梁冰古古怪怪的似有阴谋,可又完全猜不透。

梁冰狡黠一笑,"想知道就跟我来吧。"她推门而出。

尹小沫扁扁嘴,没多加考虑就跟了出去。

梁冰带她到一间贵宾室门口,朝里努嘴:"认得吧?"

尹小沫诧异地看去,一时有些发蒙。那身标志性黑衣黑裤,长发飘飘,不是伍卓轩的经纪人罗秋秋还是谁?"原来邀请伍卓轩参加年会的就是艾柯公司?"

梁冰对她刮目相看,"消息还挺灵通的嘛。"

"大嫂,你居然瞒着我,太不够义气了。"尹小沫忍不住埋怨。

梁冰呵呵地笑,"本来想给你个惊喜的,没想到还是没能瞒过你。"

"还是现在让我知道的好。"尹小沫无法想象,要是毫无准备,当伍卓轩突然出现在她面前时,她会不会兴奋到昏厥过去。

梁冰微笑,"现在不怪我了吧。"

尹小沫不好意思地低头,"谢谢大嫂。"

"让纪浅浅带你去落座,我还要招呼别的嘉宾。"梁冰招招手,纪浅浅不知道从哪里就冒了出来。

尹小沫听话地点头,现在不管叫她做任何事她都会答应。

纪浅浅领着尹小沫进到一间足有半个足球场那么大的会场,笑说:"我帮你安排了最佳位置哦。"她邀功似的说:"伍卓轩坐那桌,一会还会从这里上台,这儿能看得最清楚。"

"那你坐哪里?"尹小沫本能地问,要让她人生地不熟的一个人,她肯定不干。

"我当然陪着你。"纪浅浅笑,她还肩负着梁总交付的重要任务呢。

尹小沫这才放下心。

嘉宾陆续到场,分别有人带着落座。

纪浅浅唧唧喳喳地说:"那个是近期红透半边天的陆鸣宇,帅吧?"

Chapter 2
无处可逃

"唱歌的？"

"不是，"纪浅浅摆手，"唱歌的叫陆明。"

"陆明不是个编剧吗？"尹小沫惊诧。

"编剧叫卢明明。"纪浅浅有了种无力感。

尹小沫摸鼻子，"卢明明不是上次采访说有人要潜规则她，被她义正辞严给拒绝的那个吗？"

纪浅浅快昏过去，"那个叫吕铭。"

"哦哦我想起来了，吕铭就是前几天爆出嫁入豪门的那个。"

纪浅浅猛灌下一杯水，"嫁入豪门的是鲁羽敏。"

"鲁羽敏不是那个……"

纪浅浅打断她的话，"打住打住，小沫，你是不是只认得伍卓轩？"

"呃……"尹小沫有种被揭穿以后的羞涩。

纪浅浅不敢再跟她讨论其他明星，但看到自己比较喜欢的凌晋时，还是忍不住摇晃尹小沫的胳膊，"快看，是凌晋，好帅啊！"

尹小沫认真地说："有伍卓轩帅吗？"

纪浅浅不说话了。

过了一会，纪浅浅又激动地说："方哲也来了，他唱歌好好听。"

"有伍卓轩唱得好听吗？"尹小沫眯着眼睛似笑非笑。

纪浅浅简直拿她没办法，恨恨道："你就是个脑残粉。"

尹小沫笑容满面，"谢谢夸奖。"反正在艾柯谁不知道她的本质，也没必要伪装。

纪浅浅眼珠子一转，"伍卓轩到了。"

尹小沫唇边的笑意僵了僵，差点跌下座位，"在哪呢？"

"我骗你呢。"纪浅浅趴在桌上哈哈大笑。

尹小沫佯怒，伸手过去就挠她痒痒，纪浅浅最怕痒，笑得前俯后仰，一个劲地讨饶，尹小沫哪肯轻易放过她，纪浅浅忙说："别闹，伍卓轩真的来了。"

"你觉得我还会相信你吗？"尹小沫双手叉腰，怒目而视。

"是真的。"纪浅浅压低了嗓音，"不信你转过身去看。"

尹小沫回头，脑子有片刻的空白。

伍卓轩一身银灰色西装，器宇轩昂，风度翩翩，丰神俊朗，潇洒自若。真是用什么形容词都不夸张。

尹小沫痴痴看着他，不舍得移开目光。

"回神了。"纪浅浅在她耳边说。

尹小沫毫无反应。

"把口水擦擦。"纪浅浅递给她纸巾。

尹小沫无意识地接过纸巾擦了擦嘴，这会儿才反应过来。

纪浅浅笑得像只奸计得逞的小狐狸，眼泪乱飙。

尹小沫脸红得要燃起来，她咬牙切齿，"纪浅浅，你等着瞧。"

纪浅浅无辜道："关我什么事。"

"哼。"尹小沫老是侧过身看伍卓轩终究不太好，她奸笑数声，"纪浅浅，咱俩换个座位怎么样。"

"你刚才还恐吓我。"

尹小沫扑闪着水汪汪的大眼睛，"是我错了，你大人不记小人过。"

"你承认你是小人了？"纪浅浅忍着笑，捉弄她真是太好玩了。

"是是是。"这个时候必须她说什么就是什么。

纪浅浅无奈，"换吧。"

尹小沫屁颠屁颠地挪了座位，双手支着下巴，视线一直停留在伍卓轩身上。

伍卓轩好像一直在和罗秋秋谈事情，间或喝一口水。有人跑去找他签名合影，他来者不拒，唇边保持优雅弧度。

"老好人。"尹小沫忽然来一句。

"什么？"纪浅浅惊讶。

尹小沫悄悄一指伍卓轩，"他从来就不懂得拒绝。"

"你那是嫉妒，你敢去要吗？"纪浅浅鄙夷道，她从梁冰那里没少了解尹小沫，就是个怂人。

尹小沫："……"

仿佛感受到灼灼目光，伍卓轩狭长的眸子扫射过来，尹小沫慌忙趴下，闪避得太匆忙，还一头撞在了桌上。

纪浅浅连连叹气，"瞧你这怂样。"她对完成梁冰交付的任务有点力不从心了。

尹小沫歪着头说:"快帮我看看他还在看这里吗?"

"没有,又和他经纪人聊上了。"

尹小沫喘口气,捏捏酸痛的脖子。

纪浅浅若有所思,"老有八卦说伍卓轩和他的经纪人关系非同一般,你觉得呢?"

"没有的事。"尹小沫斩钉截铁地说。

"是真没有,还是你不愿相信?"纪浅浅打趣她上瘾了。

尹小沫神情极为认真,"只要他喜欢的我都喜欢,所以不管他的另一半会是谁,我都无条件支持。"

"你算是脑残粉的最高境界了。"纪浅浅轻叹。

尹小沫笑嘻嘻地全盘接收。

她眼中只看得见伍卓轩,纪浅浅则在细细观察她。尹小沫天真,执着,对所有人真心实意,性子倔强,为人处世有自己的原则,难怪梁冰要费那么大心思成全她的一片痴心了。

尹小沫一偏头,对上纪浅浅的目光,"我脸上有脏东西?"

"没。"

"那你在看什么?"尹小沫觉得奇怪。

纪浅浅贼兮兮地笑,"你好看呗。"

尹小沫又不争气地红了脸。

年会在晚上九点准时开始,第一个登台的是令纪浅浅激动不已的方哲。

尹小沫只觉得旋律动听,歌词也能写到人心里,她第一个念头便是如果这歌由伍卓轩演绎,势必更上一层台阶。只可惜近些年他一心在演艺事业上,许久未曾出唱片了。

"好听吧?"纪浅浅轻声问。

尹小沫悄声答:"先天条件很好,只可惜不够投入。"

"你说的话简直和梁总一模一样,不愧为一家人。"

尹小沫想,大嫂火眼金睛,凡事总能一针见血,她还没能学到皮毛。

第二位上台的是陆鸣宇,他不是唱歌出身,选了一首《欢乐时光》应应景罢了。他模样英俊,台风甚佳,虽说唱功一般,还是得到了雷鸣般的掌声。

　　他还临场发挥组织了几个互动节目，尹小沫都不感兴趣，一门心思等着伍卓轩的演唱。

　　这时，她的手机在桌上振动了下。

　　忘忧草：老伍参加的是艾柯娱乐公司的年会，微博有人在直播。

　　尹小沫吐吐舌头，今天太过激动兴奋，忘了和忘忧草说这事。她说：如果我告诉你，我现在在现场，你会杀了我吗？

　　忘忧草：羡慕嫉妒没有恨，替我多看他两眼。

　　纪浅浅推推她，"那边有人在发微博，你要不要也拍几张伍卓轩的发上去炫耀一下。"

　　尹小沫摇头，这不是商演，她不会在没有征得伍卓轩同意的情况下偷拍他。虽然她没办法阻止别人，但必须严格要求自己。

　　伍卓轩安排在压轴出场，刚提到他的名字，底下就是一阵骚动。

　　他经过尹小沫身旁时，能将他瞧得更清楚。身材挺拔，面如冠玉，眼神清亮，虽气质孤傲，但薄削的唇微微扬着，那抹温润皎洁的浅笑吸引着所有人的目光。

　　尹小沫一颗心就快蹦出嗓子眼，她抽空给忘忧草发了条短信：果然是360度无死角的养眼。

　　忘忧草回复她"哈哈"两字。

　　伍卓轩唱了一首他的成名曲《流言蜚语》，他的声线很特别，一般的男歌手想要唱他的歌着实不容易。尹小沫就曾经听过一人把原本婉约动人浑然天成的歌曲唱到撕心裂肺。

　　底下掌声雷动。

　　伍卓轩成名数年，拥有粉丝无数，且分布在各个年龄段，再加上他刚出演了一部改编自网络小说的历史剧，更吸引了大批年轻女孩子。这些人之前完全没见踪影，现在却不知打哪里冒出来，尖叫连连，尹小沫隐约有听伍卓轩个人演唱会的感觉。

　　尹小沫问纪浅浅，"那些女孩也是艾柯的员工？"看起来年龄比她还小，完全不像已踏上社会的OL。

　　纪浅浅茫然道："都不认识，看来是伍卓轩的粉丝，本事真大，内部

Chapter 2
无处可逃

年会她们也有办法混进来。"她忽而笑了笑,"她们可比你消息灵通。"

"现在的孩子不得了。"尹小沫淡然道。

纪浅浅失笑,"你就不是孩子了?"

尹小沫没有争辩。她经历父母双亡,早早便要打工养活自己,她的实际心理年龄要比生理上成熟许多。

主持人在台上说:"接下来一首歌由伍卓轩和一位女士对唱,有谁愿意上来吗?"

这是早就安排好的环节,纪浅浅心想:终于等到了,梁总,我一定不负所托。她高高举起了手。

尹小沫大吃一惊,"你也是伍卓轩的粉丝?"

"我替你举的!"

尹小沫瞠目结舌,"我什么时候说要上去?"

"这么好的近距离接触的机会,你难道要放弃?"

尹小沫快被她吓出心脏病了,"姐姐,你就别出我丑了。"开什么玩笑,和伍卓轩对唱,就算对视她的心脏也会停止跳动吧。

纪浅浅扯出一抹灿烂的笑,把手举得更高,"这里这里。".

主持人目光掠过重重人群,笑说:"这位姑娘看来很积极啊。"

纪浅浅指着尹小沫,用嘴形说:"她,她。"

主持人会意:"那就请这位穿白色礼服的姑娘上台来。"

伍卓轩也好奇地把视线投过来。

说时迟那时快,尹小沫情急之下钻到了桌子底下。

纪浅浅恨铁不成钢,"快出来,你丢不丢人啊。"

尹小沫坚决不从。

会场里笑声一片。好些人以为这也是组织方安排的环节,兴致勃勃满怀期待。

"我真是被你气死了!"纪浅浅恨恨道。

尹小沫只当没听见。

主持人以眼神相询,纪浅浅摊手,表示无可奈何。主持人没办法,只能讪笑解围。但节目还得继续,他从其他举手的人群中随意挑选了一位上台。那名女孩应该也是伍卓轩的资深粉丝,不仅会唱所有歌曲,还能说出

031

每首歌分别是哪一年的单曲。

她嗓音条件不错，同伍卓轩合作愉快。她说喜欢了伍卓轩很多年，今天是第一次见到真人。

主持人顺势起哄，最后女孩如愿以偿地得到伍卓轩的一个拥抱。

纪浅浅恨得牙痒痒，"要不是你怂，现在抱他的人就是你！"

尹小沫从桌底钻出来以后，就一直不敢抬头。这回可把脸都丢大了，这事绝对不能告诉忘忧草，否则她还怎么在轩迷圈子里混。

纪浅浅扯尹小沫耳朵，"你枉费梁总的一番心思！"

尹小沫不知所以然，纪浅浅却不肯再往下说。尹小沫趁大家注意力都在舞台上，迅速开溜，要被人拍到她的模样上传微博，她可就真没脸见人了。

她卸了妆换上自己的衣服出来，纪浅浅等在门口，"梁总让我给你带话，说一会送你回去。"

"哦，好的。"尹小沫已经做好挨骂的心理准备。

梁冰并没有让她等太久，余下的事情她交给了别人处理，载着尹小沫往家赶。

一路上梁冰都没怎么说话，尹小沫情知理亏，也不敢开口。

车停在小区门口，尹小沫拉开车门准备下车，梁冰说："等一下。"

尹小沫马上停下，"大嫂什么事？"

梁冰转过身，静静地看她。

尹小沫被她看得发毛，"大嫂有什么事你就直说吧。"

"小沫，你不是很喜欢伍卓轩吗？"

"没错。"尹小沫并不否认。

梁冰看她的眼神写满了不可思议："那今天我为你创造的机会你为什么不好好地把握？"她说得还算客气，尹小沫何止是不把握良机，简直是浪费她的苦心，丢人现眼到极点。

尹小沫却不答反问："这和我喜欢他有什么关系？"

"你不想和他成为朋友吗？"梁冰问得含蓄。

尹小沫自然懂她的言下之意，她笑了笑："大嫂，他对我来说，远不可及，高不可攀，你认为摘下天上的星星可能吗？"她很有自知之明，从来没觉得有一天会得到伍卓轩的青睐。对她而言，在他身后默默关注，是最好的方式。

"褪下明星的光环,他也只是个普通人,并不是你想象的那么遥远。"梁冰慢吞吞地说。

尹小沫拉住梁冰的手,"大嫂,我知道你很关心我。但是我觉得,还是粉丝和偶像的关系比较适合我。"

"别人都恨不得和喜欢的明星近距离接触,你倒好,躲得远远的。"梁冰简直拿她没办法。

尹小沫笑容清浅,"还有一句话叫距离产生美。"

梁冰拍拍她的手背,这孩子心态极好,倒不用为她多操心,只是难免还是会心疼她。

"大嫂,没其他事我先上去了。"

梁冰张张嘴,欲言又止。罢了,另一件事还是暂且先瞒着她吧。

倪倩又出差了,家里静悄悄的,习惯了她的聒噪,一时之间还有点不适应。

尹小沫今晚有点小兴奋,铁定睡不着,她打算连夜搞定新插画。

工作前,她又习惯性地联上QQ,看有没有谁找过她。刚一上线,忘忧草的头像就在屏幕右下角不停地跳动。

忘忧草:你来了呀,正好找你八卦件事儿。

薄荷柠檬茶:啥事啊?

忘忧草先发了张图片过来,随后问:认识这女孩吗?微博上截下来的。

尹小沫头皮发麻,不知谁拍到了她的背影和侧面,上传到微博,还配上文字:本次年会最大的笑点。她打了几行字又删去,再打又删,最后回道:不认识。

忘忧草似乎兴致很高:听说她被点名上台同伍卓轩合唱,结果她情急之下钻桌底了,有这回事吗?

尹小沫老老实实地答:有这事。

忘忧草发了一整排夸张的表情:这姑娘笨死了,要是我求之不得!

尹小沫不知如何回答她,心中万般庆幸被拍到的只是背影。

忘忧草又问:这女孩长得漂亮吗?

033

薄荷柠檬茶：一般吧。这是她对自个的定位，也不算撒谎。

忘忧草：你没拍她的照片吗？

尹小沫感觉有一群乌鸦在头顶飞过：你为什么对她这么感兴趣？

忘忧草嘿嘿笑：我太好奇了，这世上居然有这么怂的人。

尹小沫想找个地洞往里钻，更坚定了她不能透露真相给忘忧草的决心。她怕再说下会露馅，决定三十六计走为上策：我去忙了，下次再聊。

忘忧草：画老伍？

尹小沫本来没想到，被她一提，她顿时兴致高涨：嗯。

忘忧草：加油！期待！

尹小沫支上手写板，闭上眼回忆了下伍卓轩今晚的造型，开始动笔。

这是她第一回不必对着相片画图，全凭记忆，今天的状态着实不错，她将伍卓轩上台演唱的完美形象定格在画板上，完工后，她自我感觉相当满意，就发布到微博上，然后关了网页忙杂志插画。

白天和曹子怡研究过以后，她脑中已有了大致的构思，但画了几笔以后，灵感缺失，怎么都无法继续。她叹声气，起身倒了杯水慢慢喝下。

她忍不住又刷开网页想看看刚才那幅Q版漫画的反响如何，却见有两条私信，其中一条来自忘忧草：小薄荷，领带的颜色你画错啦。

另一条竟是伍卓轩：今晚你是不是在现场？

尹小沫脑门上的汗冒了出来，她想都没想就回复：不在。

伍卓轩看来正在线，他回得很快：Q版造型从何而来？

尹小沫脑筋转得飞快：微博有人发了相片，我照着画的。

伍卓轩言简意赅：领带。

怎么他也提到领带？尹小沫一头雾水。她搜了下网上的照片，伍卓轩今晚所佩戴的是一条紫红色的领带，而尹小沫画中的领带则是宝蓝色。

她仔细回忆了一下，若有所悟。当时她正在同纪浅浅打闹，她回过头的瞬间，见到伍卓轩的瞬间留下最深刻的印象，她记得伍卓轩佩戴的是宝蓝色的领带，而后来他上台换了条紫红色，这样的细节恐怕只有当时在场的人才会注意到。难怪忘忧草会说她画错了，而伍卓轩一眼便瞧出端倪。

尹小沫傻眼了，她要怎么回答才能消除伍卓轩的疑虑。她左思右想，迟迟想不出好办法。她又怕久久不回复伍卓轩会觉得她心虚，她咬咬牙，听天由命吧：哦，我觉得宝蓝色的领带比较好看就给换了，不好意思。

  伍卓轩：是吗？我也这么认为。

  尹小沫张大嘴，这算是他自恋的表现吗？她满脸黑线，对伍卓轩好像又有了更深一层的认识。

Chapter 3 忽然之间

又到一周家教时间，尹小沫对于教导乐乐还是有点忐忑，在这个七岁孩子面前，她毫无优势可言，因此她准备了一本脑筋急转弯，以备不时之需。

乐乐果然又开始为难她，"尹老师，瞧你瘦巴巴的样子，体育测试一定常年不及格吧？"

这简直戳到了尹小沫的痛处，运动绝对是她的弱项，特别是八百米考试，辛酸史连起来足可以写一本小说。当着乐乐的面，她当然不会承认，她气呼呼地说："怎么可能！我是学校的体育尖子，哪次运动会缺得了我。"

乐乐托着下巴，眼珠子灵活地转了几圈，"看来你运动神经很发达，那一会我们去打保龄球吧。"

尹小沫曾经和梁开开还有蒋雯去玩过一回，那叫一个惨不忍睹，说什么也不能答应。她眉头一紧，计上心来，"保龄球有什么意思啊，我们来做脑筋急转弯。"

"幼稚。"乐乐很鄙视地看她。

尹小沫气急，"我就不信你都答得出来。"

乐乐伸了个懒腰，"不信你可以试试。"

尹小沫哗哗地翻书，找到一题自认为挺难的，"为什么白鹭总是缩着一只脚睡觉？"

"两只脚都缩着不就摔倒了。"乐乐嫌弃地摸了摸鼻子。

"呃……"尹小沫一看答案还真的是这样。她不服气，"再来。"

"问呗。"

Chapter 3
忽然之间

尹小沫使劲找，终于又找到一道看起来古里古怪很搞脑子的题，"你爸爸的妹妹的堂弟的表哥的爸爸和你叔叔的儿子的嫂子是什么关系？"她得意地说："给你三秒钟时间。"

乐乐想都不想："亲戚关系。"

尹小沫傻了眼，答案果真这样写的。

"没意思。"乐乐摆手，趾高气扬地说，"不玩了。"

尹小沫满头汗，现在的孩子反应好灵敏，自己看来不是对手。

乐乐拍拍她的肩，"要不我给你出几道题目吧？"

尹小沫硬着头皮说："好。"

乐乐咧了咧嘴角："你说说嫉妒和妒忌有什么区别？"

尹小沫大张着嘴，支支吾吾了半天愣是答不上来。

乐乐斜睨她，"还大学生呢。"

尹小沫汗颜，悔恨当初语文没学好啊。

"看你那为难的样子，那我换一题考你吧。"乐乐撇嘴。

尹小沫舒一口气。

乐乐唇边含住一抹坏笑："那你讲讲夜宵和宵夜的区别吧。"

尹小沫脸都黑了，为什么这里的地板这么结实，连个缝隙都没有。

乐乐无奈地摇头。

尹小沫讪讪地笑。

忽然乐乐肚子咕噜咕噜地叫，正好给尹小沫解了围，她趁机问："什么声音？"

"肚子饿了。"乐乐满不在乎地说。

尹小沫抬腕看表，惊呼："你没吃午饭？这都下午三点了。"

"没东西吃。"

尹小沫纳闷，不是有个保姆专门照顾她的吗？

仿佛猜到尹小沫心中所想，乐乐嘴一歪，"她做的太难吃了。"

"你妈妈呢？"

乐乐瞪她，"她不是我妈妈。"过了会又说："她Shopping去了。"

尹小沫脑子发热，"走。"她牵起乐乐的手。

"去哪？"

037

"去厨房看看。"

乐乐两眼发光,"尹老师你会做饭?"

"会一些。"尹小沫谦虚地说。

乐乐步子飞快,几乎拽着她走,看来是饿坏了。

尹小沫虽年少失去双亲,但至少之前的十八年是被当作掌上明珠般疼爱的,哪会像乐乐这样饥一顿饱一顿。她想起自己的身世,又联想到乐乐的遭遇,心中不禁百感交集。

可她在厨房冰箱找了一圈,只找到几颗蛋,还有一些剩饭。冰箱虽塞得满满的,竟全是些速冻食品还有碳酸饮料。"你平时就吃这个?"

乐乐点点头。

尹小沫心中颇为不平,无法无天了,这孩子爹不疼娘不爱,连保姆都欺负她。

她有心想给乐乐做顿好的,可巧妇难为无米之炊,她也没办法。她想了想,"要不我先给你做个蛋炒饭垫垫饥,然后我们出去买菜,晚上给你再做好吃的怎么样?"

乐乐拍手称快,"好啊好啊。"

到底还是孩子天性,听说有好吃的就这么开心。尹小沫炒了一大盘蛋炒饭,撒上葱花,金黄色的鸡蛋和雪白的米粒融合在一起,再加上碧绿的葱花,看起来就让人很有食欲。

乐乐还没吃就口水直流,吞了一大口还没咽下又舀了一大勺,嘴里含糊不清地说:"好吃,好吃。"

"你那是饿了。"尹小沫还是很有自知之明的。

"我再饿也吃不下刘阿姨做的东西。"乐乐不屑道,没忘记再往嘴里塞一勺。

尹小沫揉揉她的头发,她吃得高兴她也开心。

"什么东西这么香啊?"厨房门被推开,走进来一个满头白发的老太太。

"太婆,你又来和我抢吃的。"乐乐叫道,嘴里的饭粒喷了一地。

老太太狠狠吸了吸鼻子,"真香。"她自顾自拿了个碟子,"太婆吃不了你多少的。"嘴上这么说,她手上动作很快,一拨一划,盘子里的蛋炒饭所剩无几。

Chapter 3
忽然之间

乐乐就快哭了，她敢怒不敢言地扯扯尹小沫的衣角。

尹小沫看得目瞪口呆，完全不知道状况。

老太太扫了她一眼，"晚上做饭记得做我那份。"

尹小沫下意识地回答："好。"

"总算找了个会做饭的来。"老太太边走边嘀咕。

敢情自己被当做新来的保姆使唤了，尹小沫苦笑。

乐乐噘嘴，"每次都这样！"

"怎么了？"

"太婆和我一样挑嘴，都不爱吃刘阿姨做的饭。二叔难得回来一趟，亲自下厨做好吃的，太婆都要抢。"乐乐愤慨地控诉老太太的罪行。

尹小沫失笑，难怪常听人家说，年纪越大脾气越像小孩。

"尹老师我还饿。"乐乐抱着她的腿撒娇。

尹小沫刮她的鼻梁，"我们现在就去买菜。"

乐乐笑得眼睛都眯成一条缝，"那你等我会，我去换件衣服。"

尹小沫挠挠头，有钱人就是不一样，小孩出趟门也那么讲究。

"可以走了。"乐乐主动把小手放在尹小沫手中，穿着粉色公主裙银灰小靴子的她，看起来乖巧可人。

只有尹小沫才深知她小恶魔的本质。

尹小沫生活在这里二十来年，对周边环境极为熟悉。卖菜的大叔大婶也几乎看着她长大，每个人都亲切地叫她"小沫"。知道她生活不易，多给她一棵菜，几棵葱也是常事。尹小沫总是微笑着接受，然后又会给个整数不要找零。这一次她带着乐乐，卖肉的朱大叔好奇地问："小沫，你什么时候多了个妹妹？"

"她是我学生。"尹小沫理直气壮地说。

乐乐悄悄说："也没教我什么。"

"晚饭不想吃了是吗？"尹小沫轻咳。

乐乐忙道："尹老师知识渊博，是最好的老师。"

尹小沫无语，这孩子马屁拍得真到位，同时也为拿捏住乐乐的七寸而得意洋洋。

"尹老师你准备做什么好吃的？"乐乐故意大声说，让大家都听到她

的称呼。

尹小沫暗自好笑,"多做一点,否则又要被你太婆婆抢走了。"

"对对,你多做一点,我明天热一下还能再吃。"乐乐已经把明天的午饭晚饭都想到了。

尹小沫吁气,这孩子是有多久没吃饱了。

她选了些上好的小排骨、大排、牛肉等,打算放冰箱里冻着,下回再做饭就不用特意跑出来买了。"朱大叔,一共多少钱。"她摸出钱包准备付账。

乐乐拦住她,骄傲地昂起头,"尹老师,我有钱,我来付。"

"小孩子哪来的钱。"尹小沫才不会花她的钱,要算清账目她也会直接去找女主人。

乐乐急了,"我有!"她掏出一张信用卡拍在尹小沫掌心,"随便花。"

虽然女人最喜欢的两朵花是"随便花"和"尽量花",可这话也不能出自一个小女孩之口啊。尹小沫哭笑不得,她把卡还给乐乐,"别胡闹。"

乐乐又塞给她,"尹老师是给我做饭,当然不能让你花费时间体力还花钱。"

一个坚持要给,一个坚决不要,推来挡去,卡"啪"地掉在了地上。尹小沫赶紧去捡起,意外发现卡上刻着的名字是:WUZHUOXUAN。伍卓轩?尹小沫对于这样的名字显然比较敏感,她问:"乐乐,这卡是谁给你的?"

"我爸给的。"乐乐天真无邪地说。

伍卓轩是她父亲?也不是不可能。伍卓轩今年三十有二岁,有个七岁女儿也不足为奇。尹小沫想起第一次去乐乐家里,她弹的钢琴曲全部都是伍卓轩的作品,如此看来,不是全无征兆。

尹小沫小心翼翼地问:"乐乐,你爸爸对你好吗?"

乐乐认真地想了会,"还好,他不太管我。"

忙着演艺事业,肯定顾不上家。事实好像越来越接近。

尹小沫忽然又想到在乐乐家中看到的那个侧影,当时她就觉得像伍卓轩,以为是幻觉很快就排除,如今想来,或许真是他也不一定。她很想探究真相,但又不好直接询问乐乐,她眉头皱得紧紧的,到底是怎么回事,如果伍卓轩真有这么大的女儿,岂不是爆炸性新闻。她存在于想象中,乐

Chapter 3
忽然之间

乐没管她，把信用卡递给朱大叔，笑嘻嘻地说："谢谢，刷卡。"

朱大叔愣住了，菜市场哪来的卡刷，他摸着脑门，憨笑道："小姑娘，我们这里只收现金。"

乐乐当时就怒了，"你这是店大欺客！"也不知她从哪听来的。

尹小沫回过神，忙替她道歉，"对不起啊朱大叔，小孩子不懂事。"她付了钱，马上拽起还要理论的乐乐，"走了，走了，还得买别的呢。"

乐乐很不高兴地嘟囔着："凭什么不让我刷卡，我爸说了，拿着这卡想买什么就买什么。"

这听起来不太像伍卓轩会使用的方式，尹小沫又茫然了。她耐心地给乐乐解释，"刷卡得有机器，菜场没有刷卡机，懂了吗？"

乐乐似懂非懂地点头。生活过于优越的孩子，总是不识人间烟火的。

尹小沫又采购了土豆、胡萝卜、香菇、茄子和山药等蔬菜，还买了条活鲫鱼，脑子里已把要做的菜谱过了一遍。

回到家乐乐硬要在厨房帮忙，尹小沫不方便赶她，便让她帮着择菜。

尹小沫把胡萝卜土豆青椒和香菇洗净切块，再把洗好的排骨沥干备用，然后将炒锅倒油烧热以后放入姜片和蒜片煸炒，接着放进排骨翻炒几下，烹入料酒加白糖酱油和葱段，再加一点花椒和八角，翻炒均匀，加清水煮滚以后开小火慢炖。

趁着间歇她调了点鱼香汁做鱼香茄子。又把去好皮的山药用淡盐水泡了会，为肉片山药炒木耳做准备。

鲫鱼豆腐汤是她的拿手好菜，这是一道具有滋补食疗功效的家常菜，相信老太太和乐乐都会喜欢。

大约三十分钟等排骨炖熟炖软以后，她将土豆香菇胡萝卜块倒入炒锅中，加盐调味，临出锅前再翻炒几下，一盘香喷喷又有营养的土豆炖排骨就出炉了。

排骨买得有点多，尹小沫把剩下的放进冷柜，下次还可以做个胡萝卜玉米排骨汤什么的。

"尹老师，我已经迫不及待了。"乐乐一刻不停地走过来走过去，还不时打开厨房的门看太婆会不会突然出现。

尹小沫笑着捏她耳朵，"已经够你吃好几顿的了。"

被她揭穿，乐乐不好意思地低下头。

"去叫太婆出来吃饭吧。"尹小沫嘱咐她。

乐乐虽不太情愿，还是听话地去了。

尹小沫最后炒了个青菜，随后把菜一道一道摆上桌。

老太太蹒跚下楼，闻到香味加大步子，三步两步地跳下楼梯，把尹小沫吓得直叫唤："老太太，您当心一点。"

"没事，我身体好着呢。"老太太戴着副老花镜，平添几分书卷气，她入座，腰板挺得很直，"做了什么好吃的？"

乐乐已伸出筷子去夹排骨，尹小沫打掉她的手，"先喝碗汤。"她给两人一人盛了碗鲫鱼汤，"尝尝味道好不好。"

老太太仪态优雅地喝了一口，"丫头手艺不赖。"

尹小沫双手抱拳，"过奖。"

乐乐咕噜咕噜喝完汤，终于可以把魔爪伸向排骨，尹小沫不忘往她碗里夹青菜，"这个也要吃。"乐乐看起来心不甘情不愿的，但尹小沫的话她还是全部听从。

老太太看在眼里，"这孩子很听你话，倒是难得，她二叔讲话她都经常爱理不理的。"

尹小沫还没说话，乐乐把满嘴的食物使劲咽下，抢着说："听老师的话是应该的。"

老太太惊异地盯着尹小沫看，若有所思。

尹小沫暗道：终于知道我不是你家保姆了吧，我这可是义务劳动！

老太太低声嘀咕："难得，难得。"也不知道是在说乐乐听尹小沫的话难得，还是尹小沫身为家庭教师居然给她俩做饭难得。

乐乐撑着下巴说："太婆婆，食不言寝不语。"

老太太一看没剩多少的炖排骨，着急地说："果然不能讲话，都被你抢光了！"

乐乐"咯咯"地笑得极开心。

老太太拿纸巾给她擦嘴。

她俩虽打打闹闹，其实都很在乎对方。尹小沫羡慕地耷拉着脑袋，她的爷爷奶奶因为儿子娶了个二婚的老婆而与之断绝关系，她的外公外婆又因为女儿执意和富家子离婚而失望从此再无往来。听说四位老人家还健在,但尹小沫从未见过他们,就连父母的葬礼上他们都不曾出现。究竟有什么样的仇恨令人连儿女的最后一面都不愿见,尹小沫想不明白。

"丫头,想什么呢?"老太太问,顺手递过来一张纸巾。

尹小沫这才发现自己不知不觉间早已泪流满面。

乐乐懂事地给她抹眼泪,尹小沫反而不好意思,"让你们见笑了。"

"没什么,丫头,我喜欢你的真性情。"老太太澄净的眼中有笑意滑过。

尹小沫接过纸巾擦干眼泪。

"丫头,你不吃点吗?"明明所剩无几,老太太偏偏还要客气一下。

尹小沫忍住笑,"我不饿,您吃吧。"

老太太于是心安理得地和乐乐抢最后一块排骨。

尹小沫是按照三到四人的量做的菜,没想到被这一老一小吃得干干净净,她无奈摇头,这是饿多少天了。她收拾好碗筷,洗净归类放好,她这哪是家教啊,分明是钟点工来着。

她回到乐乐的房间,觉得自己光拿家教费却什么都没教十分过意不去,便假惺惺地问:"作业有什么不会的吗?"

乐乐头也没回,"我自己搞得定。"

尹小沫怪没面子的,她今天在这耽搁太久,也确实该回去了,"那你好好写作业,我走了。"

乐乐从椅子上蹦起来,"尹老师你什么时候再来,我会想你的。"

尹小沫翻了个白眼,"你哪是想我啊,是想我做饭给你吃吧。"

乐乐嘿嘿干笑。

尹小沫悲催地发现,自己突然又多了份兼职。"行了,下周。"

乐乐沮丧,"那我要饿一个礼拜了。"

尹小沫抚额,"乖,我一周只能来一次。"

"那就从一次增加到两次或者三次,我让那个人给你加薪。"

尹小沫摇头,放在从前她肯定欣然接受,但自从接了杂志社的工作以后,事情多时间紧,她颇有点力不从心,所以只能放弃其他了。

乐乐不高兴,后果很严重,她一噘嘴,屁股对着她,再不理人。

尹小沫才不怕她,走过去揉乱了她的头发,捏她的脸,故意扮鬼脸逗她发笑，乐乐终究还是小孩子，没过一会又笑开了怀。"真走了。"尹小沫伸出三根手指挥了挥。

乐乐也学着她的动作说"拜拜"。

尹小沫走到门口突然想到了什么，停下脚步，"乐乐，你姓什么？"她只知道请她来的女主人姓杨名丽娜。

"姓伍啊，怎么了？"

"没什么。"果然如此，尹小沫心里咯噔一下。

她脑子里乱糟糟的，想着快点回去然后找忘忧草求证这件事，刚打开门，杨丽娜正好也掏钥匙开门，两人对视一眼，尹小沫叫了声："杨小姐。"

"这么晚还没走？"杨丽娜颦眉。

尹小沫不想多做解释，轻轻"嗯"了一声。

"挺敬业啊。"杨丽娜语带讥诮。

尹小沫最讨厌这种说话阴阳怪气的调调，但也只能忍气吞声，她装作没听见，说了声"再见"转身就走。

就在这时，乐乐追出来，气喘吁吁的，"尹老师，太婆婆找你。"

"找我？"尹小沫纳闷。

"是啊。"

杨丽娜用一种错愕的眼神看她。

尹小沫也是莫名其妙，但还是随着乐乐上了二楼。

辗转到最后一间房间，乐乐说："太婆婆让你一个人进去。"

尹小沫轻轻敲了敲门。

"进来。"

她推开房门，乐乐冲她眨眨眼，蹦蹦跳跳地跑了。

尹小沫没敢往里走，站在门口问："您找我有事？"

"丫头，过来。"

尹小沫往里挪了几步。

老太太转过身，含一抹笑，"你怕什么，我又不会吃了你。"

尹小沫不是害怕，就是觉得古怪。走近了才看清楚老太太手里拿着一张巨幅相片，照片上的人正是伍卓轩。由此尹小沫更加肯定伍卓轩同这家人关系匪浅。

Chapter 3
忽然之间

"我孙子，帅吧？"老太太自豪地说。

"帅。"不知为何，尹小沫心里毛毛的，这种感觉真的很诡异。伍卓轩是老太太的孙子，乐乐是她的曾孙女，答案已不言而喻。

老太太狐疑地问："你不认识他？"

尹小沫以拳掩唇轻咳，"认识是认识，不过……"

老太太插嘴，"不过你认识他，他不认识你呗。"

尹小沫干笑，这老太太真是个明白人。

"你喜欢他吗？"

这问题太直接，尹小沫差点没吓晕过去。

"那好，换个问题。你愿意替我照顾他吗？"

这问题比上一个更有杀伤力，尹小沫已完全说不出话。

"你别想歪了，"老太太瞪圆了双眼，"我说的是助理，生活助理。"

尹小沫松口气，这一惊一乍的快被她吓出心脏病。

"我换种方式来问你，你愿意做伍卓轩的助理吗？"老太太似笑非笑。

尹小沫不假思索地说："伍卓轩不是一向拒绝粉丝进他公司上班或者跟他的工作有交集的吗？"她还记得忘忧草就曾经想进伍卓轩的公司，简历完美，但在伍卓轩亲自面试以后被刷了下来，按照伍卓轩的说法你到底是来工作还是来花痴的。

"你是卓轩的粉丝？"

"呃……"尹小沫郁闷，一不小心就暴露了。

老太太毫不在意，"你别让他知道不就行了。"

她要装路人也不是不可以，毕竟她不像忘忧草那样露脸那么多回，伍卓轩对她的印象可能就只停留在微博交流上。可问题不在这里，她还有半年才完成全部学业，目前根本不可能做全职。她抱歉道："我不能答应。"

老太太脸上写着诧异："为什么？"这天上掉馅饼的事儿，还有人满不在乎？

"我大学还没有毕业，接下来半年是最忙碌的。"尹小沫实话实说。

"那半年后这位子还给你留着。"老太太语速平缓，嘴角一直保持着从容微笑。

尹小沫想不通这老太太怎么就如此看重她，想到便问出了口。

老太太笑吟吟地说:"看你挺会照顾人的,最重要的一点是你做饭好吃,我孙子平时那么忙,你有空给他煲个汤什么的补补,我也就放心了。"

尹小沫挑挑眉,她就知道不可能是因为年轻漂亮温柔善良的理由,搞了半天还是保姆的命。她寻思片刻,组织好了措辞才说:"这活不是助理该干的,您得给他找个老婆。"她承认她是在试探,她迫切想知道杨丽娜是不是伍卓轩隐婚的妻子,伍乐乐又是不是他的女儿?

老太太老奸巨猾,没往她想要的方向去,而是说:"他也三十好几了,不用我操心。"她眼珠转转,皮笑肉不笑,"丫头,你是看上他了?"

成功把尹小沫臊了个大红脸。她结结巴巴地说:"我得回家了。"然后,迅速开溜。

老太太心情极好地哈哈大笑。

尹小沫逃回了家,脸还是红红的。

倪倩问:"发烧了?"

尹小沫没回答,她也不介意,变戏法似的拿来一个托盘,"今天晚饭你翻牌决定。"

"你是让我过次当皇帝的瘾?"

倪倩含笑点头。

托盘里放有四张牌,上面分别写有:葱烧排骨、番茄牛腩、红烧牛肉和香菇炖鸡。尹小沫胡乱扒了下额前的刘海,随口说道:"我都想吃行吗?"

"行倒是行,就怕你吃不完。"倪倩表情有点为难。

"吃不掉可以放冰箱啊。"

倪倩眼眸中有淡淡笑意,"冰箱还真不太好放。"

"为什么?"

"一会你就知道了。"

尹小沫等着她的大餐,都快等困了,倪倩才用一个大的托盘端来四种口味的方便面。尹小沫瞠目结舌,啼笑皆非。她半天才憋出一句话:"我彻底服了你。"

"多谢夸奖。"倪倩毫不惭愧地照单全收。

两人合力吃掉四份方便面然后腆着肚子横在沙发上,尹小沫难得吃这种东西,还觉得挺美味。倪倩捏捏她的手,"小沫,我恋爱了。"

Chapter 3
忽然之间

尹小沫马上坐起来,"真的?"她着实为倪倩感到高兴。

"嗯。"向来大大咧咧的倪倩此时有些害羞。

"多久了?"

倪倩脸红了一下,"就今天他向我表白,我答应了。"

"是个什么样的人,说给我听听。"

倪倩眼睛里飞快划过一道亮光,仔细想了会才说:"他呀,长得英俊高大,待我温柔体贴。"她说话的时候嘴角微微翘起,十足一个陷入热恋的小女人样。

"太笼统了。"尹小沫继续说,"那他做什么工作的?"

"开公司的。"

"怎么认识的?"

"喂,尹小沫。"倪倩双手叉腰,"你调查户口呢?"

尹小沫瞥着她,"我那是关心你。"

"就上次出差时在飞机上认识的。"

尹小沫数学不太好,扳扳手指,"那才没多久啊。"

"我一直觉得爱情和时间没有关系。"倪倩歪着嘴角笑。

既然她都这样说了,尹小沫也没法再反驳,只要倪倩能幸福,其他都无所谓。

"等你有时间让他请你吃饭。"倪倩用胳膊蹭蹭她。

尹小沫颔首,"必须要先过我这关才可以娶你过门。"

"哎,哪那么快。"倪倩不好意思了。

"爱情和时间没有关系。"尹小沫气定神闲地说,把刚才的话还给她。

倪倩笑着掐她的苹果脸,两人笑成一团。

手机铃声突兀响起,倪倩看一眼来电显示,害羞地躲一边接电话去了。

尹小沫上网看到忘忧草在线,她几次想将伍卓轩的事和盘托出,已经打了满屏幕的字,最后还是没有发送。如果这事是真的,说出去对伍卓轩肯定有影响,如果是假的,那就更没有必要求证。

Chapter 4 那一刻爱上你

接到忘忧草电话的时候，尹小沫正在赶往昆仑饭店的路上。

昨晚她一个在昆仑饭店打工的同学着急地找到她，说是最近饭店缺人手，想让她去帮几天忙，尹小沫自然欣然应允。

忘忧草兴奋地说："小薄荷，今晚八点在贴吧报名，你记得抢一个名额。"

尹小沫茫然，"什么名额？"

"定点偶遇的名额。"忘忧草无奈道，"你不会把这事忘了吧？"

最近忙得焦头烂额，尹小沫还真是忘得一干二净，她吐吐舌头，忙回答："嗯嗯，我知道了。"可转念一想，那个点她正在饭店忙碌，哪来的时间，她郁闷道："八点我肯定摸不到电脑，怎么办？"

"手机上呗。"

"呃……"尹小沫对自己这破手机的网络，实在没多少信心。

"那我帮你抢，你欠我一顿饭。"忘忧草爽朗笑道。

尹小沫满口答应，"没问题。"

她想好了到饭店以后先把贴吧账号密码用短信发给忘忧草，但一忙起来就顾不得了。幸好忘忧草尽心尽责，一遍又一遍的提醒她，她才没误事。这不，刚发送完毕，她又被催着去传菜。

按照领班的指示，她只需要把菜送到各个包间门口，自有其他有经验的服务员会端进去。负责花之君子包间的正是尹小沫的高中同学王晓慧，她一见尹小沫就像见了救星似的，"快帮我顶一会，我急着去洗手间。"说完就要跑。

Chapter 4
那一刻爱上你

"哎,你先把菜送进去。"

"憋不住了。"话音未落,王晓慧已经跑得没影了。

尹小沫傻傻地站在门外,不一会,门被拉开一条缝,探出一个男人的脑袋,嘀咕着:"怎么还没上菜?"

"已经送来了。"尹小沫下意识地答。

"那你还不端进来?"那男人索性将门大开。

尹小沫迟疑了片刻,还是决定遵循客人的意愿,她硬着头皮上菜,一颗心怦怦直跳,她之前一直打下手,所以害怕做得不好坏了规矩被炒鱿鱼。

好不容易把菜妥当端上桌,尹小沫吁口气。有一人缓慢走进来,就在尹小沫旁边的一张椅子上落座。尹小沫刚巧抬头,目光与他对视,惊得差点叫出声。

是伍卓轩!

尹小沫只觉得心跳漏了半拍,手在发抖,思绪一片混沌。她不知所措,也不知自己身在何处。她开始手忙脚乱,衣袖一带,碰到了桌上的茶杯,亏得伍卓轩眼疾手快,及时扶住了茶盅,还温和地问了一句,"你没事吧?"

"没事,没事。"尹小沫脸涨得通红。

伍卓轩轻点头,偏过头与旁人交谈。

尹小沫赶紧深呼吸,今天的事来得太突然,她完全没有思想准备,她觉得应该给他道声歉,但他正在和人攀谈,打断他不是很好,但如此一走了之又显得她很没礼貌,尹小沫陷入两难。还在犹豫,另一边有一人碰了碰她的胳膊。尹小沫回过神,又对上梁冰的视线,这一回,她直接脚尖踢在了椅子上,疼得她眼泪快要流出来。

刚才那个男人黑着脸发话:"你怎么回事?叫你们经理来。"

尹小沫还未出声哀求,有两个声音同时响起。

"算了,别和小女孩计较。"

"天宇,算了,她也是无心的。"

尹小沫心中掠过丝丝涟漪,梁冰替她说话在情理之中,但伍卓轩会开口帮她,她始料未及。她咬了咬唇,憋出三个字,"谢谢了。"

梁冰不动声色地说:"你先出去吧,有需要会再叫你。"

尹小沫点了点头，马上退了出去。门合上的那一刻，她几乎要瘫坐在地上。

王晓慧神清气爽地走来，见尹小沫脸色潮红，神情怪怪的，不觉诧异问道："小沫，你怎么了？"

尹小沫恨不能揍她一顿，她咬牙切齿道："你为什么没告诉我伍卓轩在里面？！"

王晓慧猛一拍脑门，"哎，我本来是要告诉你的，但刚才肚子太疼就给忘了。"

尹小沫拿这个二货毫无办法。这时，她裤袋里的手机振动了一下。

梁冰：下班等我，有事和你说。

尹小沫苦笑了下，她下班都得半夜了，谁等谁还不知道呢。她刚回复完梁冰要她别等了，有事下次再说，忘忧草的电话就如期而至。

王晓慧拍拍她的肩膀，"去厕所听，别让经理瞧见。"

尹小沫躲进了厕所，接通电话。她压低了声音，"喂。"

"小薄荷，我帮你抢到了名额，还不快谢我。"

尹小沫大喜，"嘿嘿，等你来S市请你吃好吃的。"

"那就说定了，我还有事，先不说了。"忘忧草收了线。

尹小沫洗手的时候还在想，忘忧草电话挂得匆忙，还没来得及和她讲遇见伍卓轩的事，那位男主角便出现在她旁边，淡定地抹了肥皂冲干净手。他穿着休闲，没戴墨镜，尹小沫心想：他是真没拿自己当偶像。这幸亏酒店规矩严，否则追着他要签名要合影的还不挤破头啊。她忽然又想起忘忧草曾经和她讲过，伍卓轩嗜咖啡，一天七杯雷打不动，所以厕所也难免去得频繁些。她没忍住，嘴角微微上扬。

伍卓轩淡瞥她一眼，"什么事那么好笑？"

尹小沫忙低头，"没什么。"要是被他知道是在腹诽他，她还要混吗。

所幸伍卓轩没再追问。

见他要离开，尹小沫鼓足了勇气叫住他，"刚才的事，谢谢你了。"她深深鞠了一躬，由衷感谢。

"你刚才已经谢过了。"伍卓轩回过头，笑得眉眼弯弯。

尹小沫支吾嗫嚅，"礼多人不怪嘛。"

Chapter 4
那一刻爱上你

伍卓轩好心情地笑了笑，转身离去。

尹小沫沉迷在他的明朗笑颜中，如痴如醉。

直到王晓慧伸手在她眼前晃了晃，"喂，想什么呢，那么入神？"

尹小沫这才回过神来，脸颊染上可疑的红晕，忙扯了个理由随便敷衍过去。

王晓慧狐疑地看她，却也找不到破绽。

手机在路上没电了，尹小沫回家充完电才发现梁冰发来的一条短信：也不是什么很重要的事，反正过几天你就知道了。

尹小沫耸耸肩，也就没放在心上。

倪倩在和男朋友煲电话粥，尹小沫打开电脑，忘忧草QQ不在线，尹小沫给她留了言，专心画伍卓轩今天的卡通造型。尹小沫见过他很多次的休闲装扮，有的在打高尔夫，有的出外旅行，还有的是参加一些慈善类的活动。但今天他的造型不是特别正式，但休闲又不失庄重，很符合他随和的个性。

尹小沫闭眼回忆了会，稍稍勾勒几笔；一个圆滚滚大眼睛可爱的伍卓轩便跃然屏幕上，尹小沫托着腮帮子仔细打量，心血来潮地在他手上加了个奶瓶，那委屈的小模样配上奶瓶简直天衣无缝，尹小沫自个乐了半天。

"又在画你家男神？"

背后传来的声音把尹小沫吓了一跳。她轻抚胸口，"你不是在听电话吗？打哪里冒出来的？"

倪倩白她一眼，"早结束了，我还抽空洗了个澡。是你太专心没发现而已。"

尹小沫眨眨眼，不说话。

倪倩学着尹小沫托下巴的动作，似模似样地端详片刻，惊讶道："小沫，我发现你的画功又加强了不少。"

尹小沫捂嘴直乐，"谢谢夸奖。"

"绝对没有夸张的成分，也不是在讨好你，我说的是实话。"倪倩咬着嘴唇想了想，"应该这样说，以前你画的伍卓轩，很像，也很有意思，但总是抓不住他的神韵，也就是不够传神，现在不一样了，几乎活灵活现，再加上你的创意又能画龙点睛，简直令我刮目相看。"

倪倩非美术专业出身，但评价尹小沫的画时总能一针见血，尹小沫时常把她的建议放在心上，而且她又特别挑剔，从不轻易夸人。因此尹小沫兴奋极了，"能得到你的赞扬实在太不容易了。"

"我有那么严格吗？"倪倩摸摸鼻子，许是爱情的滋润，她比平时说话也要温柔几分，但自己却没发觉。

尹小沫加把劲完成最后几笔，把电脑屏幕转向倪倩，"再给点意见？"

"非常好，堪称完美。"倪倩一本正经地说。

尹小沫笑着推搡了她一把。

"你好像被打通了任督二脉，脱胎换骨了一般。"倪倩所用形容虽不太确切，但也差不了太多，"来，分享下你突飞猛进的经验。"

哪来的什么经验，尹小沫微微一笑，她心里很清楚，那是因为她见到了伍卓轩真人的缘故。忘忧草说过伍卓轩本人甩视频和照片576条街，一点都没说错。真人风趣幽默有爱心，又岂是照片和视频能够比得了的。

尹小沫将画放上了微博，捧起睡衣洗澡去了。

等她洗完回来，倪倩又抱着电话在和她的白马王子互诉衷肠，热恋中的女人伤不起，尹小沫对她扮了个鬼脸，抱着笔记本电脑上了床。

之前那条带画的微博顷刻间就被转发了一百多次，尹小沫也早已习以为常，但众多的转发中插着一条未读私信，似乎有某种心灵感应，她先就紧张了起来，点开一看，果然来自伍卓轩：今天的造型又是从何而来？

尹小沫立刻明白她又犯了同样的错误，上次还可以插科打诨糊弄过去，这回要如何才能过关？她抿着唇想了好久，眉头一皱计上心来，迅速回道："是哪里画得不好吗？你是不是不喜欢？"再加上几个泪眼婆娑的表情。

伍卓轩：画得相当好，怎么会不喜欢。

后面则是一连串无厘头的卖萌表情。

尹小沫眉开眼笑，只要伍卓轩不再追问下去，她的目的就达到了。

这一晚，睡到半夜，尹小沫隐约听到有人在痛苦地呻吟，她还以为是在做梦，但声音越来越大，她终于迫使自己睁开眼，发现声音来自隔壁房间。

是倪倩！

Chapter 4
那一刻爱上你

尹小沫马上清醒了，她立刻跳起，奔到倪倩的房间，只见倪倩痛苦地抱着肚子在床上打滚。尹小沫惊出一身冷汗，"小倩，你怎么了？"

"肚子好痛。"倪倩虚弱地说。

尹小沫手触到她的身体先皱了皱眉，再去碰她的额头，"好烫，小倩你在发烧，我马上送你去医院。"

倪倩摆摆手，"没事的，大概姨妈快来了，我包里有止疼片，吃一颗就好。"她蜷缩起身体，干呕了几下，什么都没吐出来，神情扭曲，看上去极为痛苦。

"不行，你必须要去医院。"尹小沫帮她穿好衣服，自己也简单披了件外套，扶着倪倩缓慢出门。

幸好楼下就有等待载客的出租车，司机一见倪倩的模样，主动帮忙，还冒着被探头拍下的危险，将车开得飞快，直达最近的RJ医院。

急诊诊断下来，倪倩得的是急性阑尾炎，需要立即动手术，尹小沫交了钱，看着倪倩被推进手术室，她这才有空喘一口气，擦一擦满头的汗水。

阑尾炎是小手术，加上送来得及时，倪倩的手术进行得很成功，但还需留院观察几天。尹小沫安顿好倪倩，一大早又赶回去帮她取来日常用品和替换衣物，今天的课不是太重要，尹小沫一咬牙，翘了课。

倪倩刚动完手术，还是有点虚弱，尹小沫坐在床头的椅子上看着她，柔声说："别怕，没事啦。"

"昨晚真是谢谢你了。"倪倩轻声说。

"是好朋友还说这话。"尹小沫假装不悦地白她一眼，她永远记得在她最困难的时候倪倩是怎么帮助她的。

倪倩捏了捏她的手心。

尹小沫则刮了刮她的俏鼻。

一切尽在不言中。

"小沫，我的手机呢，我想打个电话。"

尹小沫在包里翻找了一通，恍然笑了，"出来得匆忙，没拿你的，你用我的吧。"她大方地递过手机。

倪倩拨了号码，手机屏幕上显示许之然三个大字。倪倩忙按下off键，眼神疑惑地投向尹小沫。

尹小沫毫无所觉，笑问："打不通吗？"

倪倩犹豫着不知该怎么说。

正在这时，许之然把电话回拨了过来。尹小沫看到了来电显示，撇撇嘴，"我大哥，别理他。"

倪倩却已经手快地接通电话。

"小沫，你找我？"

倪倩哑着嗓子说："是我。"

许之然茫然地翻看手机，还以为自己拨错了号码。

倪倩简单交代了在医院的事，许之然沉声道："我马上过来。"

收了线，病房内的气氛陷入冰点。

良久，尹小沫艰难地开口，"小倩，你的男朋友是许之然？"

倪倩轻点头。

尹小沫嗓音发涩，"他是我大哥。"

倪倩再次点头，她也是才知道的。

尹小沫舔舔唇，踌躇许久还是说："我觉得你们不合适。"

"因为梁冰？"倪倩开门见山地问，她和尹小沫是好友，自然知晓梁冰的事。

"你别误会，我大嫂，"尹小沫顿了顿，"梁冰她并没有和大哥复合的打算，何况，当时也是她提出的分手，她的性格是绝不会走回头路的。"

"那为什么？"

"我不赞成你们，只是因为他是许之然，我对他太了解了，他和哪个女人交往超过半年的？"尹小沫补充了一句，"除了梁冰。"

倪倩不以为然，"梁冰可以，我为什么不可以？你对我没信心？"

"小倩，这不是我有没有信心的问题，是许之然值不值得的事。"倪倩是尹小沫最好的朋友，她不能看着她一脚踏进火坑。

倪倩正待反驳，尹小沫的手机铃声大作，"你先接电话吧？"倪倩递过手机，恹恹地说。

梁开开在电话里焦急地说，"小沫，你赶紧回学校来，刚才的英美文学史就两个人上课，夏教授发怒，一状告到了刘校长那里，现在正一个个把人叫回来训斥。"

Chapter 4
那一刻爱上你

尹小沫顿时一个头两个大,她一贯品学兼优,难得翘一次课就遇上这种事。她为难地看了倪倩一眼,现在她这边可不能离了人。

倪倩看出了她的为难,善解人意道:"小沫,你就先回学校吧,我没事的。"

尹小沫迟疑着问,"你一个人行吗?"

"行,有护士小姐,再说你大哥马上也到了。"

尹小沫想了想,"我把手机留给你吧,有事你给我打电话。"

倪倩啼笑皆非,"你把手机留给我,我给谁挂电话呀,有事我会请护士小姐打给你的,快走吧。"

尹小沫拨弄着刘海,"我真走了?"

倪倩摆手。

尹小沫在电梯口正好同许之然撞见,她装作没看到,许之然叫她她也不应。搞得许之然很尴尬,他找到倪倩的病房,进门第一句就问:"小沫她怎么了?"

倪倩半侧过身,"大概是知道了我们的事所以不高兴。"

许之然感到莫名其妙,"我和你在一起,她为什么要不高兴?"

他是一点儿都没意识到自己的问题,倪倩苦笑。她认识尹小沫这么久,自然知晓她大哥的为人,说实话,尹小沫也没在她面前少吐槽过他。她刚才跟小沫犟嘴,只是不喜欢私生活被干扰,可事实上,对于许之然,她一点信心都没有。

许之然握住倪倩的手,温柔道:"昨晚为什么不通知我?"

倪倩低低地说:"怕打扰你休息。"

"傻瓜,"许之然抚摸着她如云秀发,又轻轻地掐了掐她的脸颊,"以后不准这样了,你有事我会担心的。"

"嗯。"倪倩顺从地点头。

许之然搂了搂她,在她额头印上深情一吻。

倪倩靠着他坚实的胸膛,心中不觉百感交集。

尹小沫急匆匆赶到学校,被夏教授和刘校长一顿教训。刘校长恨铁不成钢地说:"小沫啊小沫,我一直以为你是好学生,没想到你也学他们逃课。"

"校长，对不起。"尹小沫低着头看地上，羞愧万分。

夏教授冷哼道："别以为成绩不错就能顺利毕业，平时的表现我也会计入期末的分数。"

尹小沫这才意识到事态的严重，若是不能毕业，她不但没脸见人，额外的学费也没能力再负担。她本来不想解释，因为逃课确实是她做错了，但现在只能坦白相告了。她把昨夜倪倩突发阑尾炎的事情讲了一遍，然后低姿态地承认错误，"刘校长，夏教授，我应该请同学替我请假的，旷课是我不对，您要怎么惩罚我都接受。"

刘校长马上就说，"原来是这样，那也情有可原。"

夏教授原本就很看重尹小沫这个学生，加上也是她第一次犯错，心里早就原谅她了，这时也找了个台阶下，"嗯，知道错也就算了。下次可别再逃课了。"

"遵命。"尹小沫恢复了活泼的性子。

"怎么样，怎么样，夏教授有没有扣你学分？"梁开开见尹小沫走出办公室，立刻将她拉到一边询问。

尹小沫愁眉苦脸地只是叹气。

梁开开可急坏了，在原地转圈圈，"这可糟了。要不这样。"她下定了决心，"我们进去和夏教授讲，把我的学分给你，反正我平时都逃课，今天只是运气好才会坐在教室里，而你只是难得一回，相信他会理解的。"

尹小沫感动得快哭出来，她只是想逗一逗梁开开的，没想到她会这样仗义。她拍拍梁开开的肩膀，抽噎道，"谢谢你，开开。"

一见她眼眶湿润，梁开开慌了，"哎，你别哭啊，夏教授通情达理，一定会答应的。"她拉着尹小沫就要冲进办公室。

尹小沫忙拽住她的衣袖，"哎呀开开，夏教授原谅我了，没扣我学分。"

"真的？"梁开开捶了她一拳，"不早说，害我担心。"

尹小沫笑眯眯的，"我可是夏教授的得意门生，他才舍不得让我留一级呢。"

梁开开转喜为怒，"你竟然捉弄我，哼哼。"她生气地扭头就走。

尹小沫赶紧去拦她，低头哈腰地道歉，梁开开还是不理她。尹小沫噘着嘴吐舌头扮鬼脸逗她，梁开开终于没能忍住笑出了声。

Chapter 4
那一刻爱上你

"你终于笑了，可急死我了。"

"就许你要我，我还不能捉弄你吗。"梁开开叉腰凶悍地问。

尹小沫搂住她的腰，"走，我们吃饭去，饿死我了。"两人勾肩搭背，有说有笑地往食堂走去，于宙从拐角处闪出，无奈得很，有时他很嫉妒尹小沫身边的朋友，如果尹小沫对他也能这样，他晚上睡觉都能笑出声来。

梁开开舀了一大勺米饭塞进嘴里，这才想起问："你不用赶回医院照顾病人吗？"

尹小沫何尝不挂念倪倩，但她又实在不想看到许之然。她眼珠微微一转，闷声道："我晚点再去。"

梁开开是个神经大条的人，也没再追问。

就在尹小沫犹豫到底要不要去医院的时候，许之然打来了电话，尹小沫本不想接听，但又怕是倪倩有什么交代，想了想还是接听了手机。

"小沫，今晚我会陪倩倩，你不用来医院了。"

"哦。"尹小沫懒得和他多话。

"你明天给她熬点粥带来。"

许之然命令的口吻令尹小沫很不爽，要是在平时，她一定会讥讽几句，但这次事关倪倩，她忍。许之然却还不识相，调侃道："哎，小野猫转性了。"

尹小沫无名怒火腾腾腾蹿起，她呼吸了好几次才没有当场发飙，她冷冷地道："说完了？没其他事我挂了。"

"等一下。"

尹小沫耐着性子，"什么事？"

"梁冰她，最近好吗？"

尹小沫被他气笑了，为什么他总是在挑战她的底线。这一回她二话不说地挂了电话。

许之然听着嘟嘟的话筒音，简直不敢相信自己的耳朵，他走进病房，气急败坏地对倪倩说："这丫头越来越不像话了，竟然敢挂我的电话。"

倪倩夹在这两兄妹中间，也不好说什么。只能劝道："小沫为了陪我，早上翘了课，估计挨了骂心情不太好，你体谅下她。"

听她这么一说，许之然才有些释然，但还是愤愤不平道："她那个破

学校，还念什么书，我早说要送她出国念最好的学校，她又不愿意。"

倪倩几次张了张嘴，终于还是开口说："小沫很有主见，她会安排好自己的生活的。"

"你的意思是我管得太宽了？"许之然总算听明白了倪倩的意思，不悦道，"我这是为她着想。"

"小沫已经成年了，她有脑子有思想，不需要别人替她安排将来。"倪倩不愿违拗许之然，但是，涉及到尹小沫，哪怕会惹许之然不高兴，她还是要替小沫说话。

"我怎么是别人，我是她大哥！"许之然拔高了声量。

倪倩默然片刻，"大哥也不能包办她的生活。"

"你！"在许之然眼里，倪倩一直都是温顺可人的，从没如此顶撞过他，他难以接受。他又是性子极高傲的人，不看她一眼，转身就朝外面走。

倪倩咬着嘴唇，心头万般不是滋味。他们还在热恋期，许之然就给她脸色瞧，那以后……

她彷徨不安地按着腹部，麻药过后，伤口有些疼痛，心情又不太好，更是难受。

许之然在安全通道狠狠吸了几根烟，踌躇许久还是折返回病房。倪倩神情哀伤，许之然心就先抽痛了下，也庆幸没有就此离开。他悄然来到倪倩身后，按住她的双肩，"倩倩，对不起。"

倪倩转身扑进他的怀里，泫然泪下，委屈地捶着他的胸膛，"以后不能再丢下我。"

"一定不会了。"许之然亲吻她的面颊。

虽得到了许之然的承诺，但倪倩清楚地知道他们之间的问题并没有解决。只是沉浸在爱河中的男女，都是盲目的。

尹小沫回到家，先发了会呆，没有了倪倩的唧唧喳喳，还真有些不适应。

忘忧草在QQ上敲她，"定点偶遇是明天下午两点，你别忘了。"

尹小沫虽然有点小迷糊，但这么重要的事是绝对不会忘的。她笑着回复：我怎么也不会辜负你帮我抢楼的心意。

忘忧草：对了，告诉你一个对你来说是好，对我却是坏的消息。

尹小沫诧异：怎么？

Chapter 4
那一刻爱上你

忘忧草发来一张哭丧脸的表情：老伍好像要把工作重心搬去S市。

尹小沫激动得差点跳起来：真的?

忘忧草：据说是的，但具体怎样还没打听到。

那岂不是以后有大把机会可以见到他了，尹小沫心底好似开出一朵鲜花来，绚丽灿烂。

忘忧草发来的表情郁闷：以后看他可没那么方便了。不过换个思路，给了我一个飞去见你的理由。

尹小沫几乎要拍手庆祝，两全其美，可喜可贺。

两人又玩笑了几句，尹小沫下线忙工作去了。

第二天是周六，尹小沫不用上课，但还是起了个大早，给倪倩熬粥。她不是光光煮一些白粥，而是将排骨上的肉剔下来，切成肉末，加一些葱花，与洗干净的大米小火慢炖，这样既好吃又确保了营养，很是费了一番功夫。

尹小沫提着保温桶匆匆赶到医院，许之然并不在，她先就松了口气，她实在不想在倪倩面前同他吵架。

倪倩可怜兮兮地说："饿死我了。"

尹小沫没接话，而是盛了满满一碗粥递过去。

倪倩看着色香味俱全的美食，感动道："小沫，你太贴心了，以后谁娶了你可有福了。"

"吃吧。"尹小沫轻轻点了下她的鼻尖。

倪倩狼吞虎咽地灌下一碗，"再来一碗。"

尹小沫边盛边有点担心地问："可以吃那么多吗，要不我先去请示下医生。"

"哎哎，小半碗总行吧，我保证不多吃。"

尹小沫噗嗤笑出声，"算你自觉，等你完全康复以后，我再煮给你吃。"

倪倩连连点头。但很快又悄悄看了尹小沫一眼，张了张嘴，欲言又止。

"怎么了？"尹小沫以为她嘴馋，笑眯眯地说："想吃什么回头列张单子给我，一定满足你。"

"不是的，小沫……"倪倩话到嘴边，又咽了回去。

尹小沫盯着她瞧，"吞吞吐吐的，可不像你。"

"之然去买东西了。"倪倩无从开口，决定先转移话题。

"哦。"尹小沫淡淡道，"我对他的行踪没兴趣。"

倪倩尴尬地挠挠头。她也没想到许之然就是尹小沫的大哥，两人的关系还么差。夹心饼干的滋味不好受啊。如此一来，她更加不知该如何开口。

许之然施施然走进病房，手里捏着一包烟。

尹小沫冷冷扫了一眼，"某些人照顾病人照顾到便利店去了。"

许之然也不买账，回道："你少含沙射影的。"

尹小沫冷哼。

许之然抽出一支烟，又在口袋里掏打火机，尹小沫二话没说，抢过烟扔在桌上，怒道："这是在病房！"

倪倩忙打圆场，"让他去阳台吸，不碍事的。"

"公共场合不能吸烟这是常识。"尹小沫绝不会纵容许之然。

许之然眯眼，"尹小沫，你话里有话啊。"

"我哪敢。"尹小沫冷笑。

"尹小沫，我还没找你算账，你倒是恶人先告状了。"许之然也冷哼。

倪倩抹把汗，这兄妹俩的神情语气都是一模一样的，小行星撞地球，这是要两败俱伤的节奏啊。她拽了拽许之然的衣袖，"之然，别太过分了。"

许之然扯出一抹讥诮的笑意，不冷不热地道："我过分？我进来到现在她哪句话不是针对我的？"

尹小沫毫不示弱，"你倒是说说找我算什么账？"

许之然帮倪倩把枕头垫高，不温不火道："你没照顾好倩倩。"

尹小沫愣了下。

"所以，我打算把她接到我家里去，亲自照顾她。"

尹小沫怔住。

倪倩低着头，不敢看她。

"原来你刚刚是想和我说这个。"尹小沫喃喃道。

"小沫，我并不是这个意思。"倪倩答应了搬去和许之然同住，是拗不过他的一再邀请，没料到许之然会这样打击自己的亲妹妹，她狠狠瞪了许之然一眼。

许之然无辜摸鼻子。

尹小沫咬着嘴唇，倪倩确实是住在她家的时候才发病的，这一点她反驳不了。她低低道："小倩，对不起。"

倪倩急得直搓手，"这和你完全没关系。"她偏头凶悍道："许之然，你胡说些什么！"

许之然为打压了尹小沫的气焰而洋洋得意，谁让她一直同他对着干的，好不容易压了她一头，他是绝不肯认输的。

尹小沫正色道："是我没照顾好小倩，这点我承认，但这并不代表我答应小倩搬去你家。"她不再理睬许之然，而是郑重对着小倩说："我不赞成你们在一起，他配不上你。"

许之然大怒，"尹小沫，有你这么说话的吗？"

"我说的全是事实。"不是尹小沫挑剔他，而是许之然花心，私生活混乱，又极度大男子主义，除非他愿意为了倪倩改变，否则倪倩将来一定会后悔。尹小沫宁可现在拆散他们让倪倩恨她，也不要她以后痛苦。

"果然什么样的家庭出什么样的孩子，"许之然语调冷得像冰块，"一点规矩都没有。"他又补充了句："没有教养。"

"你说什么。"尹小沫可以忍受自己挨骂，但绝不能让人羞辱父母，她胸口一起一伏，脸色隐隐发白。

"我说错了吗，你爸妈没教你怎么同兄长说话？"许之然说着残忍的话，语气却很轻松。

倪倩见气氛不对，马上推许之然，"你先出去，我来跟小沫说。"

"我为什么要出去。"话说出口，许之然也有些后悔，可他死要面子，嘴上绝不肯吃亏。

尹小沫把嘴唇咬到发紫，"许之然，我妈不是你妈？"

"早在她抛下我离开家时我就发誓不会再认她了。"许之然声音里听不出什么情绪，唯目光急剧收缩，眉心微蹙。他自小便失去了母爱，在他心中，是孟晓璐抛弃了他抛弃了父亲抛弃了这个家，对他不闻不问，也从来没回来看望过他，她没尽过做母亲的责任，他不会原谅她。

尹小沫怒极反笑，"许之然，你不认她做母亲，我也不是你妹妹。"她转身拂袖而去。

倪倩埋怨道："你明知道小沫的脾气，就不能让着她点？"

许之然还在气头上，"我对她还不够好？我每个月都给她生活费……"

话音未落，尹小沫又折了回来。

"想通了？现在认错还来得及。"许之然自以为是道。

尹小沫把一张银行卡直接甩在他脸上，不看他一眼，径自走了。

许之然有点发蒙。

倪倩叹气，"你虽然是她大哥，可你对她一点都不了解。"

"我怎么不了解她？"许之然不服气，"她那是矫情，自讨苦吃，自作自受。"

倪倩摇着头说："尊严对小沫来说是放在第一位的，所以她不会接受施舍。"

许之然扬了扬眉，"她觉得我是在施舍她？"

"不是吗？"倪倩反问。

许之然开始反思。

"你永远都是高高在上的感觉，对小沫也不例外。"倪倩一针见血，但同时欣慰至少许之然对她还是真诚的。

许之然默然。

倪倩又道："小沫要的是关心和爱护，不是金钱的接济。"她拍了拍许之然的肩，"她父母都去世了，你是她唯一的亲人。"

"那她为什么还要这样对我？"许之然茫然。

倪倩平静说道："还不是因为你以前劣迹斑斑，小沫不希望我入火坑。"她没有自信成为花花公子的最后一个女人，可还是没法抵挡许之然的魅力，她其实一直也在挣扎。

许之然沉默，虽然他还是不认为以前做错了事，但冷静过后，他也意识到今天对小沫说的那些话有点过分。

"最重要的一点，小沫对父母敬若神明，你犯了她的忌讳，我看你这次很麻烦了。"倪倩唏嘘不已。

许之然哑然无言，难道这回他真的做错了？他巴巴地望着倪倩。

倪倩耸肩，"抱歉，帮不了你。"

许之然明白尹小沫吃过许多苦，也特别心疼她，可两人碰在一起，总不能好好讲话，不是她冷嘲热讽，便是他反唇相讥，不是她怒目而视，便是他怒不可遏。或许他应该换个方式和她相处？

倪倩静静凝视着他，暗自思忖：她真的有能力令这对兄妹和解吗？

尹小沫气冲冲地走出医院，心情很糟糕。她和许之然吵过无数次架，以这次最厉害。之前只是为了他要给她生活费，而她坚决不要。而这一回，他口不择言，竟然牵扯到她的父母，那是比杀了她还要难受的事。在尹小沫心中，父亲和母亲是神祇一般的存在，没人可以污辱他们，哪怕是许之然也不允许。她气得肩膀都在颤抖，摸出手机，把许之然的名字拉进了黑名单。

她一个人在马路上走了一会，心绪逐渐平复。其实她心里清楚，今天是她先挑衅许之然的，为了倪倩的事。倪倩是个单纯的女孩，而许之然的经历太复杂，尹小沫虽然没谈过恋爱，也看得出他俩并不合适。许之然是她的大哥没错，但并不代表她会帮他说话，他如果受挫是活该，是他应得的报应。而倪倩不同，从某种程度来说，她根本不是身为江湖老手的许之然的对手，要是任由她沉沦，以后一定有得苦吃。

尹小沫有些后悔就这样一走了之，这样岂不是把倪倩彻底推向了他。但尹小沫也不甘心就这么回去，那样许之然还不得意死。尹小沫想了想，只能先把这事放一放，等有机会再劝服倪倩。

手机闪了下，尹小沫一看，正是已被她拖入黑名单的许之然的号码。她苦笑了下，来得比她想象中还要快。每次不欢而散以后，许之然都会放低姿态，这回也不例外。但尹小沫这次铁了心不想再理他，她心头的气难消。

许之然的短信也进了垃圾箱：我们是一家人，何必说那么绝？你在哪，我去找你。

尹小沫迟疑了一会，决定不回复。有时她也检讨自己，为什么对别人都能够柔声细语，可面对唯一的亲人，她总是恶言相向。梁冰说不用替她打抱不平，毕竟他们曾经真心相爱过，度过了一段美好幸福的时光，也不算浪费青春。但尹小沫经常控制不了自己，还因为那个无法言说的缘由。

梁开开的电话打断了尹小沫的思绪，"小沫，记得帮我要个签名。"

"什么签名？"尹小沫完全不在状态，正午的日头也晒得她发晕。

梁开开爆了句粗口,"靠!伍卓轩啊,你不会忘了吧!"

尹小沫这才反应过来,糟糕,和许之然这么一闹,她真给忘了。她讪讪道:"哪能忘呢,我这不正往现场赶吗。"

"你还没到?你可真够淡定的。我提醒你一下,现在是两点零五分,严格来说,你已经迟到了。"

尹小沫边讲电话边急急忙忙地招手打车,要是在平时,她可舍不得花这个钱,但今天她豁出去了。这都得怪许之然,她在心里又把他骂了一百遍。"马上就到了,我先挂电话了。"

不知什么好日子,出租车不是客满,就是不停,尹小沫急得满头大汗,费了九牛二虎之力才打上一辆,她报了地址,一个劲催司机开快一点。

"小姑娘,前面的路出车祸了,堵得很,开不快。"

"那麻烦你从别的路绕过去。"

"不好意思,我是新手,对路还不熟。"

尹小沫:"……"她擦汗,要不是赶时间出租车又难招,她肯定换一辆。"那我指路,你跟着走。"

"好咧。"

好不容易赶到活动地点,尹小沫付了车资就往里冲。上楼梯时,正巧看到伍卓轩和其他几人迎面走来,她心一慌,脚一崴,直直地就跪在了地上。

"哎哟,给皇上下跪请安呢,这姑娘真懂事。"有人幸灾乐祸地说。

尹小沫的膝盖重重磕在了地上,疼得眼泪汪汪的。

一个好听的声音在她耳边响起,"你没事吧?"一只手伸到她面前,手指十分修长,像是钢琴家的手。

"谢谢。"尹小沫攀着他的手站起,一对上他的视线,也顾不得疼了,立刻像抽筋似的一跳几米远。

伍卓轩很郁闷,"我有那么可怕吗?"定睛一瞧,他乐了,"是你。"

另一个阴阳怪气的声音也同时说道:"怎么又是你。"

尹小沫一看,不是那个找过她麻烦的天宇还是谁。她手心捏了一把汗,始终离伍卓轩远远的,也不敢抬头看他。

伍卓轩弯了弯唇,心情极好地离开。

他刚一走,大批围观粉丝迅速拥上前来,将尹小沫团团围住,唧唧喳

Chapter 4
那一刻爱上你

喳地问：

"和伍卓轩握手的感觉是不是特别好？"

"哎呀，你运气真好。"

"你是伍卓轩的粉丝吗？"

尹小沫当然不敢承认，一旦她承认是伍卓轩的粉丝，必定会被问及微博ID，到那时，她今天的糗事可就再也瞒不住了。她深吸一口气，理直气壮地说："不是，我是路过的。"

"果然路人的福利比较好。"

"也对，要是来参加活动的粉丝，怎么会都结束了才到？"

尹小沫汗颜，她真的不是故意要迟到的。

既然尹小沫只是路人，大家也就失去了探究的兴趣，说了几句便散了。

尹小沫深呼吸，火速逃离现场。祈祷没有人拍下她摔跤的丑态。

她在路上接到了乐乐的电话，"尹老师，你什么时候来我家啊，我和太婆婆快饿死了。"

虽然知道她的话略显夸张，尹小沫还是抬腕看了看表，笑着说："那我现在过来。"

随后就听到了乐乐的欢呼雀跃声，其间还夹杂着一个苍老的嗓音，这祖孙俩，尹小沫不由得笑了。

她直接买了菜过去，一进门就被乐乐迎贵宾似的迎进门，眼巴巴地望着她，"尹老师，你今天打算做什么好吃的？"

尹小沫撇嘴，"很多好吃的，但你得帮我洗菜。"

"没问题。"乐乐答得飞快。

可理想是美好的，现实却是残酷的，在乐乐打破了两只碗，弄翻了三次菜篮，将水泼得到处都是的时候，尹小沫终于明白了一个道理，有些人天生是和厨房无缘的。她把乐乐赶了出去，认命地说："一会做好饭我叫你。"

"尹老师，我保证不会再打破碗了。"乐乐郑重宣告。

"求你了，你去陪你太婆婆吧。"尹小沫实在不敢再留她在厨房，否则她的工作量有增无减。

"好吧。"乐乐无奈地耸肩。

尹小沫忙活了一阵，炒好几个菜装盘放在一边，然后准备切土豆片，

065

冷不防身后冒出一只手,往做好的一盘红烧肉伸去。尹小沫想都没想,转身毫不客气地在他脑袋上拍了下,"你个馋猫,洗过手没?"

然后,两个人都愣住了。

"怎么是你?"尹小沫以为是乐乐偷吃,没想到却是伍卓轩。

"怎么是你?"伍卓轩以为是保姆,没料到却是有过两面之缘的女孩。

尹小沫怔怔看着自己的手,她居然就这样打了伍卓轩。

伍卓轩同样也注视着她的手,只不过是另外一只拎着菜刀的手,"有话好好说,别冲动。"

尹小沫这才意识到目前的窘态,满脸通红地说:"不好意思。"

伍卓轩随意夹了块红烧肉,狼吞虎咽地吃完才顾上说话:"这些菜全是你做的?"

尹小沫还处在神游状态,下意识地点头。

"手艺不错。"伍卓轩又尝了尝其他菜。

尹小沫机械化地答:"你喜欢就好。"她连做梦都没梦见过会给伍卓轩做饭。

伍卓轩瞥了她一眼。

尹小沫大窘,她刚才胡说八道了些什么!

伍卓轩挽起袖子,尹小沫又条件反射般地往后退了几步。

"我又不打你,你那么害怕做什么?"伍卓轩也觉得很奇怪,他对粉丝也好,对公司员工也好,都是平易近人的,实在想不通这女孩为何看到他就自动躲远,甚至还在微微发抖。

"那,那你要干吗?"尹小沫从来不知道自己有结巴的毛病,她脑子发蒙,紧张到无以复加。

"做菜啊,煎鱼我比较拿手,就交给我吧。"伍卓轩毫不客气地霸占了厨房,把尹小沫挤到一边,顺便系上围裙。

尹小沫张大嘴,他还会做菜?也没听忘忧草提起过。

仿佛能听见尹小沫心底的声音,伍卓轩半侧过身体微笑:"一会你试试就知道了。"

尹小沫头顶在冒汗,不知是因为厨房太热还是伍卓轩在旁的缘故。但伍卓轩系着小黄鸭的卡通围裙,又着实很好笑,尹小沫憋笑憋到肚子疼。

Chapter 4
那一刻爱上你

伍卓轩麻利地煎好鱼,把整个盘子递过去,"尝尝？"

尹小沫哪敢,连忙摇头,"我相信你的手艺是一流的还不行吗？"

伍卓轩眼底有轻微的笑意。

尹小沫咬着嘴唇,思忖片刻,又说:"我知道这几天经常遇到让你觉得很奇怪,但我真的没有跟踪你,请你相信我。"

伍卓轩扬眉,"原来你认得我。"他笑了一下,眉宇间一派云淡风轻。

"自然认得,我又不是火星来的。"尹小壮起胆子,接了一句。

"那你为什么见到我像见了鬼似的？"这是一个十分困扰伍卓轩的问题。

尹小沫怔了怔,总不能告诉他,自己是怂吧。她苦想冥思了一阵,打定主意坚决不承认,"没有的事,你肯定误会了。"

"是吗？"伍卓轩将信将疑。

"是。"

伍卓轩唇边微微漏一点笑意,其实他从来没怀疑过尹小沫的动机,要是分辨不出人的善恶,他岂不是枉长她那么多岁。"那开饭吧。"

"啊？"他话题转得太快,尹小沫一时跟不上他的节奏。

"你去喊乐乐她们下来吃饭,我来盛汤。"

尹小沫很自觉地把自己放在劳动人民的位置上,"还是你去叫,我再炒个青菜就能开饭了。"

"也行。"伍卓轩哂笑。

尹小沫舒口气,忽然惊觉刚才同伍卓轩对话,她没结巴,也没发抖。

乐乐见到伍卓轩就撇嘴,"又多一个人来抢饭吃。"

老太太低头闷吃,"早不回来晚不回来……"

尹小沫纳闷:原来伍卓轩在家里这般遭嫌弃。

伍卓轩轻咳:"喂,我没有白吃白喝,鱼好歹是我煎的,给点面子行不行？"

"难怪味道怪怪的。"老太太挤眉弄眼。

"一比较,高下立见。"乐乐扮鬼脸。

伍卓轩又郁闷了,"之前你们不是说我做的饭菜好吃吗,你,乐乐,还叫我经常回来做给你吃,奶奶你上个礼拜不也给我打电话说想念我做的油煎带鱼了吗？"

老太太放下筷子，一本正经地说："有更美味的，干吗还惦记次美味的？"

乐乐连连点头称是。

伍卓轩快被气吐血的感觉。

尹小沫表示对这一家子的相处模式目瞪口呆。

老太太尝了口炒青菜，看尹小沫一眼，然后夹了一筷子放进乐乐碗里。

乐乐马上挑出来，"我不爱吃这个。"

"尹老师的话你忘了？小孩子不能挑食。"

尹小沫的名号还是很好用的，乐乐立刻听话照做，但很快吐出来，"好咸！"

老太太大概不太好意思批评尹小沫，委婉道："是有一点点咸。"

"这哪里是一点点！"乐乐小孩子心性，毫无顾忌地说了出来。

尹小沫本是不信的，尝了一口以后挠头，"可能多放了一勺盐。"她脸红红的，原因她清楚地知道，还以为和伍卓轩说话不再紧张这是有了突破性的进步，却原来更离谱，直接导致做菜大失水准，实在太丢人。

老太太意味深长地瞧瞧她，又看看伍卓轩，一副高深莫测的表情。

乐乐可不管这些，只顾挑喜欢的，大快朵颐。

"丫头，是什么影响了你的发挥？我替你做主。"老太太调侃道。

尹小沫当然不肯承认，狡辩："一时疏忽而已。"

老太太眨眨眼，了然于胸地笑了。

伍卓轩好笑地看着她二人打哑谜，一分神，差点抢不到最后一块红烧肉。还好他眼明手快，抢在乐乐动筷前挑到自己碗里，随后挑衅地勾起唇。

尹小沫见过伍卓轩如沐春风般的迷人微笑，也见过他剧中扮演角色那样似笑非笑，但从未见过他孩子气的灿烂笑容，她默默凝视，几乎痴了。

"二叔最可恨了！"乐乐嘟着嘴，不满道。

伍卓轩一副你能奈我何的嚣张模样。

"哼，以后你不在我才让尹老师来家里做饭。"乐乐恼羞成怒。

"二叔？"尹小沫猛地清醒。伍卓轩果然不是乐乐的父亲。

"尹老师？"伍卓轩也有些诧异。

尹小沫耷拉着脑袋，看来伍卓轩也把她当钟点工了。

"尹老师，我二叔帅吧？"乐乐又转向伍卓轩，"二叔，尹老师可是个才女哦。"

尹小沫汗颜，现在知道夸她了，当初可是给了她一个厉害的下马威呢。

伍卓轩没有接话，只略略微笑颔首。

吃过饭尹小沫就急着回去，因为还有一个插图需连夜赶出来。她同乐乐、老太太告辞后，在玄关换鞋的时候，伍卓轩叫住了她。"我送你出去。"询问的口吻，却是不容置疑的语气。

尹小沫岂敢劳他大驾，当即冷汗就淌下来了，"不用不用，我自己出去就行。"

伍卓轩淡定道："我有话跟你说。"

这样一来，尹小沫也不好再说什么。她装作若无其事，还是系错了两次鞋带。

伍卓轩倚着门，嘴角弧度恰当，仿佛在轻笑。

一直走到小区门口，尹小沫实在不敢让他再送了，她问："你要和我说什么？"她脑子里忽然冒出几种奇怪的想法，不会是要炒她鱿鱼吧，或是觉得她知道的太多要杀人灭口。

伍卓轩斟酌了许久，才说："我没有把你当保姆的意思，她们也不是。"

咦？尹小沫没想到会是说这个。

"你是乐乐的家庭教师，让你做饭实在有些不太好意思，但她们又比较挑嘴……"伍卓轩顿了顿，为难道，"我也不知该如何解释，总之，你别误会。"

尹小沫笑眯眯的，"我没有误会啊。"她甚至很开心，伍卓轩对钟点工也能这般和颜悦色，证明他的为人绝对靠谱，她没有喜欢错人。

"那就好。"

说话间两人已走出小区，门卫恭敬弯腰："伍先生。"

伍卓轩还没来得及回应，一道白光在眼前一闪，尹小沫不知怎么回事，伍卓轩可是心知肚明，他伸手遮挡住尹小沫的脸，并把她压在自己怀里。

尹小沫先是心脏漏跳半拍，然后有种要窒息的错觉。伍卓轩的怀抱异常温暖，身上有淡淡的清香，那是专属于他的气息。她一张脸已经红得像辣子鸡，呼吸急促，她刚想抬头，脑袋又被伍卓轩按回去。他在她耳边轻声说："有娱记偷拍，要是拍到你的脸，以后会给你造成许多不必要的麻

烦,所以……"他沉着声音说:"请原谅我的冒犯。"

"没关系。"尹小沫的声音低如蚊蚋。她已不能正常思考,唯有一个念头:她此刻居然被伍卓轩搂在怀里,她今晚还睡不睡得着觉?

伍卓轩拉着她往回走,"我开车送你回去。"

"哦。"尹小沫无意识地答,很快反应过来,"我住得很近,不用送。"

"你就这么走出去,肯定会被跟踪。"伍卓轩耐心地解释。

听他这么一说,尹小沫才知晓事情的严重性,也对,伍卓轩鲜有绯闻,现在有这样的机会,肯定会被大肆宣扬一番,且不论会不会影响到他,至少她自己会不堪其扰。试想下,明天各大报纸杂志娱乐版头条都登出她的照片,她还要不要上学了,还想不想在杂志社工作了。伍卓轩考虑周到,替她着想,尹小沫心头美滋滋的。

伍卓轩带她到地下停车库开了辆黑色奥迪A6出来,果然很低调,正如同他的为人处世。

尹小沫脑子还没转过来的时候,人已经坐在了副驾驶座上。

伍卓轩直接将车开出小区大门,隔着车窗,尹小沫能看到对面马路支起的长枪短炮,她惊出了一身的冷汗,刚才她要是冒冒失失地出去,肯定死得很难看。伍卓轩没有问她家住哪里,拐了个弯就开上了高架。

尹小沫手心紧拽着衣角,还沉醉在方才伍卓轩温暖的怀抱,脸颊持续高温,一颗心快要跳出胸腔。

伍卓轩忽然开口:"后座上有水。"

"啊?"尹小沫迷迷糊糊的。

伍卓轩轻笑了声,车下高架后,他靠边停下,从后座上取了瓶矿泉水,拧开瓶盖再递给她,"喝水。"

"我不渴。"尹小沫现在整个人完全不在状态,也不敢抬头看伍卓轩,唯有紧紧抱着自己的背包。

伍卓轩把水瓶塞进她手里,但笑不语。

尹小沫把注意力从背包转移到水上,握着就不肯松手了。

伍卓轩脸隐在暗处,似乎在笑,"把保险带扣上。"

尹小沫急忙伸手去捞保险带,可无论怎么弄都扣不上。

伍卓轩倏地弯下腰,双手抓着保险带的两头,稍一用力,"啪嗒"一

Chapter 4
那一刻爱上你

声,扣上了。

离得太近,呼吸可闻,伍卓轩身上好闻的味道,又一丝丝地钻入鼻尖,尹小沫慌乱中打翻了水瓶,水洒了一身,当然伍卓轩也没能幸免于难。尹小沫想哭,就不能在他面前表现得成熟优雅一点么。"对不起,对不起。"她掏出纸巾,又不知该不该帮他擦,僵在那儿,傻乎乎的。

"没关系,回头你赔我裤子就好,"伍卓轩的声音有点严肃,又看了眼尹小沫,"嗯,还要赔坐垫,嗯还有要洗车。"

尹小沫傻了眼,伍卓轩的衣服,她怎么赔得起!她迅速盘算还有多少存款,以及要打多少份工才够偿还。她怯生生问道:"可不可以分期付款?车能不能让我帮你洗?"她担心伍卓轩不同意,还瞪大眼睛正式表示:"我一定会洗得很干净的!"

她愁眉苦脸的表情感染到伍卓轩,他憋了半天终于破功,大笑出声。

尹小沫莫名看他,自己又惹什么笑话了。

伍卓轩笑够了才开口:"我开玩笑的。"他脸上带着愉悦的笑意,总觉得逗她很有意思,那是种前所未有的感受。

尹小沫咬嘴唇,"确实是我闯的祸,我……"

伍卓轩不由分说地打断她,并移开视线,"现在去买衣服。"

尹小沫又被吓呆了,也不用那么快吧,她支吾着说:"我身上没带够钱。"

伍卓轩没理她,将车开得飞快。

尹小沫抓耳挠腮的,实在不行只能打电话找倪倩救场了,想到倪倩,不可避免地想起许之然,她脸色一沉,抿紧了唇。

伍卓轩并没有察觉她的异样,他现在连眼角余光也不敢扫到尹小沫,只想着能让她尽快换下湿衣。

尹小沫摸出手机翻看,许之然没有再找过她,倒是倪倩给她发了好几条短信问她在哪里。倪倩又没得罪她,尹小沫不会把对许之然的怒气转嫁到她身上,她简短地回复:有点事还在外面,一会就回家了。

倪倩看来一直在等她的消息,回得很快:明天你来看我吗?

尹小沫想了会:明天再说。

倪倩似乎有些失望,没有再回信。

尹小沫若有所思,略略惆怅。等她回过神的时候,车停在了一家精品

071

服装店的后门。

伍卓轩先下了车,眼睛直视前方,背对着尹小沫说:"下车。"

尹小沫没有多想,只隐约觉得伍卓轩貌似有点失了风度。

伍卓轩还是没看她,沉沉道:"跟着我。"他在前方带路。

七拐八弯地进到里面,一位身材高挑的女子正在整理货架,听到脚步声,转过身,见是伍卓轩,乐了,"哎哟,难得大驾光临啊。"

伍卓轩指着后面的尹小沫,"你找件合适的衣服给她换了。"

给她换衣服?尹小沫迷茫了,一打量才发现这是一间女装店。

女子应了声,把懵懂不明状况的尹小沫推进了更衣室。

尹小沫浑浑噩噩,还晓得提问:"为什么要给我换?"

女子努努嘴,简短道:"照镜子。"

她意思是人要衣装,佛要金装?尹小沫疑惑地想,这镜子一照,她自己也崩溃了,她的白色T恤沾了水,几乎透明,难怪伍卓轩会一直背对她,他分明发现了这事才坚持要她换衣服的。尹小沫脸上一阵红,一阵白,她为什么总在伍卓轩面前出丑?

"换这件吧。"女子翻箱倒柜一阵忙碌,总算找出一件递给她。

这里的衣服哪一件不要几千,又有哪一件是她这样的人穿得起的,尹小沫垂死挣扎,"你这里有烘干机吗?"

女子摇头。

尹小沫还不死心,"有披肩吗?我用完了保证洗干净还给你。"

女子还是摇头。

尹小沫还在想用包遮在胸前这一方案是否可行时,女子开了口:"你是想要我帮你换?我不介意的。"

可是我很介意,尹小沫把这话咽下肚,红着脸说:"我自己可以的。"

女子笑着走出去。

这是一条连衣裙,裙摆有些像礼服,又不若礼服那样隆重和正式,那女子看人很准,衣服穿在尹小沫身上,大小正合适,她皮肤本来就白,嫩黄色衬得她更是肌肤赛雪,气质卓然。可尹小沫浑身都不自在,因为衣服的领口有点大,她很不习惯。

"好了没?"女子敲了敲门。

Chapter 4
那一刻爱上你

"还没。"尹小沫咽口唾沫,她穿成这样出去比刚才也好不了多少吧。

又过了一会,女子说:"你再不出来我可要破门而入了哦。"

虽是玩笑的口吻,但尹小沫相信这事她干得出来。她深吸口气,提着领口慢吞吞地挪出更衣室。

"哎呀。"女子二话不说,先打掉尹小沫的手,"好好的一条裙子,被你穿成这鬼模样。"她帮尹小沫重新整理好衣领,退后一大步,双手抱胸带着欣赏的目光说:"这么漂亮的锁骨,不露出来多可惜。"

尹小沫满脸通红,手都不知往哪里放。

伍卓轩淡瞥一眼,"走吧,送你回家。"

尹小沫心中有淡淡失落,同伍卓轩合作过的女演员哪个不是貌美如花,身材凹凸有致,像她这样的怎会入得了他的法眼。

女子惊讶:"这么快就走了?"

"还……还没付钱。"尹小沫哭丧着脸,还想把那个分期付款的建议再提一次。

女子笑得花枝乱颤,把尹小沫推到伍卓轩面前,"你的债主是他,你们自行解决,我绝不掺和。"

尹小沫默默跟在伍卓轩身后,女子突然又叫住了她,"嗨,我叫沈飞鸿,你呢?"

这名字听着有点耳熟,尹小沫想,"尹……"还没说全,就被伍卓轩截住,"不关你事。"他催促着尹小沫,"时间不早了,再不回去,你家里人该担心了。"

尹小沫点点头,不愿多做解释。

沈飞鸿嘟嘴扮鬼脸,怨气十足地丢过去一句话:"小气鬼!"

伍卓轩只作没听到。

车已开出一段路,尹小沫猛地大叫一声:"停车。"

伍卓轩气定神闲:"高架上不能停车,出了什么事?"

"换下的衣服忘拿了。"尹小沫小声说,她相当郁闷,这一遇上伍卓轩丢三落四的毛病也出来了。

"哦,不是什么大事,下次再去取好了。"

他说得云淡风轻,尹小沫却有点无语,她哪还有机会去那么高档的时装店。

伍卓轩轻敲方向盘，"我们是不是以前就见过？"

尹小沫心里咯噔一下，无辜道："不就是前天在昆仑饭店？"

"不是。"伍卓轩极为肯定。

钻桌底的事，是尹小沫生平最糗之事，打死也不能承认，她装作迷惘的样子把话丢回给伍卓轩，"有吗？我完全没印象。"

伍卓轩语塞，他有绝对自信让人对他过目不忘，既然尹小沫全无印象，那大概真是他记错了。

尹小沫松口气，暗自庆幸。

伍卓轩终于想起问她的住址，尹小沫垂眸，"其实只和你家隔了一条马路，你就近放下我吧。"

"这么晚了你一个人会不会不安全？"伍卓轩体贴地问。

尹小沫哂笑，"不会，邻居都是很好的人。"她那边可是贫民区，稍微有点脑子的抢匪也不会过去。

伍卓轩还是把车开到再也开不进的巷口才停下来。

尹小沫摆摆手，伍卓轩不放心地目送她的背影，尹小沫走了几步，又折回来，伍卓轩摇下车窗，笑："忘了什么？"

"你答应我的分期付款，不能反悔。"尹小沫郑重其事道。

伍卓轩戏谑："需不需要拉钩？"

尹小沫脸一红，急忙跑了。

伍卓轩好心情地勾起唇角，他不是舍不得那几千块才答应尹小沫的请求，而是这样一来，他们不知不觉多了一层联系。伍卓轩很清楚地知道自己想要再见到尹小沫，而不是就此擦肩而过。

尹小沫则没想得这么多，她只是不愿意欠伍卓轩的人情。她希望能在伍卓轩面前表现完美的一面，可惜总是失败，所以不能再让伍卓轩误会她贪慕虚荣或者抱有其他目的。想到今天同伍卓轩的近距离接触，她的粉颊不受控制地染上红晕，唇角微上扬，脑中像是放电影一样过了一遍所有场景，回味无穷。走神的结果便是跑错了楼道，她吐舌头，蹦跳着返回。

"总算回来了？"一个低沉有力的声音突然响起，把尹小沫吓了一跳。定睛一瞧，是许之然靠在树上，手指夹一根烟，脸若隐若现在昏暗的

Chapter 4
那一刻爱上你

路灯下，尹小沫虽看不清他的表情，也能猜测出他的脸色必定很难看。她懒得搭理，淡淡"嗯"了一声，就往里走。

许之然却不想放过她，一把拽住她的手腕，"刚才送你回来的是谁？"他远远看到一辆车停在路口，尹小沫还依依不舍地告别，那是他的妹妹，他无法淡定。

"你管不着。"尹小沫冷淡道。

"你可以管我和倪倩的事，我就不能管你的？"许之然冷笑，"尹小沫，你的双重标准让我长见识了。"

这根本不是一回事好不好！尹小沫瞪他一眼，"你思想可不可以不要那么龌龊。"

"我龌龊？"许之然不怒反笑，"好，那你说，我听着呢。"

尹小沫嚅嗫，她和伍卓轩奇怪的关系还当真说不清楚，要说的话，恐怕还得从乐乐讲起，那不得说到天亮了，更何况尹小沫从不觉得她需要向任何人解释。"总之一句话，不是你想象的那样。"

许之然挑眉："你今天不说明白，我是不会罢休的。"

尹小沫气急，"你凭什么。"

"凭我是你唯一的亲人。"许之然并不是要阻止尹小沫谈恋爱，以她这个年龄有男朋友也不稀奇，可他担心她上当受骗，所以必须由他把关。

中午的话言犹在耳，尹小沫的火气一下子就上来了，"许大少爷的记性真差，几个小时前说过的话已经忘了？要不要我再提醒你一遍？"

许之然被她堵得一句话都说不出，良久才讪讪来了句，"无论如何，你的事我管定了，你不说也没关系，我总有办法知道。"他说一不二，凭他的手段和人际关系，要查个人还不容易。

"你！"尹小沫被他气得不行，"你不可理喻。"她噔噔噔地上楼，一个字都不想再多说。

许之然跺脚，他的关心和爱护为什么尹小沫总视而不见，他想给她过最好的生活，她不领情也就罢了，还要对着干。他也是被怒气冲昏了头脑，他今晚找到这儿原本想要和解的，结果反而弄得更糟。冷静过后，他又意识到另一个更为严重的事。下午尹小沫穿的明明不是这身衣服，而且他看得出这条裙子不便宜，按照尹小沫的性格，她绝对不会把钱花在打扮上，那么，是谁给她买的，或者说，她这么晚回家到底做了什么。思及此，许之然眉头蹙得更紧。

尹小沫气冲冲地打开门，之前的好心情全被许之然的不请自来给破坏了。她把包扔在沙发上，忽而又笑了，她遗忘了替换下的衣服，但伍卓轩给她的那瓶水，她还牢牢地抓在手中。她只喝了一口，洒了大半瓶，现在剩下的那些，她舍不得喝，拧紧了瓶盖，放在床头柜上。

如果倪倩看到，肯定会糗她：你是不是还想找个地方供起来？每天早晚三炷香。

尹小沫眼底氲开了笑意。

她拿了睡衣去浴室，经过客厅试衣镜时，她停下了步伐。镜中的女孩，面色潮红，眼睛水汪汪的，连衣裙贴身的设计，衬得她曲线分明，大领口露出的锁骨带一点性感又不失娇俏可爱，尹小沫从来没见过这样的自己，即便艾柯年会精心修饰过一番，好像也没今天漂亮。她托着裙摆，在镜前转了一圈，不舍得换下来。

如果倪倩在，肯定会笑话她：这衣服是租来的吧，多穿一会是一会儿。

尹小沫对着镜子自我欣赏了半天，想起还未完成的任务，赶紧拾掇干净赶画稿去了。

Chapter 5 谁是谁的谁

　　由于连夜交上去的画稿有一些小瑕疵需要修改，第二天尹小沫一下课就直接奔赴杂志社，根据曹子怡的要求改动以后，整个画面看起来舒服了不少。

　　曹子怡对尹小沫赞不绝口，"很有灵气，一点就透。"

　　尹小沫不好意思地挠头。

　　"快来看，快来看，爆炸性新闻。"刘星向她们招手，刘星就是之前在微博上找了尹小沫三天问她要卡通画授权的那位长腿细腰的美女。

　　尹小沫在杂志社混熟以后，放开了许多，一听刘星召唤，立刻和曹子怡一起拥上前去。

　　刘星把电脑显示器转过来，以方便她们看得更清楚一些。

　　入眼是一整行触目惊心的大标题：伍卓轩夜会神秘女友。

　　配图则是在伍卓轩家小区门口偷拍的一系列照片，有伍卓轩伸手遮挡住那名女子脸的，有伍卓轩把她搂进怀里的，还有她模糊的侧面，以及伍卓轩带着她返回住所时拍下的一个比较清晰的背影。

　　尹小沫顿感冷汗淋漓。

　　刘星手指划过最后几行，"看这里。"

　　通稿的最后还特意说明他们守在门口一整夜，那名神秘女子都未再出现，也就是说她在伍卓轩家中过夜，足以证明两人关系不同寻常。

　　尹小沫实在佩服这些娱记的想象力，子虚乌有的事也能说得跟真的似的。

　　"小沫，你怎么看？"刘星笑嘻嘻地问，"偶像有了亲密爱人，对粉

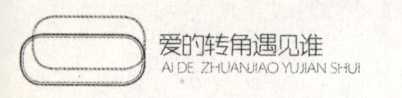

丝是个打击吧。"

尹小沫不知该怎么回答，她绝对是理智型粉丝，她一直都希望伍卓轩能找到一个能够真心待他的人，如果这是真事，她肯定会给予最衷心的祝福，问题在于，这完全不着边的事，她还是女主角。她支吾嗫嚅，无法开口。

"就知道你会不开心。"刘星点了下她的脑门。

尹小沫简直百口莫辩。

"话说回来，伍卓轩一定很重视她，你看他的动作，保护的姿态太明显了。"刘星又说，怕伤害小沫，已重新组织过措辞。

重视，保护，有吗？不就是不想她以后被骚扰吗。尹小沫默默地想。

曹子怡看了她一眼，又扫相片一眼，"那女孩的背影和侧面同小沫有几分相似。"

刘星仔细观察了一会，连连点头，"你不说还不觉得，现在再看，果然很像。"

本来就是一个人，但尹小沫哪敢把这句话说出口，她只能摸着鼻子讪笑。

"原来伍卓轩喜欢这个款的，小沫，你不是没机会哦。"刘星又开始拿尹小沫开玩笑。

尹小沫低头看脚尖，庆幸之前并没有穿过那件白色T恤衫来杂志社，否则肯定会被精明的曹子怡瞧出破绽。

"好了，你别欺负小沫了。"曹子怡捏了捏刘星的手，"你还不干活，就知道看八卦。"

刘星吐吐舌头，"伍卓轩的绯闻我才八卦一下，其他人的我才不管。"

尹小沫完成了工作收拾好东西刚要走，刘星又蹭过来，"小沫，伍卓轩要留在S市发展了，你知道这事吗？"

"听说过。"尹小沫老老实实地答。

"他成立了伍卓轩艾柯工作室，发布会就在明天。"刘星似乎比尹小沫这个粉丝还兴奋。

艾柯……尹小沫瞬间明白这就是之前梁冰要告诉她的事。

"那他还有时间同我们合作写真吗？"曹子怡想得比较长远，一切从公司角度出发。

刘星笑道："你傻啊，他把工作重心转到S市，我们近水楼台先得月，

Chapter 5
谁是谁的谁

当然是有利的。"

"你说的也有道理。"

"那当然。"刘星志得意满地说,"小沫,我明天要去发布会现场采访伍卓轩,你要跟我去吗?"

"刘星,你以权谋私,小心蔡总找你麻烦。"曹子怡提醒她。

"我皮厚,被他骂几句又如何。"刘星满不在乎地说。

尹小沫毫不犹豫:"还是算了。"

"别后悔哦,机不可失时不再来哦。"刘星眨眨眼。

尹小沫平静道:"明天我有一整天的课,我可不想不能毕业。"

曹子怡捏捏她的俏鼻,"学业为重,你做得对,可别学刘星那样不着调。"

刘星怒:"切!"

尹小沫抽空给梁冰拨了个电话,一开口便叫大嫂,她叫惯了,怎么都改不了口。

梁冰也早已不再纠正她,只问她什么事。

"大嫂,伍卓轩和艾柯……"尹小沫顿了顿。

"你知道了?"

"嗯。"

梁冰笑:"消息还算灵通。"

尹小沫傻笑。

"所以我当时才想让你进公司帮忙,能和他有更多接触的机会。"梁冰循循善诱,还不放弃。

"大嫂,不是我不愿意,而是形势不允许。"尹小沫严肃地说。老太太想让她给伍卓轩做助理,因为学业的关系,她也只能拒绝。

梁冰"扑哧"笑出声。

尹小沫觉得十分遗憾,可也没办法。

"那明天的发布会你来吗?我给你留个位子。"

"我去做什么,什么忙也帮不了你,还会给你添麻烦。"

"你可以帮忙端茶送水,订盒饭,接电话。"梁冰轻松地开着玩笑。

尹小沫好脾气地说:"这些当然没问题,但我还得上课。"

"你上完课如果有时间就过来吧,明天我这边真的会比较忙,很缺人手。"

"我尽量。"尹小沫没把话说死，其实上课只是一个冠冕堂皇的借口，她心中忐忑倒是真的，发生了昨晚那些事后，她还没做好再见伍卓轩的准备。

"没其他事我先挂了，还有很多事要处理。"梁冰急急忙忙想收线。

"大嫂……"尹小沫迟疑道。

"还有什么事？"

尹小沫从电话里隐约听到别人在喊梁总，以及她身边的嘈杂声，明白她很忙，尹小沫长话短说，"大嫂，大哥又交了新的女朋友。"

"嗯？"梁冰心不在焉道，"那又怎样？"

"你不介意吗？"

梁冰笑了，"小沫，你大哥是什么样的人，你不清楚吗？我介意有用吗？再说，我们都分开那么久了，男婚女嫁早就互不干涉。"

许之然和梁冰分手以后，又同多少女人交往过，尹小沫数都数不清，可这一回对象是倪倩，梁冰也认得，尹小沫反对一方面是确实觉得许之然不靠谱，另一方面也是为了梁冰。她曾经迫切希望他们能够破镜重圆，也做了不少撮合的工作，但在梁冰明确表示不可能后，她才死了这条心。但内心深处，还是会把许之然当成梁冰的人。

更何况，梁冰现在把心思都放在工作上，至今孤家寡人一个，许之然身边来来去去那么多女人，他对得起梁冰吗？尹小沫总会为她不平。

"没事我真的收线了哦？"

"好。"尹小沫握着手机，翻看昨天的短信，在去不去医院之间纠结。

不去，感觉对不住倪倩。去，又担心遇上许之然。她不是怕他，而是两人一见面就吵架，每吵一架必定更伤感情。

最后尹小沫还是决定暂缓几天，等大家都心平气和了，再碰面可能会好些。

伍卓轩端着一杯鲜榨橙汁敲响乐乐的房门，刚才她吵着要喝果汁，保姆刘阿姨又不在，他只能亲自动手。等了半天里面没反应，他轻轻转动门球，门应声而开。

乐乐倒在床上，睡得正香。

Chapter 5
谁是谁的谁

伍卓轩笑着摇摇头，替她盖上一层薄被，再把空调温度调高一些，准备离开时，乐乐翻了个身，身下露出两幅画。

一幅是她母亲的临摹，铅笔素描，还原本色，手法上伍卓轩看着有点眼熟。伍乐乐的母亲也就是他的大嫂，两年前因病去世，没过多久，他大哥就娶了杨丽娜，听说她对乐乐不好，待老太太也是爱理不理。伍卓轩工作繁忙，平时顾不上家里，只能在经济上尽量满足他们。他如今把工作重心转到S市，同时减少拍片转做幕后，也是为了就近照顾他们。

另一幅，他熟悉到不能再熟悉。是把他的一张生活照画成了卡通版造型，大眼睛圆圆的身体，手中抱着奶瓶，伍卓轩一眼就认出这是薄荷柠檬茶的杰作。奇怪的是，这幅画为何会出现在乐乐房里。难道是？伍卓轩脑中忽然灵光一闪。此刻，他很想立刻把乐乐叫醒，问清楚画是不是出自尹小沫之手。但看着乐乐的睡颜，他于心不忍。

乐乐却像有心电感应一般自己醒了过来，一见伍卓轩，她揉揉眼睛，撒娇道："二叔，抱！"

伍卓轩抱了抱她，趁机问："乐乐，这两幅画是谁画的？"

"尹老师呗，是不是画得很棒？"

伍卓轩唇边情不自禁地溢出一丝浅笑，果然是她。为何她每次见到他，不是摔跤便是打翻东西，也就有了合理的解释。不知为何，伍卓轩心情更好了。他眯了眯眼，同乐乐商量："这幅画能不能送给我？"

"这是尹老师给我的，怎么能送人呢。"乐乐还是很有原则的。

"一盒巧克力。"伍卓轩当然知道她的七寸在哪里。

乐乐舔舔嘴唇，"两盒。"

"成交。"

可怜的原则在巧克力面前还是化为虚无。

"你还得答应我一件事，不能告诉尹老师这画给我了。"

"为什么？"

伍卓轩狡黠一笑，"过早揭露谜底就不好玩了。"

乐乐似懂非懂地点点头。随后诡秘一笑，"我明白了。"

伍卓轩纳闷了，"你明白什么了？"

乐乐从床上跳起来，给伍卓轩看她电脑收藏夹里的一条娱乐新闻。

伍卓轩早就料到会有这样的新闻，幸好尹小沫的相貌没有曝光。

乐乐一阵奸笑，"二叔，你说要是我把尹老师的资料卖给他们，能得到多少钱？"

伍卓轩拍了下她的脑袋。

乐乐委屈道："开个玩笑都不行。"

"不行。"伍卓轩严肃道。

"哼，你可别惹我，我现在可是抓着你的把柄呢。"

伍卓轩不理她，但乐乐自有妙计，"那我告诉太婆婆去。"

"四盒巧克力。"伍卓轩拿她没办法，他倒不是担心老太太阻挠，就是怕她太热心了，吓着了尹小沫。

"成交。"乐乐得意得忘乎所以，一不留神就从椅子上掉了下来。

伍卓轩拿着画回房，夹在一本他常看的杂志里。然后打开电脑，登录微博，回复了一些评论后，他随手点开尹小沫微博的首页。

之前他也曾看过，知道薄荷柠檬茶是个低调的人，从来不秀照片，也很少说到家里的事。她微博上最多的便是转发伍卓轩的每条微博，以及为他的每部剧做的海报和画的卡通画。有时也会分享一些做菜的心得，这和尹小沫完全对得上号。

伍卓轩翻到第一页，无意间发现某条微博评论里的一个博客地址，出于好奇，他就点了进去。博客应该是尹小沫的一位好友的，她写到生平最佩服又最心疼的人便是尹小沫。她原本有个幸福美满的家庭，但父母不幸遭遇车祸去世，她不愿接受别人的馈赠，四处打工，用自己的双手赚取生活费和学费。更可贵的一点，她开朗乐观，积极向上，从不怨天尤人抱怨命运的不公，身上满满的都是正能量。

真没想到她竟还有这样的遭遇，伍卓轩皱了皱眉。小小年纪就要背负起生活的重担，真难为她了。也许自己能帮她些什么？但尹小沫倔强的性格，肯定不愿接受帮助，必须做得不着痕迹才行，这倒是有点伤脑筋。

伍卓轩也没想到机会竟来得那么快。

发布会如约举行，伍卓轩在宣布了工作室成立之后，被大批记者围住提问。

　　大家关心的重点除了工作室今后的发展方向以外，当然就是昨天在网络上登出以后传得沸沸扬扬的那一则绯闻。

　　有记者提问："那名女子是你女朋友吗？"

　　伍卓轩大大方方地答："不是。"

　　"那你们是什么关系？"

　　"普通朋友。"伍卓轩给出的完全是公式化的答案。

　　这回答肯定无法令人满意，便有人问："那这位普通朋友有可能成为你的女朋友吗？"

　　伍卓轩寻思片刻，笑了，"万事皆有可能，不是吗？"

　　他机智的应答赢得阵阵掌声。

　　就在这时，伍卓轩注意到一个纤细的身影，悄悄溜进现场，坐在了最后一排。伍卓轩知道她定是为他而来，笑容明亮舒心。

　　尹小沫一下课就匆匆赶来，她思前想后还是不想放弃见到伍卓轩的机会，反正她是个躲进人堆就找不着的人，不会被伍卓轩发现。她给出一个冠冕堂皇的理由，美其名曰是来给梁冰帮忙的。

　　她到得较晚，并没有听到伍卓轩的那番话，她在最后一排找了个座位，也就看了伍卓轩几眼，便被梁冰抓去干活。

　　等到伍卓轩忙完群访和合影，再一抬头，尹小沫已无踪影。怅然若失，那是种从未有过的感觉。

　　他揉揉太阳穴，避过人群，想找个安静的地方坐一坐，拐进艾柯公司大堂，他又看到了尹小沫，她穿梭在人群里，收发表格，忙得不亦乐乎。

　　梁冰刚好风风火火地路过，伍卓轩叫住她，"那边是在做什么？"

　　"你的众多女粉丝听说你和艾柯有合作，纷纷来应聘呢。"梁冰笑容满面。

　　伍卓轩嘴角弯成漂亮的弧度，"我也要个助理，一起招聘了吧。"

　　"哦？"梁冰诧异，之前没听他提起过。

　　伍卓轩指指人头攒动的队伍里那个灵动的身影，"就她吧。"

　　"你说那个穿黑色上衣的女孩？"梁冰不敢肯定自己的判断。

083

"是她。"伍卓轩笑得有些神秘。

梁冰弄不清状况，尹小沫是何时给他留下深刻印象的？但她何等聪明，立刻想起那一则绯闻，原本她只是觉着像尹小沫，现在几乎可以认定。她笑着问："选她的理由是什么？"

伍卓轩不好明说想给她一份稳定的工作，让她安心完成学业，只轻松回道："那么多人中，只有她不是我的粉丝，你知道的，我不希望粉丝渗透到我的工作中来，那样会主次不分的。"

"是这样吗？"梁冰满脸的疑问。

伍卓轩一本正经地说："就是这样的。"

梁冰忍着笑："好，我这就去安排。"她脸上毫无破绽，肚中笑得快抽筋。尹小沫还有这等本事，她不是粉丝的话，岂不是地球也要停止转动了。不过她相信尹小沫不会公私不分，以她的脾气，必定是以工作为重。

尹小沫在众人羡慕的目光中被梁冰叫走，她一头雾水，让她帮忙的是梁冰，现在跟她说不急的也是梁冰。

梁冰一直盯着她看，看得她发毛。

"呃，大嫂你怎么了？"

梁冰摊了摊手，"老实交代，你和伍卓轩是怎么回事？"她和倪倩不同，如果是倪倩，大概说的会是："坦白从宽抗拒从严，把你和伍卓轩勾搭成奸的全过程清楚给我说一遍。"

尹小沫装傻，"什么怎么回事？"

"别人不知道，我还认不出你吗？"梁冰其实还不能百分百确定，所以只是虚晃一枪，看她怎么回答。

尹小沫果然上当，她嗫嚅，"这个……"

梁冰心里有了数，便也不急审问，笑得一脸计谋得逞的奸诈。

尹小沫头皮发麻，这大嫂今天看起来有点恐怖。

梁冰笑够了才问："你们是什么时候开始的？"

"大嫂，你完全误会了。"尹小沫急了，别人弄错也就罢了，怎么连梁冰都那样认为。梁冰不比许之然，她肯定要解释清楚。尹小沫简单叙述了当晚的经过，着重表示伍卓轩只是不想她以后被骚扰，他们之间绝对没有暧昧关系。

Chapter 5
谁是谁的谁

梁冰绝对相信尹小沫所说，因为她本就是个不会撒谎的人。但她对伍卓轩还是持有保留态度，就从他今天的举动来看，必定有所图谋。她不着痕迹地呼出一口气，淡淡道："五分钟前伍卓轩点名要你做他的助理。"

"啊！"尹小沫大张的嘴巴足以塞进去一个拳头。

"所以你让我怎么相信你刚才的话？"梁冰故弄玄虚。

"我说的都是真话。"尹小沫急得就快举双手双脚发誓了。

"那你去不去做？"

话题转得太快，尹小沫一时反应不过来。沉默了半天才说："我要是能去给他做助理，当时也就不会推辞艾柯的工作了。"

"现在情况毕竟不同，伍卓轩亲自要的你，何况，这机会比在艾柯要好上一百倍。"

不知为何，尹小沫突然想起《大话西游》中的一句经典台词：上天安排的，还不够你臭屁？换作现在的情况，同样适用：伍卓轩亲自挑的助理，还不够你臭屁？换作旁人，肯定是一百个愿意，但尹小沫总会有诸多顾虑。学业是一个问题，另一方面，她要是出现在伍卓轩身边，有心人一对比就能看出她就是照片上的女子，到那个时候她浑身长满嘴也说不清了。她深深吸气，"大嫂，你帮我回绝他吧。"

"真的要放弃？"梁冰能猜到结果，却也想不到她那么坚决。

尹小沫坚定点头。

梁冰低喃："我很期待伍卓轩听到时的表情。"

尹小沫没听清，"大嫂你说什么？"

"没什么，咳。"梁冰脑补了一下，他应该不习惯被拒绝。

尹小沫抿了抿唇，"我继续整理应聘表格去。"

梁冰目视着尹小沫的背影，突然有点同情伍卓轩。如果他真对小沫有意，依她那样迟钝的神经，伍卓轩的前路一片迷茫。

伍卓轩刚和梁冰说完事，就被媒体围追堵截，一下午他都绽放迷人微笑任人拍照，脸都要笑僵硬了。明星也有烦恼，有时也渴望平淡的生活。不希望一出门就要戴墨镜，谨防长枪短炮随时出现。在娱乐圈沉浸这么多年，他真的觉得累了。

成立工作室对他来说是个契机，他尝试将工作重心转移，慢慢地完全退居幕后，过平常人的生活。他端着咖啡走近一楼的会议室，今天大伙都在二楼忙碌，这里很安静。走进了才发现并非空无一人，会议桌的另一头有人在纸上画着什么。听到脚步声，她抬起头，一瞬间的眼神交流后，尹小沫垂眸。

"嗨，你在画什么？"

尹小沫慌忙将本子合上，她不能确定凭这些画伍卓轩就能认出她是薄荷柠檬茶，可她不想冒险。她支吾道："没什么。"

伍卓轩淡然微笑。

尹小沫猛然想起今天的发布会有数十家媒体在场，要是不小心被看到她和伍卓轩单独相处，可不得了。她忙退后一大步，"我还有事，先走了。"她落荒而逃，祈求老天保佑门口没有记者。

老天听到了她的请求，她是顺利离开了，但伍卓轩的脸色却不太好。尹小沫那么明显的躲避，他不可能察觉不到。他随便一想也知是何原因，粉丝又如何，她也不想扰乱平静的生活，偶像又如何，也有无法掌控的时候。

"哎，你在这，我找你半天了。"梁冰递给他一份协议，"这个需要你签字。"

伍卓轩的字很漂亮，尤其是签名，龙飞凤舞，极有气势。

"一会给我签点照片，我好多朋友都想要呢。"

伍卓轩笑："别开玩笑了。"

梁冰正儿八经地说："我像开玩笑的样子吗？"

"像。"

梁冰憋不住地笑出声。

伍卓轩也笑了。

梁冰趁着这股劲，赶紧把正事说了，"先给你抱歉，助理的事我没办妥。"

伍卓轩投以问询的眼神。

"她拒绝了。"梁冰悠悠地说。

伍卓轩言简意赅："理由？"

"她还有半年才毕业，每天都有课，没法专心工作。"

这倒是个合理的理由，伍卓轩心里舒坦了些。

Chapter 5
谁是谁的谁

"还有其他合适的人选吗？没有的话，我帮你留意下。"梁冰试探道。

伍卓轩想都没想就说："不用了，这职位给她留着，半年后你再打个电话问她的意思。"

梁冰听了双眼发亮，几乎想拍手叫绝。

伍卓轩不以为意地笑一笑，"通知大家七点开会。"

梁冰耸耸肩，摊上这么一位比她还工作狂的合伙人，也不知是幸还是不幸。

尹小沫回到家，发现灯光敞亮，先是一惊，等看到慢慢从房间踱出来的倪倩，她松口气。"你怎么回来了？"

"不欢迎吗？"倪倩苦着张脸。

"你知道我不是这个意思。"尹小沫搂了搂她的肩膀，"你不是明天才出院吗？"

"我想你了嘛。"倪倩肉麻道。

尹小沫刮她的鼻子，"真的吗？"

"讨厌，"倪倩打开她的手，"都快把我刮成塌鼻梁了。"

尹小沫笑嘻嘻地抱住了她。

倪倩伸手回抱，有种想哭的冲动。

尹小沫揉揉眼睛，"想吃什么，我给你去做。"

倪倩咽咽口水，"暂时还不能吃大鱼大肉，你先欠着吧。"

尹小沫："……"

两人心照不宣地没有提起许之然，尹小沫也明白许之然肯让倪倩搬回来，已是最大的让步。

尹小沫登录微博，显示有几条未读私信。

第一条：能否给个联系方式，有事想找你谈。

第二条是一个电话号码：方便的话打给我。

两条私信相隔十分钟左右，来自同一个人：罗秋秋。

罗秋秋是伍卓轩的经纪人，为人精明干练，是伍卓轩的左臂右膀。她在伍卓轩关注了薄荷柠檬茶不久以后也关注了她，但两人还没有过互动。

尹小沫完全想不出罗秋秋找她有什么事，但出于礼貌，她还是拿出手机拨通号码。

"你好,哪位?"

"你好,我是薄荷柠檬茶。"尹小沫怯怯道。

"哎,终于联系到你了。"罗秋秋听起来很兴奋。

尹小沫小声问:"不知您找我有什么事?"

"是这样的。"罗秋秋似乎在翻什么文件,窸窸窣窣的声音陆续传来,"我们工作室想买你的画用作宣传。"

尹小沫爽快道:"可以啊,有需要的你们就拿去用吧。"

"费用方面……"

"免费。"

罗秋秋不可思议地吸了口气,"你等等。"

尹小沫习惯性地拨弄刘海。

半晌罗秋秋才又开口,"薄荷柠檬茶,你还在吗?"

"在。"

"我们要的数量比较大,今后你所有为伍卓轩画的卡通造型我们都要。"

"没问题。"

"不会也是免费吧。"

尹小沫笑了,"当然。"她从来都没想过拿她偶像的卡通画卖钱。

罗秋秋仿佛被呛着了,嘀咕:"这姑娘傻的吧。"

"啊?"尹小沫听是听清了,但不可置信。

"对不起,我不是说你。"罗秋秋轻咳了声,"我们是想把版权买下来,以后你就不可以再用了。"

这有什么问题?画这些本来就是给伍卓轩的,她要来有什么用。尹小沫笑呵呵地说:"嗯,好的。"

罗秋秋又噎了一下,"姑娘,你听我说。我们工作室不会白用你的画,你开个价吧。"

尹小沫傻了眼,哪有硬逼着她收钱的道理,她不觉窘迫道:"真的不用嘛。"

罗秋秋没办法,只好拿出杀手锏,"如果你执意不肯,那只好取消合作。因为我们怕将来版权问题说不清楚。"

Chapter 5
谁是谁的谁

"怎么会？我可以写份授权，或者和你们签个保证书什么的，绝对不会出现版权纠纷。"尹小沫希望自己的作品能够帮到伍卓轩，她一开始画卡通人物的初衷便是为此，从未改变。

罗秋秋抚额，这姑娘太死脑筋了。她喝了口水，继续说："无论如何，劳动所得天经地义，你把银行账号给我，我按照质量和数量，每月月底给你打钱，你看怎么样？"

尹小沫无奈问道："不要不行？"

"不行。"罗秋秋斩钉截铁地说。

"那我有一个要求。"

"你说。"这姑娘终于正常了，罗秋秋想。

"我以后都通过邮件的形式把画交给你，不见面可以吗？"

罗秋秋停顿片刻，"可以。"她腹诽：好吧，还是不太正常。

"嗯，谢谢。"

这场奇怪的对话终于结束了。

罗秋秋收了线，偏过头看她的老板，"你们两个太让人无语了，一个非要送钱，一个坚决不要，这是要闹哪样！"

伍卓轩脸上的笑意扩大了一点，"你做得很好。"要不是最后罗秋秋来硬的，尹小沫还不肯接受呢。

罗秋秋狐疑道："很少见你为一个人这么上心，你别告诉我上次那则绯闻是真的。"

伍卓轩笑笑，"假作真时真亦假。"

罗秋秋："……"

伍卓轩心情愉悦，吹着口哨开车走了。

罗秋秋一个人在那嘟囔："看来老板的春天要来临了。"

089

Chapter 6 原来这就是爱

尹小沫好几天都不敢去乐乐家，生怕又被娱记拍到。直到乐乐打来电话抗议，她才做贼似的悄悄潜入。她在出发前做好各种心理准备，见到伍卓轩该怎样装作若无其事的样子，去了才发现是她想多了，伍卓轩压根儿不在。

乐乐一见到她就问："尹老师，你在和我二叔谈恋爱吗？"

尹小沫被惊到了，"谁告诉你的，别胡说。"

"那个照片上被二叔搂着的人明明就是你。"乐乐不服气道。

"什么照片啊？"老太太从二楼颤颤巍巍地走下来。

尹小沫忙捂住乐乐的嘴，瞪眼警告她别乱讲。

乐乐噘嘴表示抗议。

尹小沫扶着老太太下楼在椅子上坐定，老太太兴致勃勃地问："丫头，你们刚才说什么照片来着？"

"没有，您听错了。"尹小沫咬住绝不松口。

"是吗？"老太太看看乐乐。

尹小沫在桌底轻轻踢了乐乐一脚，以口型比划：你还想吃糖醋排骨吗？

乐乐天不怕地不怕，就怕没饭吃，当即拍着胸脯作伪证："嗯，确实是太婆婆听错了。"

老太太将信将疑，倒也没再追问。

尹小沫去厨房之前再次给乐乐使眼色，乐乐会意地比OK手势，可她刚一离开视线范围，乐乐就全招了。

老太太听得两眼发亮，她打心眼里喜欢尹小沫，也觉得她和伍卓轩是

Chapter 6
原来这就是爱

天造地设的一对,她转转眼珠,笑得奸诈狡猾,"小乐乐,你想不想尹老师做你二婶?"

乐乐瞪大双眼,"好啊好啊,尹老师要是嫁给二叔,我以后每天都有好吃的了。"

老太太给她头顶一记爆栗,"你就知道吃。"

"难道你不想吗?"乐乐委屈道。她不过是说出了太婆婆的心声而已,呜呜,说真话还得挨揍,这个世界太可怕,她要回火星去。

老太太轻咳几声,清了清嗓子,"那你说我们是不是该帮他们一把?"

"怎么帮?"

"给他们制造单独相处的机会。"老太太一副胸有成竹的样子。

乐乐则完全没有经验,"怎么制造?"

"你二叔一会就回来了,我们现在偷偷溜出去,把空间留给他们,太婆婆请你吃肯德基怎么样?"

乐乐并不买账,"肯德基有什么好吃的,尹老师做的菜那么美味,好不容易才把她盼来,我可不想错过。"

老太太脸一板,"你不想尹老师嫁进来了?"

"想。"

"那还不快去换衣服。"

"哦。"乐乐心不甘情不愿地回房,她实在弄不明白尹老师同二叔谈恋爱和留在家里吃饭有什么关系。

尹小沫麻利地切着土豆丝,想起上次就是做这道菜时,伍卓轩跑了进来,她还以为是乐乐偷吃,毫不客气地打了他一记手背,当时两人都惊呆了,尤其是她还举着菜刀,凶神恶煞的模样一定令伍卓轩记忆深刻。

她唇角勾勒一抹笑意,明知伍卓轩并不在,还是下意识地回头看。

那人,就这样气定神闲地倚在门上,姿态优雅,也不知已站了多久。他轻淡而缓慢地吐出一句话:"你是在找我吗?"

尹小沫大窘,他是什么时候回来的,为什么她一点动静都没听到。

伍卓轩很满意她的表情,心情极佳地微微一笑,"有什么需要帮忙的吗?"

"马上就好了,要不你去客厅坐一会?"尹小沫还是不敢劳烦他,何

况他忙了一天，也该休息下。

"厨艺不如人我就不献丑了，但给你打下手总可以吧。"伍卓轩眨着眼巴巴望着她。

尹小沫不自觉地想到梁开开家养的那只小狗，每次闯祸以后，就是这副表情。她低下头憋笑，可不能让伍卓轩知道了。

"什么事那么好笑？"伍卓轩挑了挑眉。

"啊没什么，要不你帮我把菜端出去吧。"

伍卓轩爽快地答应了。

尹小沫解下围裙，盛了两碗饭出去，讶异道："老太太和乐乐呢？"

"她们有急事出去了。"伍卓轩撒谎连头都没抬一下，其实他回来的时候正遇上鬼祟出逃的二人，一个对着他挤眉弄眼，一个眉飞色舞，他用脚尖想都明白她们在搞什么鬼。

单纯的尹小沫还以为真的那么巧，稍稍遗憾道："可惜了我煮那么多菜。"

"放心，有我呢，不会浪费的。"伍卓轩很给面子。

他有这么好的胃口吗？尹小沫持怀疑态度。话不经大脑便说了出来，"你不需要保持身材吗？"

伍卓轩被呛到了，前些日子有媒体暗示他发福，他坚持每天健身，总算小有成就，尹小沫偏又提起这茬。哪壶不开提哪壶的典范啊。

尹小沫后知后觉，还没发觉气氛有些尴尬。

其实伍卓轩不以为意，"吃完再做运动吧，要是每天得掐着卡路里吃饭，这做人还有什么乐趣。"

尹小沫太赞同了。她无法苟同那些为了苗条而拼命节食的人，相反，她一直崇尚运动减肥。当然，她是不需要健身的，她每天挤车做家务忙里忙外，运动量绝对足够。

伍卓轩拣出一根青椒丝丢在一边，过一会又把鱼汤里的葱花挑了。上一回吃饭，尹小沫一直处于紧张状态，头都几乎没抬过，自然没留意到伍卓轩的小动作，今天就只有两人，尹小沫看得真切，伍卓轩竟这样挑食。就在他第三次挑出番茄时，尹小沫实在看不下去了，"挑食不好。"

"我不挑食的。"伍卓轩一边大言不惭，一边又把葱花撇净。

尹小沫无语，"你这样会营养不均衡的。"

Chapter 6
原来这就是爱

"我从小就那样,不也这么过来了?"伍卓轩笑笑,死不悔改。

尹小沫抚额,光鲜亮丽的大明星原来也有这样的缺点,不过倒是更接地气了。她琢磨着想个法子让伍卓轩各种都尝试一下,但他不比乐乐,尹小沫可以用威胁的办法,要说服伍卓轩,着实有点伤脑筋。她眼珠子咕噜噜一转,计上心来。她扁扁嘴,"说实话,是不是我做的菜不合你口味?"

"怎么会,"伍卓轩还不太明白她的用意,笑着说,"你的手艺是得到一致赞赏的。"

"老太太和乐乐喜欢,不见得你也喜欢。"尹小沫声音沉闷。

伍卓轩为了表示他也很喜欢,忙又夹了一筷子。

尹小沫还是闷闷不乐,"可老太太和乐乐从来都不会把青椒丝挑走,也不会把葱花撇掉,更不会丢掉番茄块。"

伍卓轩就是再傻也听懂她的意思了,他似笑非笑,"这是我自身的问题,和你的手艺没有关系。"

尹小沫吸吸鼻子,"我听人家说,做菜到一定境界,哪怕是以前不爱吃的东西也能令人吃得津津有味,显然我很失败。"

伍卓轩忽然咧嘴笑得炫目,绕那么大一圈子,不就是想让他别挑食吗。伍卓轩一点都不反感她多管闲事,反而感动于她挖空心思费尽唇舌只为他的健康着想。他眸光在尹小沫脸上转了一圈,划了些青椒丝到碗中,就着尹小沫贼兮兮的笑容,眼不眨眉不皱地吃下去。

尹小沫心中得意,装可怜果然是对付伍卓轩最管用的方法。

伍卓轩边吃边想到有一回他微博私信薄荷柠檬茶,询问她所画卡通人的造型从何而来,她不想回答,便也是这样可怜兮兮地问他是不是不喜欢,他心一软就没再问下去,这招数,屡试不爽。可尹小沫并不晓得,伍卓轩也不是逢人便吃这套,只有她。伍卓轩凝视她,漆黑如点墨的眼眸光华流转。尹小沫一抬头就撞进他深不见底的黑眸,心跳急促,有一刻,尹小沫差点以为心脏就要从胸腔蹦出来。

空气又陷入凝滞,伍卓轩活跃气氛,"你刚才的语气似乎很耳熟,好像谁也说过。"

尹小沫一惊,不由自主地问:"谁?"

伍卓轩故意一顿,"应该是微博上的谁。"

尹小沫吓得脸色都变了。

伍卓轩心知肚明，可还想逗她，"对了，你上微博吗？"

"不上。"尹小沫答得飞快。

"可以去注册一个，有时看看还挺有意思的。"

尹小沫不语，她再注册一个小号，就得精神分裂了。

"反正你也不是我的粉丝，不用关注我。"

尹小沫："……"憋了半天说："我注册的话，一定会关注你。"

"谢谢你给我面子。"伍卓轩歪着嘴乐。

尹小沫："……"

吃饱喝足，伍卓轩抢着洗碗，尹小沫怎么肯，"别，还是我来吧。"

"怕我砸了厨房？"伍卓轩戏谑道。

"这些事我做惯了，你不要和我抢。"

"尹小沫，"伍卓轩忽然收了笑意，一本正经地说。

尹小沫下意识地回答："在。"

"我们是不是朋友？"

尹小沫哪敢高攀，可伍卓轩既然这么问了，她又不好否认，她轻轻点头。

"那不就行了，你做饭我洗碗，天经地义。"伍卓轩声音里跳跃着愉快。

账是这么算的吗？一个做饭一个洗碗不是夫妻间的相处模式吗？尹小沫拍拍已红得不行的脸，不敢再往下深想。

伍卓轩卷高了衬衫的袖子，开始劳动。

尹小沫并不是把他当成雇主，所以才自觉要求洗碗，而是她不习惯看着偶像干活，她到处闲逛。可这小说里都不会出现的段子，偏偏发生在了现实生活中。她有些发蒙，同时也不知所措。其实她有想象过同伍卓轩的相处，怎么也该是他盛气凌人，她紧抱大腿，次一些也应该是他傲娇清高，她各种花痴，怎么也不该是现在这样，两人坐在同一张桌子上吃饭，他不时幽默几句，最离谱的是他还要争着洗碗。而她从一开始的看到他就发抖，到如今敢当面装可怜骗他吃青椒，改变似乎也有点大。这是哪里的程序出错了吗？尹小沫倍感不可思议。

"尹小沫。"

那头没反应。

Chapter 6
原来这就是爱

伍卓轩又唤了声:"尹小沫。"

尹小沫回过神。

"麻烦帮我系一下围裙。"明显就是不常做这类事,伍卓轩昂贵的衬衣上已被溅到一滴油渍。

尹小沫边心疼那惨遭蹂躏的衬衣,边腹诽:早说了让我来洗。

卡通围裙上身,与他美貌的气质格格不入,伍卓轩倒是一点都不介意。

伍卓轩神情柔和,"麻烦你把背后的带子系一下。"

尹小沫光顾着欣赏他斯文优雅赏心悦目的动作,忘了这茬,她吐吐舌头,手绕到他背后,形成一个双手环抱的动作,尹小沫自己也意识到了,满脸通红。她越是着急,越系不上。

伍卓轩语调温柔,"别急,慢慢来。"

室内只余两个人的呼吸,以及尹小沫如鼓擂的心跳声。

"二叔我们回来了。"乐乐蹦蹦跳跳地跑进唯一亮着灯光的厨房,大叫一声,"我什么都没看到,我什么都没看到。"她捂着眼睛跑了出去。

尹小沫脸红得快滴出血,伍卓轩泰然处之,就好像什么事都没发生过一样,继续洗着碗。

老太太则敲了敲门,"我和乐乐上楼去,不打扰你们,你们该干吗干吗。"

尹小沫哪里还坐得住,"我也得回去了。"她抓起包包,狼狈而逃。迎上老太太略带深意的目光,她更臊得慌。在玄关换鞋时,尹小沫听到乐乐奔进了厨房,"二叔,有没有留好吃的给我,肯德基太难吃了。"尹小沫虽迟钝,但不笨,老太太这是给他俩创造机会呢。尹小沫在心底叹气,老太太的出发点是好的,可她和伍卓轩之间差距太大,他们是不可能的。她也从来没奢望过什么,她只要能远远地关注他,看他寻获幸福就好。她别无他求。

尹小沫一回到家就被倪倩看出异样,她盯着小沫看了许久,最后嘿嘿笑道:"尹小沫你有情况,还不从实招来。"

"什么呀?"尹小沫才不相信她看几眼就能发现什么,又不是特异功能。

"还装,你眼角眉梢都写着两字——发春。"

尹小沫冷汗直冒。

倪倩半搂住她,"是谁从我身边夺走了你?"

"哪有！"

"尹小沫，我们这么铁，你能瞒得过我？"倪倩气呼呼的。

"真没有。"尹小沫理直气壮。

倪倩还是不放过她。

放在从前也许尹小沫会跟她分享这段日子的经历，但她现在是许之然的女朋友。倒不是说她嘴快，有时不经意间说漏嘴也是可能的。尹小沫自己觉得没什么，但许之然万一大惊小怪，谁受得了啊。她推了推倪倩，"如果我有了男朋友一定第一时间告诉你，就像你一样。相信我。"

倪倩拍她的肩，"我自然信你。"

尹小沫笑意盈盈，她对未来一向充满希望，属于她的Mr.Right，一定已经在不远处默默等待她。

同一时间，伍卓轩正在老太太的卧房接受她的审问。

"快说，你是不是对小沫丫头有意思？"老太太板着臭脸，这小子性格温吞，动作太慢，也不知送人家回家，也不懂得献殷勤，这样下去，她要何年何月才能抱上曾孙。

伍卓轩既不承认也不否认："您别吓着她。"

"要不是你不主动争取，我也不会插手。"老太太对尹小沫一千一万个满意，人长得漂亮，脾气又好，最重要的她还是伍卓轩的忠实粉丝，她是过来人，看得出尹小沫对伍卓轩的感情不是单纯的迷恋，还有崇拜在里面，更多的是一片真心。这年头，不浮躁不虚荣肯吃亏的女孩子不多了，这傻孩子再不下手，她真怕尹小沫会被人抢了。

伍卓轩从容道："您就别瞎操心了，我的事我心里有数。"

"半年。"

"啊？"

老太太不容置疑地说："我给你半年时间，你还不能追到小沫的话，我就亲自出马。"

伍卓轩喷笑，"您要亲自追求她？"

"少给我嬉皮笑脸的，错过她，你将来都没处哭去。"

伍卓轩颔首，他十分同意老太太的话。他还没有摆出追求者的姿态，

Chapter 6
原来这就是爱

只是不想给尹小沫太大压力。她是拿他当偶像供起来的，身份的突然转变，她会一时难以接受，恐怕她到时会选择躲起来避而不见。伍卓轩是要么不做，要么一击即中之人，他认准的事不会轻言放弃，他在等待一个契机，等到尹小沫忘记偶像和粉丝的关系，把他当普通人看待，那便是时机成熟了。想一想，半年也差不多。若是半年以后，尹小沫还傻乎乎的，什么都感觉不到，那就算吓着她，也要冒险一试的。

乐乐在门口比划着小拳头，"二叔加油！"

伍卓轩摸摸她的脑袋，为了他的终身幸福，他是该努力一把了。

回到房间，伍卓轩发现手机上显示有一个未接电话，是罗秋秋打来的，他回拨过去。

"伍老板，请示一下，最新一期的街拍要不要发给尹小沫？"

"当然要。"不多给她分派点工作，她怎么挣钱。

罗秋秋牵起嘴角，"得令。"

"等一下。"

罗秋秋已经准备按下OFF键，又重新拿起来，"伍老板还有何指示？"

"你把照片传到我邮箱，我再给她。"伍卓轩故作淡然。

"老板你要出手了？"罗秋秋嗅到了某种八卦的味道，两眼发亮。

伍卓轩还是很淡定，"咳，我有点要求想和她说。"

"哦……"罗秋秋拖长了尾音，"不如你告诉我是什么要求，我替你转达。"

"罗秋秋，限你十分钟内传给我，否则后果自负。"伍卓轩略微拔高了声量。

"是是是。"老板恼羞成怒，做下属的必须配合，罗秋秋在电话里唯唯诺诺，心里已经笑翻了。

伍卓轩轻点鼠标："在吗？"然后等待对方的回答。他竟像个十七八岁的青涩小伙一样，有些期盼，有些忐忑。

屏幕另一头的尹小沫看到伍卓轩发来的私信，血气上涌，还没打字，脸先通红了。她平复了心情，回复："在。"想一想，又加了几个字：

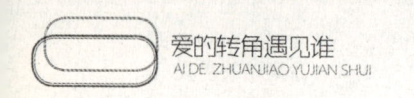

"有事吗？"

"最新的街拍，现在方便给你吗？等你有空的时候再画，不着急。"

尹小沫第一反应是他被盗号了吧，否则这种小事也要他亲自处理？她小心翼翼地问："你是伍卓轩本人？还是……他的助理？"

伍卓轩有想把尹小沫脑袋打开看看是何构造的冲动！他深呼吸，"是我，需要验证身份吗？"

"呃，那倒不用。发过来吧，我会尽快完成的。"其实也不能全怪尹小沫，伍卓轩经常忙到一天只能睡三个小时，她怎会想到他会有时间和她讨论画的事。

伍卓轩选了自我感觉最好的两张给她，尹小沫很激动，又可以花痴了，这次还是第一手资料。不过独乐乐不如众乐乐，有好事她绝不会忘记忘忧草，便问："这两张照片可以公开吗？"

"随你。"伍卓轩还是有些沮丧的，她完全是标准粉丝的心态，没想过要藏私。

尹小沫才没想那么多，她马上兴奋地转给了忘忧草。

忘忧草："哇，太帅了。哪里来的？"

尹小沫想起还没跟她提过罗秋秋打电话的事，她长话短说，说清楚来龙去脉，但略去了伍卓轩给她照片的事。

忘忧草："赞一个，以后我就得跟你拿资料了。"

薄荷柠檬茶："少来，你可是后援会会长，我得抱紧你大腿。"

忘忧草笑哈哈："互帮互助嘛。"

伍卓轩等了许久未再等到尹小沫的回复，失望地下线。

尹小沫则全然没有意识到自己伤害了一颗纯真少男的心。

几天以后，尹小沫画好了样稿，直接传到了罗秋秋的邮箱，她潜意识里还是没觉得这是伍卓轩该操心的事。

没想到，几小时以后伍卓轩给她发来了私信：以后画稿直接给我。

尹小沫觉得诧异，嘴快多问了一句："为什么？"

伍卓轩给出的答案是：你画的是我，我想第一个看到没问题吧？

当然没问题，但尹小沫总觉得怪怪的。

Chapter 6
原来这就是爱

后来罗秋秋对伍卓轩的举动给出了一个中肯的评价：他傲娇了。

尹小沫连着几次去乐乐家都没有碰上伍卓轩，一开始并不觉得什么，久而久之发现有点想念他。以前二十年没见过他真人，不也活得好好的，这尝到甜头就不满足现状了，人果然由俭入奢易，由奢入俭难。

她本应该装淡定和不在乎，可还是没忍住问乐乐："乐乐，好像好久没见到你二叔了。"

"想他了吧。"乐乐抓着画笔涂鸦，头都没抬。

"呃。"尹小沫就这样被呛住了。

"想知道的话，自己问他呗。"乐乐终于良心发现，"我把他手机号给你。"

"哎，不用。"即便有他的号码，尹小沫也不敢打。

乐乐嬉皮笑脸，"真的不要吗？"

"不要。"尹小沫答得干脆。

"不后悔？"

"不后悔。"

乐乐耸肩，"好吧。"幽幽地叹口气："可怜的二叔。"

尹小沫回家途中接到忘忧草的电话，一上来便是兴奋的尖叫："薄荷，你猜我现在在哪里？"

"你不是在B市吗？"

"哎呀，我在丽江。"忘忧草笑眯眯地又问："那你猜我和谁在一起。"

"我哪知道呀，男朋友？"尹小沫胡乱猜测。

忘忧草无奈摇头，"我让他跟你说。"

"啊？"尹小沫莫名其妙。

"薄荷你好，我是伍卓轩。"话筒里突然传出伍卓轩低沉富有磁性的嗓音。

尹小沫惊得差点把手机扔了，她瞪大眼睛，就像挨了一记闷棍，一句话都说不出。

"喂，你在听吗？"

"你你你你，你好。"尹小沫憋半天才憋出一句话，哪怕她和伍卓轩有过很多次交流，乍听到他的声音，她还是控制不住激动的情绪。

伍卓轩在那头似乎轻笑了一下，"你在干吗呢？"

"我我我我，我在走路。"尹小沫语无伦次了。

"小心过马路，注意安全。"伍卓轩温柔地说。

尹小沫结巴的毛病更厉害了，"好好好好好的。"

忘忧草接过伍卓轩还回来的手机，叹息："薄荷柠檬茶，你能不能有点出息。"

尹小沫对自己的表现也是极度无语，不是第一回相见，更不是第一次听到他的声音，两人还有过暧昧的独处，她为什么还会紧张成这样。她小心翼翼地问："他生气了？"

"这倒没有。"忘忧草瞥了眼伍卓轩所处的方位，"他应该想和你多说几句的，不过你也太丢人现眼了。"

"这要怪你，谁让你把电话给他的，我一点心理准备都没有。"

"切。"忘忧草声音略拔高，"他主动要求的，关我什么事。"

尹小沫："……"

"说真的，你到底有多久没关心过伍卓轩了？你竟然不知道我们在云南的活动？"

"呃，什么活动？"

忘忧草抚额，"一个帮助失学儿童的慈善活动。贴吧有报名帖，我想你肯定没时间参加，就没通知你。"

尹小沫隐约仿佛好像似乎有那么一点印象，可却没放在心上。一来，她最近忙昏了头，二来，确实因为她私底下和伍卓轩见面频繁，导致对他的通告和行程反而没那么在意了。

"活动要开始了，先挂了，回头空了再打给你。"忘忧草急匆匆收线。

尹小沫的手机上很快收到一条彩信，是伍卓轩戴着红领巾，和小朋友打乒乓的潇洒身姿，她抿唇笑了。

一下课尹小沫就被教导主任叫进了办公室，她心虚地想，最近没逃课啊。

梁开开给予同情的目光，"去吧，主会保佑你的。"

Chapter 6
原来这就是爱

尹小沫怀着忐忑不安的心情敲响主任办公室的门。

"进来。"靳主任抬起头，笑眯眯的，尹小沫放下了一颗心。"小沫，我给你介绍一下，这是沈飞鸿，名设计师，你应该听过她的大名。"

尹小沫注意到角落里还坐着一个人，她一见小沫惊喜道："你不就是尹……尹什么来着，那天伍……"

"你好，我是尹小沫。"尹小沫赶紧打断她，可不能让她再往下说了。怪不得上一回听到这名字就觉得有点耳熟，听闻沈飞鸿设计的每套衣服都只有独一无二的一件，穿出去绝对不会撞衫，当然价格也极为昂贵，可就是有不少人趋之若鹜，包括很多明星在内。尹小沫想到那条连衣裙，一阵颤抖，她要什么时候才能还清这笔钱啊。

靳主任好奇道："你们认识？那更好了。"

"有过一面之缘。"尹小沫含糊道。

沈飞鸿笑着不说话。

"沈大设计师想找个模特试衣服，我觉得你挺合适的。"

"我？"尹小沫不可思议地指着自己的鼻尖，要脸蛋没脸蛋，要身材没身材，靳主任怎会选上她。

靳主任没理她，转而征求沈飞鸿的意见。

"我觉得行。"

"那就她吧。"

两人全然没把尹小沫当回事，就这么决定了下来。

"等等，"尹小沫忍不住开口，"沈小姐，我太平凡了，实在衬不起你那些精美的服饰。"她有几斤几两重，心里清楚得很。

沈飞鸿不以为意，"我设计的衣服本就是给普通人穿的。"她顿了顿，"越平凡的人穿上后光彩照人，越证明我的成功。"

尹小沫汗颜，这话听起来怎么都不像夸人。

"那沈大设计师，你这就把人带走吧。"

"靳主任，您效率真高。"

两人互相吹捧了一番，尹小沫在旁边像个多余的人。

趁着沈飞鸿去洗手间，靳主任悄悄说："小沫，我帮你问过了，去一次有两百块工资，你好好干。"他眨眨眼，脑门上的三根头发随风飘扬，

101

可爱极了。

尹小沫这才了解了靳主任的良苦用心,她由衷感激:"谢谢靳主任。"

靳主任笑了笑。

沈飞鸿开车把尹小沫带到上次的精品店,笑说:"你正好可以把上回落下的衣服带回去。"

要不是她提起,尹小沫都快忘记这回事。她点点头,咬了下唇,"沈小姐,有件事我想问你,可以吗?"

"问吧,"沈飞鸿闲闲道,"不过你得先答应我一件事,能不能别叫我沈小姐那么见外?"

尹小沫想不到该叫她什么,她们还没熟到能互相称呼名字的地步。

"就叫我飞鸿姐吧。"

出于礼貌,尹小沫还是答应了。

"有什么想知道的你就问吧,包括伍卓轩的事,我保证知无不言言无不尽。"沈飞鸿表情生动有趣,与她优雅的气质全然不相符。

尹小沫突然就不知怎么开口了。

"好了,好了,不开你玩笑了,你刚才想问什么来着?"沈飞鸿忍俊不禁。

"如果单纯试衣服,你可以找表演系的,她们模样好身材也棒,要是希望获得一些灵感,服装设计专业的更适合,你为什么会找美院的学生呢?"尹小沫纯粹是好奇,这个问题从她上车到现在一直困扰着她。

沈飞鸿认真回答:"美院的学生对颜色比较敏感,设计方面我很有自信,主要颜色搭配,我想听到更好的建议。"

"原来如此。"尹小沫总算明白了。

"我的答案你满意吗?"沈飞鸿微微含笑。

尹小沫主要担心靳主任为了她能多赚钱补贴家用,硬把她推荐过去,这样她肯定会过意不去,现在既然能帮上忙,那便再好不过了。

"那我们开始吧。"沈飞鸿从衣架上飞快扯下一套衣服,"先试这件,让我看看效果。"

尹小沫又在镜子前拉了半天的领子才敢走出门,沈飞鸿设计的衣服多半是低胸大领口,尹小沫着实不习惯。

Chapter 6
原来这就是爱

"哎呀你又糟蹋我的创意,这衣服就是要这样穿才好看。"沈飞鸿不由分说地把领口拉大,满意道:"你看,效果完全不一样了。"

尹小沫完全拿她没办法。

"你要相信我的眼光。"沈飞鸿狭长漂亮的眼里满是笑意。

"没看出你的眼光好在哪里。"一个清脆的嗓音突兀地插入两人的对话。

沈飞鸿头都没抬,"徐桃,你要把我吓死才甘心。"

徐桃没理会她,反而对着尹小沫说:"不好意思,我不是说她选你做模特的眼光不好,我指的是她挑男人的眼光。"

尹小沫笑,她倒是根本没往这上面想。

"徐桃,你给我闭嘴。"沈飞鸿手叉腰,"这家店你也有份的,整天都不来帮忙是要闹哪样。"

徐桃满不在乎道:"一说到这个你就转移话题。"

"小沫,这人脑子不正常,别和她一般见识。"沈飞鸿拍拍小沫的肩。

"喂,沈飞鸿,有你这么介绍人的吗。"徐桃可不乐意了。

尹小沫感觉她俩的相处方式有点像她和倪倩那样,以斗嘴为乐。

徐桃用屁股把沈飞鸿挤到一边,大大方方地伸出手,"我叫徐桃,是沈飞鸿的损友。"

尹小沫也伸出手,报了自己的名字。

"尹……"徐桃若有所思地抚了抚下巴,"原来你就是……"

沈飞鸿适时打断她,"徐桃,你实在闲的话,把那些快递包裹拆了吧。"

"对对,差点忘了,我不就是来拿快递的嘛。"徐桃自言自语,"我买的化妆品在哪呢。"

沈飞鸿呼了口气,"小沫,你觉得身上这件如何?"

尹小沫对时尚的理解并不透彻,而且她思想略保守,对低胸的衣服总有些排斥,不过沈飞鸿是名设计师,能获得成功自有她独到之处。尹小沫轻声说:"挺好的。"

"那颜色方面呢?"沈飞鸿追问。

这是尹小沫的强项,她凝神思考了一阵,"很适合这个季节穿。"

沈飞鸿从衣架上又扯下一条同色系大披肩,"披上这个,是不是春秋两季也能穿了?"

尹小沫大赞，"没错。"

"别先忙着称赞，你看看这里拉链的设计怎么样？"

在腰部有一整圈隐形拉链，尹小沫觉得有点多余，可一想沈飞鸿这样设计肯定有她的道理，便不敢擅自评论，"我想应该有别的用处吧。"

"猜对了，"沈飞鸿得意地说，"打开拉链以后，裙子就变成了上衣，"她又变戏法似的拿出一条同质地的长裤，"再接上去就是一条连体裤。"

尹小沫目瞪口呆，"这简直是一衣N穿啊。"

"所以我设计的衣服虽然卖得贵，但还是很值得买吧？"

尹小沫大为赞赏，"构思精妙绝伦。"

徐桃在旁边幽幽地说："也只有你是她的知音，在我看来，谁吃饱没事干，一件衣服翻来覆去的穿，还不如多买几件替换，这样才能保持新鲜感和增加回头率。"

"去去去。"沈飞鸿把徐桃赶到一边，"找你的化妆品去。"

尹小沫尴尬地揉揉鼻子，这闺密倒是一点面子都不给。

沈飞鸿又让尹小沫换了几件衣服，每件都有其特色，尹小沫佩服她的想象力，有些人天生就是适合吃这口饭的。有一件墨绿色的，尹小沫提议改成湖绿色，沈飞鸿想了会，又在电脑上反复比对，欣然接受了她的建议。

"咦，飞鸿，你买那么多伍卓轩的杂志做什么？"徐桃诧异的声音从角落传来。

沈飞鸿赶紧跑了过去，"哎，谁让你拆我东西了。"

"不是你让我全拆了的吗？"徐桃瘪嘴道。

沈飞鸿把杂志一股脑儿地塞进旁边一个大纸箱里，低声说："写我名字的你别动了。"

"遵命，沈大小姐。"徐桃扮了个鬼脸。

沈飞鸿瞥了尹小沫一眼，见她坐在电脑前，并未朝这里瞧，先就松了口气。

其实尹小沫早就看见了，只要印有伍卓轩的杂志，哪怕仅仅是个封面，她也会买回家收藏起来。沈飞鸿网购的那些她都有，只是她有些想不明白，明明沈飞鸿和伍卓轩是朋友，为什么要偷偷收集他的杂志，这种事不是粉丝才会做的吗。

Chapter 6
原来这就是爱

沈飞鸿看着纸箱发呆，徐桃摇头叹气。

"飞鸿姐，还有别的衣服需要试吗？"尹小沫问，见她不应，又问了一遍。

"哦，没别的事了，你换了衣服就回家吧。"沈飞鸿心不在焉地说。

背后的拉链，尹小沫怎么都够不着，刚才是沈飞鸿帮忙的，还得麻烦她。"飞鸿姐，你能不能帮我一下？"

沈飞鸿魂不守舍，徐桃又叹口气，"我来吧。"

"飞鸿姐这是怎么了？"尹小沫问，虽然她们只见过两回，但一见如故，说话又投机，尹小沫还是很关心她的。

"哦，她没事。"徐桃淡淡道，又淡瞥了尹小沫一眼，"小沫，飞鸿对你好不好？"

"很好呀。"尹小沫虽感觉她的问题奇怪，可还是回答了她。

"那你会不会跟她抢？"

"抢，抢什么？"尹小沫感到莫名其妙。

徐桃摇头，"没什么。"

什么情况？这没头没脑的话到底什么意思？尹小沫以眼神相询，徐桃却不愿再说。

尹小沫换上自己的衣服拿起包正准备走人，侧门从外面被打开，伍卓轩无声无息地走进来，边走边说："飞鸿，我来拿点东西，不用招呼我，我拿了就走。"他猛然一抬头看到了尹小沫，明朗笑容自唇边绽放，"嗨，这么巧。"

"嗨。"尹小沫神色一正，他总是这样神出鬼没的吗？

"好久不见了。"

"是啊。"尹小沫呵呵傻笑。

好诡异的对话，徐桃蹙了蹙眉。

"你来帮小沫拿衣服的吗？"沈飞鸿问，神情淡然。

伍卓轩毫不掩饰地点头。

尹小沫错愕。这等事还需劳他大驾？她究竟撞了什么大运了。

沈飞鸿脸上表情无丝毫异样，"那你正好送她回家。"

"我坐公交就好，很方便的，我来的时候看过，门口就有站台……"

尹小沫的话湮灭在伍卓轩深深的注视下，她垂眸。

"嗯，我正好顺路。"伍卓轩气定神闲道，"走吧。"

尹小沫乖乖地跟着他走。

徐桃恨铁不成钢地在沈飞鸿胳膊上狠狠掐了一把，"你非但没把伍卓轩留下来，还让他送尹小沫。沈飞鸿，你脑子没问题吧。"

"大姐，疼！"沈飞鸿委屈得快哭了。

"手上疼，心就不疼了。"徐桃面无表情道。

沈飞鸿移开视线，漠然道："压根不懂你在说什么。"

"你真听不懂还是假听不懂？"徐桃愤愤然，"没见过你这样硬把心上人往别人身边推的。"

沈飞鸿不给予回答。

徐桃冷哼，"皇帝不急急死太监，其实关我什么事！"

沈飞鸿搂搂她的肩膀，"那你就别管了。"在徐桃发飙之前又说："我有分寸的。"

"拜托你对自己好一点。"徐桃简直拿她毫无办法。

沈飞鸿捏捏她的脸，"我有你就够了。"

徐桃除了深深叹气还能做什么。

尹小沫走着走着就跟丢了，她满脑子都是伍卓轩为了她专门跑一趟的事。他的时间不是很宝贵的吗，怎能浪费在这等小事上。可她心中又很高兴，这代表伍卓轩对她的重视。她纠结了半天，一走神就走错了路。

伍卓轩把她拎回来，"我的车停在那边。"

尹小沫脸上透着淡淡的粉红。

上了车，尹小沫马上主动扣好安全带，一想起那天的事，她就心跳加速，脸颊潮红。

伍卓轩显然也想到了，神情愉悦。"你还没吃饭吧？我知道有一家餐厅的东西很好吃。"

和伍卓轩吃饭？虽然不是第一次了，可从前并没有在公开场合，尹小沫有些犹豫。

"放心吧，是一间私人会所，不会有人打扰的。"伍卓轩猜出她所担

Chapter 6
原来这就是爱

心的是什么。

尹小沫颔首,"嗯。"过一会问:"很贵吧?"

伍卓轩好笑道:"别担心,不用你分期付款。"

尹小沫低头,"那条裙子的钱我暂时还没办法还你。"

伍卓轩懊恼,明知尹小沫自尊心强烈,怎么还偏偏提起这茬。"我不是那个意思。"

尹小沫还是低垂着头,"我知道。"

伍卓轩试着转移话题,"你喜欢吃什么?"

"我不挑食的。"尹小沫低声说,然后自己笑了。

伍卓轩也跟着笑,"我也努力不挑食。"

他说的时候神情很专注,漆黑眼眸深不见底,尹小沫仿佛听到了某种承诺,眼神微微一闪,秋水明眸似有光华流转。

"尹小沫。"伍卓轩忽然连名带姓地唤她。

"嗯?"

"你坐好。"

尹小沫惊讶。

"你这样看着我,我没法专心开车。"伍卓轩耍起了无赖。

尹小沫:"……"她半侧过身,心底泛起丝丝涟漪。

伍卓轩在路上打了个电话,似乎是订座。那一头使劲调侃他,好像很熟络的样子。

然后尹小沫听到伍卓轩说了一句:"你见到就知道了。"说的是她?这是要介绍她给朋友的节奏?尹小沫心里七上八下的,又觉得是自己想多了,又怕给伍卓轩丢脸。

伍卓轩看着她自言自语,嘴里振振有词,挂了电话问:"你怎么了?"

"我……我不饿。"尹小沫也不知怎么会冒出这一句。

"可是我饿了,你就当陪我吃点东西吧。"

尹小沫再没有理由拒绝。

伍卓轩依旧带着尹小沫从后门进去,服务员可能是见惯不怪了,大明星当前也没大惊小怪。

年轻帅气的小伙子把他们带进一间包房。

"这里的服务员也长那么帅。"尹小沫喃喃自语。

伍卓轩轻咳一声，最英俊最帅的明明就在你面前，你怎么还能看见别人。

尹小沫后知后觉，眼睛跟着侍应生走动的身影乱转。

伍卓轩实在看不过去了，扳正她的脑袋，"点菜。"

"你看着办。"尹小沫还要转过头，伍卓轩不放手，一本正经地说："尹小沫，第一，你这样盯着人家看，他们会不好意思。"

"对不起，我还从来没有同时看到那么多帅哥。"尹小沫搓搓手，可爱地吐吐舌头。

"第二，你有没有考虑过我的感受？"伍卓轩神情看上去有些沉重。

这又关他什么事了，尹小沫惊异。好在她也不是太笨，很快领悟，她笑着说："放心，你在粉丝的心目中无人能及。"

"真的？"伍卓轩不依不饶。

"当然是真的。"尹小沫就差没举手发誓了。

伍卓轩追问："等到我满头白发满脸皱纹的时候呢？"

"你忘了你和他们有白发之约吗？"

伍卓轩哑然。去年他出演一部清宫剧，剃发以后戴了个灰白头发的假发，他在微博上以玩笑的口吻问粉丝：有一天我终老去，到那时你们还在否？粉丝纷纷表示会一起陪他到白头，这就是所谓的白发之约，他自然记得。现在他很想再问一次，而且只是问尹小沫一人，愿不愿意陪他到白头。他相信尹小沫一定会回答愿意，可惜这并不是他想要的答案。她太有作为粉丝的自觉，但伍卓轩要的不是偶像和粉丝的关系。

尹小沫很想告诉他，她是他的忠实粉丝，一定会陪伴他一辈子，无论他年轻英俊还是白了头发掉光了牙。可伍卓轩明确表示过不希望粉丝太过渗透他的生活，她担心会被误会别有用心，如今是骑虎难下了。

伍卓轩感觉时机尚未成熟，现在跟她说这样的话，一来会惊到她，二来她可能都没弄清楚对他到底是偶像的迷恋还是有爱情在里面，他不愿用这个身份去压她，他要的是两情相悦。

尹小沫隐隐能感觉到伍卓轩待她与旁人不同，可她又怎敢多想。

包厢的门被轻敲两下，"可以上菜了吗？"

"我们不是还没点菜吗？"尹小沫低声问。

Chapter 6
原来这就是爱

伍卓轩对着门口叫了声："进来吧。"

一名长相大概是所有服务员中最俊逸帅气的小伙子端着一盆菜，笑吟吟地走近。

伍卓轩眼角扫过他，"怎么，今天忙到需要老板亲自传菜了？"

"嘿嘿。"他笑得不怀好意，"你知道我的目的。"

尹小沫面孔忽然有点发烧。

"会所的老板，范藩。"伍卓轩给尹小沫介绍，以眼神警告他别打其他主意。

"叫我饭饭就好。"范藩伸出手，笑得一脸狡黠，"幸会幸会。"

"尹小沫。"她刚要伸手，伍卓轩抢先握住范藩的手，随意晃了几下，再甩开。

范藩惊住了。

尹小沫也惊呆了。

伍卓轩淡然道："已经很给你面子了。"

范藩立刻明白尹小沫对伍卓轩的重要性，他笑得更欢畅了，"你们先吃起来，其他菜马上来。"

伍卓轩把他晾在一边，偏过头问尹小沫，"你喝什么？"

"随便吧。"尹小沫低着头。

范藩兴奋地插嘴，"哎呀，你怎么知道我们这里最出名的饮料就是随便，我马上叫人送来。"

尹小沫错愕，还真有这种饮品？

伍卓轩瞪他，"你就吹吧。"

"是你太久没来了，这可是一个月前刚研制出的新品，十分受欢迎。"范藩瞪着眼睛大言不惭道。

伍卓轩懒得理他，只是劝说尹小沫，"依我的经验，不会是什么好东西。"

"喂，伍卓轩，你好歹尝过以后再评价。"范藩可不乐意了。

尹小沫忙说："行，就这个吧。"

范藩眨眼，"还是小沫心疼人。"他这是故意刺激伍卓轩呢。

果然伍卓轩马上说："小沫是你叫的吗？"

"我为什么不能叫？"范藩不服气，他转而问尹小沫，语调温柔：

"我可以这么叫你吗,小沫。"

尹小沫弱弱道:"叫吧。"叫都已经叫了,还能怎么样。

伍卓轩郁闷地想:他都还没这么叫过呢!

范藩挑衅地瞅着伍卓轩,嘴角笑意更甚。

伍卓轩现在只想把这只讨厌的电灯泡扔出去,后悔为何会带尹小沫来这里。

菜很快上齐,所谓"随便"的饮料也随之端上桌。

饮料颜色很漂亮,有点像鸡尾酒层次分明,尹小沫浅尝一口,酸酸甜甜,清爽解渴。

范藩紧张地问:"怎么样?好不好喝?"

尹小沫笑着说:"很不错。"

范藩舒口气,"我就知道你会喜欢。"

伍卓轩在一边闲闲地说:"别得意得太早,她出于礼貌不想打击你而已。"

"是这样吗?"范藩问尹小沫。

伍卓轩直接替她回答了,"是的。"

"伍卓轩,你不打击我就不痛快是吧?"范藩懊丧。

尹小沫揉着鼻子偷笑。

伍卓轩鼻尖溢出句,"哼,菜都上齐了你还留在这里干嘛?会所快倒闭了吗?你没别的事情做了吗?"

"你可真够损的。"范藩是聪明人,自然明白伍卓轩是嫌弃他在这儿碍手碍脚了,这个重色轻友的家伙,偏不如他心意。范藩索性大咧咧地坐定,"小沫,初次见面,这顿饭我请。还请吃什么,尽管叫,别和我客气。"

尹小沫摆手,"不用了不用了,这些都吃不完。"

范藩殷勤地给尹小沫夹菜,把伍卓轩气得牙痒痒,范藩肚中暗暗笑翻,让你嚣张!

尹小沫似乎有话想说,却欲言又止,她担心问错话,让伍卓轩难堪。

范藩看出她的犹豫,"有话想问我?随便问,伍卓轩的内裤尺码我都可以无条件提供。"

尹小沫被他说得脸都羞红了。

伍卓轩推搡了范藩一把,压低声音,"别和她开这样的玩笑。"

Chapter 6
原来这就是爱

范藩也没想到尹小沫这样容易害羞，她比较起其他女孩确实更青涩一些。他搓着手，"有什么你就说吧，我好奇心特别重，你就当满足我，要不然今晚我没法睡了。"

尹小沫看了伍卓轩一眼，伍卓轩回她一个鼓励的眼神。尹小沫壮起胆问："为什么你这儿的侍应生清一色都是男生呢，每个还都那么帅。"真的不会让人遐想，引起误会吗？

"我当初招聘的首要条件就是人要长得好看，试想下，你对着他们胃口也会好些不是吗？"

"那也只是让女士心情好吧？"

"这还不够吗？"

"可一般不都是男士埋单吗？"

"女士满意，男士还不乐意埋单？"

伍卓轩给尹小沫添了点水，说："别听他胡说八道。"

可这样的歪理尹小沫听来竟还觉得挺有道理的。

范藩翻白眼，"我说的是实话。"

"你那是做编剧后遗症。"

尹小沫讶异，"他还当过编剧？"

"所以信口开河，强词夺理，吹得一手好牛。"

"去去去。"换范藩推伍卓轩。

"那为什么会改行呢？"尹小沫兴致勃勃地追问，她对想象力丰富的人总抱着敬佩之心。

"编剧干得穷困潦倒快饿死了，只能开饭店挣钱。"

呃，这话尹小沫不信，随便改个行都能混成这样，那大家不都抢着改了。

范藩笑容可掬，"不过我最近又有新构思，不定哪一天就做回老本行了。"

"什么题材，说来听听。"

"不就是你和伍卓轩的故事嘛。"范藩眼底露出一丝笑意与顽皮。

尹小沫不知不觉又被他绕进了沟里。

伍卓轩赏了范藩一个爆栗，示意他别乱说话。

范藩嘴角那缕若有若无的笑意怎么看都像在笑他。

这顿饭吃得有滋有味，精彩无比。

范藩送他们出去,"欢迎下次再光临。"

"你觉得呢?"伍卓轩没好气道。

范藩啼笑皆非,"伍卓轩你今天毫无风度。"他又对尹小沫说,"下次你一个人来,我照样很欢迎。"

伍卓轩从来没像今天这样想揍他,只怪交友不慎。

尹小沫笑而不答。

伍卓轩送尹小沫回家,他照常把车开到再也开不进的巷口,但这一次他下车替尹小沫打开车门,露出再真诚不过的笑容,"能不能让我送你进去?"

尹小沫的思绪停顿了几秒,"好多人都认得你。"要是被左邻右舍张婶王奶奶看到伍卓轩送她回家,相信不用等到明天早上,这整条街的人都知道了。

"那我送你到门洞口,不上楼总可以吧?"伍卓轩之前所作所为就是为了保护她,这次自然也不想她为难。

尹小沫咬唇,"你能不能戴上墨镜?"

伍卓轩失笑,"你太看得起我了,这黑灯瞎火的,除了你谁还能认出我?"

他都不知道自己有多么耀眼,随随便便往那里一站就是一道风景线,尹小沫踌躇道:"那好吧。"

伍卓轩揉了揉她俏丽的短发。

尹小沫担心会被邻居瞧见,步子飞快,很快同伍卓轩拉开了一段距离。

伍卓轩好笑道:"你走慢些,看着点路。"

尹小沫没敢回头,嘴硬道:"我一直都走那么快,再说,这里的路我闭着眼睛都不会走错。"话音刚落,她就踩在一块香蕉皮上,整个人就滑了出去,一屁股跌坐在地上,疼得龇牙咧嘴。

伍卓轩一个箭步冲过来,只来得及扶起她,焦急问道:"要不要紧?有没有摔伤?"

尹小沫怎好意思说她屁股摔得生疼,只好忍痛道:"没事。"同时也很沮丧,自己又在他面前出了回丑。她一瘸一拐,感觉到膝盖火辣辣的,肯定是蹭伤了。

伍卓轩拍了拍她的肩膀,"还能不能走?"

不能走也要走,难不成让伍卓轩背她吗?尹小沫被这个突然冒出的念头吓坏了。"能走,能走。"她忙不迭道。

伍卓轩倒是真不介意背她回去,可她一定不愿意。他把尹小沫扶到楼梯口,皱了皱眉,"你这个样子,我不放心你一个人上去。"

要是她一个人住,尹小沫一咬牙说不定就同意了,可还有倪倩在,说什么都不敢答应他,她坚持:"不碍事,我可以的。"

伍卓轩无奈,她看上去文文弱弱,可一旦执拗起来,谁都说服不了。

尹小沫摆摆手,"再见。"

伍卓轩突然开口,"小沫。"

尹小沫明显怔了一下,这还是伍卓轩头一回这么唤她。

伍卓轩长臂一捞,结结实实地给了她一个拥抱,尹小沫一下子面红耳赤。伍卓轩又在她额头轻轻印上一吻,尹小沫胸腔激烈震动,羞得一句话都说不出来。

也不知过了多久,伍卓轩终于放开她,在她耳边低声说:"裙子就当我送你的好不好?以后不要再提这事了。"

尹小沫耳根也红了,但还存有一丝意识,"不好。"

"傻瓜。"伍卓轩宠溺地捏她鼻尖。

尹小沫心噗通噗通地跳,脸红得就要燃烧起来,伍卓轩最爱看她含羞带怯的表情,怎么都看不够。尹小沫头越来越低,脸也越发的红,她哑着嗓子说:"我该回去了。"

伍卓轩微笑,"晚安。"目送她一步一步上楼。

尹小沫在门口深呼吸了好几遍,待脸上的潮红完全褪去才摸出钥匙开门,屋内一片漆黑,倪倩没在家,应该还在和许之然约会,尹小沫却莫名松口气。她瘫在沙发上,手指一遍又一遍地抚过额头,被伍卓轩吻过的地方。她心里有些乱,伍卓轩今天再度拥抱了她,还更进一步地亲吻她,对她说话的语气和待她的态度,尹小沫不是感觉不到,她只是不敢相信。心中小鹿乱撞,这么说,伍卓轩是喜欢她的,哪怕只有一点点,也足够令她狂喜慌乱的了。

门铃声响得有点突然,尹小沫第一反应是伍卓轩找来了,她有些忐忑,同时也有一点点的期盼,所以当她打开门看见倪倩正把包翻了个底朝天的时候,不是不失落的。

倪倩呼了口气，"幸好你在，钥匙我大概落家里了。"

"嗯。"尹小沫反应有点淡。

倪倩也感觉到了，"咦，怎么好像你有点失望啊。"

尹小沫掩饰道："哪有。"

倪倩见她还是早上出门时那身衣服，奇怪道："你还没洗澡？"

"我也刚到家没多久。"

倪倩就更觉得奇怪了，"你今天下午不是没课吗？"

"下午接了个活，晚上和朋友吃饭。"尹小沫尽量说得简略，言多必失的道理她是懂的。

倪倩笑得贼兮兮地贴过来，"和哪个朋友？"

"你又不认识。"尹小沫很少撒谎，难得说次谎话额头都冒汗了。

"切，你的朋友我哪个不认识。"见尹小沫不肯说，倪倩自作聪明地猜测，"是梁冰吧，你怕我难堪才不说的。"

尹小沫含糊其辞点头称是。

倪倩独自唉声叹气了一会，但她是乐观的人，很快又恢复到神采奕奕，"哎，小沫，你猜我刚才看到谁了？"

"谁呀？"尹小沫随口一问。

"伍卓轩。"

尹小沫差点跳起来，"怎么可能？"她上楼有一会了，按理说伍卓轩早该走了。

"真的。"倪倩两眼都发直了。

尹小沫肯定的语气，"你认错了。"

"怎么可能，你不要忘了我还和他搭过同一班飞机呢。"

尹小沫哑口无言，只希望倪倩不要猜到这事同她有关联。

倪倩兴高采烈地说："他好像是在等什么人，我看他一直往楼上看。"

尹小沫不敢接话。

倪倩自顾自说，"我有个大胆的猜测，他的女朋友就住在我们小区里，甚至就在我们这栋楼。"

尹小沫被她吓得心脏病都快突发，忙打消她的念头，"怎么可能。"

"怎么不可能？"倪倩对自己的第六感充满信心，"再说，伍卓轩也

Chapter 6
原来这就是爱

说过凡事皆有可能。"

"他什么时候说的，我怎么不晓得？"尹小沫笃定这句是倪倩编造的，因为绝对不会出现倪倩知道而她不知道的情况。

"我想想。"其实倪倩也不太能肯定究竟在哪里听到，但敢确定出自伍卓轩的口无疑，"好像是在伍卓轩艾柯工作室成立的发布会上。"

"那就更不可能了，当时我就在现场。"

倪倩挠挠头皮，"网上有视频，我去找给你看。"她搜索视频，不经意就搜出了网络上盛传的有关伍卓轩绯闻女友的新闻，"话说，这背影真和你挺像的。"

"不是我。"

"我当然知道不是你，是你的话早跟我嘚瑟了。"

尹小沫默默低头，不敢想象倪倩知道真相以后的反应。

倪倩找到那段视频，尹小沫听到了伍卓轩的原话：万事皆有可能，不是吗。这是在她到达现场之前说的，所以她不知道。尹小沫眼里带了点笑意，立即被倪倩捕捉到，"你那么开心干吗？"

尹小沫忙扯开话题，"你看到他以后呢？"

"他大概发现我在看他，就走了，不过……"倪倩故意卖了个关子，等尹小沫急了才说："他临走前又抬头看了看，我想，那个人一定对他很重要。"

"是吗？"尹小沫嘴角微咧，听到这话，她不是不开心的。

倪倩打了个哈欠，"累死了，我先去洗澡。"

尹小沫还沉浸在思绪中。她向来没什么自信，长相一般，充其量清秀可爱，身材偏瘦，没胸没屁股，是个往人堆里一塞就找不见的主，她从不奢望伍卓轩会对她青睐有加，没想过有一天会走进他的生活。她默默问自己，对伍卓轩究竟是何种感情。她清楚地知道，早在不知不觉间，已经超过了粉丝对偶像的迷恋。她没有野心，但当机会来临时，她也不会傻到去抗拒。伍卓轩身上的光环太绚丽夺目，但她也会努力令自己发光发亮，她不自信可也不自卑，她相信总有一天能够和他比肩而立。

尹小沫倒在床上翻来覆去，身体很疲惫，但脑子不肯休息，辗转反侧全是伍卓轩的身影，这一晚对尹小沫而言，注定是一个不眠夜。

Chapter 7
擦肩而过

一大早尹小沫就被一个陌生的手机短信吵醒：是我，昨晚睡得好吗？

伍卓轩不会这么无聊吧，尹小沫心想，虽然他想要她的号码很容易，乐乐就可以提供给他。尹小沫决定不予理会。

过了一会，又是"滴"一声：今天不要上课吗？该起了吧。

尹小沫一看时间，"腾"地蹦起来，冲进浴室刷牙洗脸，随便换了件衣服，抓起书包往外冲。一路小跑着奔到公交站，站台上空无一人，肯定刚开走一辆，下一班还得等二十分钟，今天铁定得迟到了，尹小沫欲哭无泪。

身后有一辆车一直在按喇叭，尹小沫心情不佳，恶狠狠地瞪过去，意外看到伍卓轩从车内探出脑袋，笑得眉眼弯弯。

尹小沫张开的嘴就此再也合不上。

"上车。"

尹小沫忙巡视四周，生怕被熟人瞧见。

伍卓轩配合地戴上墨镜，"还不上车，我送你去学校。"

尹小沫上了车提出疑问，"你不用开工吗？"

"我觉得送你比较重要。"伍卓轩正儿八经地说。

尹小沫的脸刷一下又红了。

伍卓轩从后座上拿了一个袋子递给尹小沫，里面有豆浆、牛奶、包子、油条、面包，还有橙、苹果和猕猴桃各一个。

尹小沫错愕，这么多！

"不知道你早餐一般吃什么，就都买了些。"伍卓轩还有点不好意思。

伍卓轩给她买早餐，伍卓轩送她去学校，尹小沫的大脑一时没办法接收此等异于常理的讯息。

"快吃吧，凉了对胃不好。"伍卓轩温柔道。

尹小沫很久才找回意识，"一起吃吧。"

"我吃过了，这些都是给你买的。"

当她小猪吗，她一个人怎么吃得完。

"水果你可以留着课间休息的时候再吃。"伍卓轩替她安排得妥妥的。

尹小沫默默地咬着包子喝着豆浆。她从前嫌弃豆浆有怪味，总不肯喝，今天却咕噜咕噜地一口气喝个精光，突然觉得如琼浆玉液般美味。

伍卓轩抿抿唇，"把手机给我。"

尹小沫虽觉诧异还是递过去。

伍卓轩在她手机上存下一个号码，"以后有事就打给我。"

"哦。"尹小沫心头像灌过蜜糖一样甜丝丝的。拿回来一瞧，方才的两条短信正是来自于他。她弱弱地说："刚才不知道是你……"

"以后知道就行了。"伍卓轩仰着脸冲她笑，这是伍卓轩招牌似的笑容，可现在那英俊面孔上绽放的笑颜，只为她。

尹小沫瞥了手机一眼，她并不是一个对数字敏感的人，但不知为何，那一行号码已深深印入了她的脑海。

"过几天我要回B市一趟。"伍卓轩挑了挑眉。

这是在跟她报备行程？尹小沫勾了勾唇，"哦。"

"大约要三五天才能回来。"

"哦。"

"尹小沫。"

"在。"

"你除了哦还会说什么？"

"哦，知道了。"

伍卓轩："……"他郁闷，怎么尹小沫对暂别没一点不舍或撒娇的情绪。

尹小沫若有所思的样子，"路上……小心。"

"就这一句？"

"还要说什么？"尹小沫傻乎乎地问。

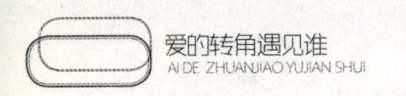

伍卓轩伸手揉她的头发，声音低低缓缓的，"想明白了再告诉我。"

"哦。"

伍卓轩只好无奈地笑。

"在路口放我下来好吗？"尹小沫语气急促。

她怕被同学看到，这明明是伍卓轩该担心的事，她却比他还贯彻得始终。伍卓轩暗暗好笑，怎么搞得他才是地下情人似的。但他还是依言在路口拐弯后停下，"东西别忘拿了。"

这不是出租车司机常说的话吗，尹小沫不厚道地想。她走出几米远，回头见车还停在原处，又走回来，敲了敲车窗。

伍卓轩刚摇下车窗，尹小沫就弯下腰，蜻蜓点水般地在他额头吻了下，脸颊红扑扑地飞快跑开。伍卓轩似乎愣了一下，乌黑眼眸变得更加幽暗深邃，他施施然笑了。

尹小沫捂着双颊往学校跑，脸红得像熟透的苹果，她刚才做了什么，果然冲动是魔鬼，现在悔之晚矣。伍卓轩会不会觉得她太主动，又或者会觉得她不检点，尹小沫唉声叹气，她是被美色所惑，情不自禁了。

放在裤兜里的手机振了下，是伍卓轩：我很喜欢，再接再厉。

尹小沫的脸更红了，这就是恋爱吗？她想象中美好而青涩的初恋，竟这般玄妙。

尹小沫生平第一次翘课是为了倪倩，第一次在课上魂不守舍心不在焉一句话都没听进去，是为了伍卓轩。难怪家长都不让孩子早恋，果然是会影响学习的。尹小沫活了二十多岁，才初尝情爱滋味，远比一般女孩更加容易患得患失。她欢欣雀跃的同时，又担心不过是一场梦境，稍微眨下眼就会醒来。她此刻脑中只有伍卓轩，那些深奥的文字和拗口的英语被她抛到了九霄云外。

"这道题我找一位同学来回答，尹小沫。"李教授理所当然地找上一贯品学兼优的尹小沫，只可怜尹大小姐正神游太虚，完全没听见。

于宙用胳膊碰了碰她，尹小沫才回过神。教授刚才问了什么？她茫然。

"别紧张，慢慢说。"李教授当然不知道尹小沫根本没听讲，还鼓励她。

于宙不动声色地推过来一张纸条，尹小沫总算放下心，照着念，顺利过关。

Chapter 7
擦肩而过

"回答得很好,其他同学都要向尹小沫学习。"不愧是得意门生,让李教授很长面子。

尹小沫汗颜,悄悄向于宙道谢。

于宙表示不用客气,但又有些担心尹小沫是不是病了,她分明不在状态,这是在以前从没有过的事。

下了课尹小沫收拾好东西准备走人,于宙关切问她:"你身体不舒服?"

"没有啊。"

于宙又问:"那你家里有事?"

"也没有。"尹小沫奇怪道,"为什么这样问?"

"我看你今天不太对劲。"

尹小沫脸莫名一热。

于宙伸手想要探她额头的温度,尹小沫轻巧避过,"我没事。"

"有事别闷在心里,我们……是朋友。"于宙喜欢尹小沫,这是众所周知的事,尹小沫刻意与他保持距离,也是大家有目共睹的,于宙不能勉强尹小沫做她不愿做的事,所以只能接受朋友的身份。换个角度思考,或许这是件好事,至少她不会再拒他于千里之外。

尹小沫点头微笑,"我先走了。"

于宙深深感觉到,尹小沫虽然表面上还是以前的尹小沫,但已经和从前不一样了。她的笑容多了,皱眉的时候少了,以前她虽然也是乐观向上的,但唇边的笑容总带有那么一点苦涩的味道,如今她有了真真切切的改变,他相信有一个人改变了她,带给了她快乐,只可惜这个人不是他。

尹小沫在公交站台徘徊,才分开一上午,她就开始想念他了,这个时候他应该在艾柯,但尹小沫又不想打扰他。都说恋爱中的女人特别黏人,尹小沫可不想被他厌烦。但恋爱中的女人,又怎耐得住相思之苦。

她踌躇了一会,鼓足了勇气给伍卓轩发短信:我想你了,怎么办。

伍卓轩回复极快:我现在还有点事走不开,你先去陪陪奶奶?

尹小沫欣然应允:好的。

在路上她就打算好,要做一桌子好菜,事业上她帮不了伍卓轩,可回家以后让他舒舒服服吃顿饭,这点她还是做得到的。她提着两大袋食材兴冲冲地摁响门铃,开门的是一名陌生男子,要不是乐乐跟在他后面,尹小

119

沫还以为走错了门。

"你是谁？"男人皱着眉头问。

"爸爸，她是我的家庭教师。"乐乐抢着说。

原来是伍卓轩的哥哥，尹小沫暗道，一向只知其人，不见其身。

伍思明把她让进门，尹小沫吓一跳，屋内一片狼藉，像刚爆发过第三次世界大战。楼上还有女人歇斯底里的叫喊声和哭声。尹小沫以口型相询，"怎么回事？"

乐乐摇摇头。

伍思明不耐烦地吼："闭嘴，别让人看了笑话。"

杨丽娜从楼下冲下来，"什么人，也敢笑话我？"随后她轻蔑地撇嘴，"原来是你，你有什么资格笑我？"

尹小沫躺着也中枪，她尴尬道："我并没有笑你，我刚进门什么都不知道。"

乐乐拽住尹小沫的手，"尹老师，去我房里。"

尹小沫把东西放进厨房，就跟着乐乐上了楼。

乐乐告诉尹小沫，"爸爸在外地工作，难得回来一次，但只要他们两个碰在一起就会吵架，今天还算轻的。"

尹小沫哑然无言，今天这好日子被她给撞上了。

乐乐也不管尹小沫听不听，一股脑儿地吐苦水，"上次是她嫌老爸挣钱少，再上次是指责老爸不经常回家，今天是发牢骚她一个人要照顾老的小的实在受不了了，"乐乐小大人似的抚额，"哼，她哪里管过我和太婆婆的事，她每天不是逛街就是打麻将，尹老师你也知道的，你总共碰到过她几次？"

尹小沫心算了下，加上第一次的话，总共也就见过杨丽娜三回。

楼下又开始吵闹，还有摔东西的声音。尹小沫弱弱地问："我们不下去劝劝吗？"

"懒得管他们，最好赶快离婚。"

尹小沫哪是想管他们，她是担心她放在厨房的菜会惨遭毒手。"你太婆婆呢？"

"在房间看书呢，她早就练得不受任何干扰了。"

Chapter 7
擦肩而过

尹小沫叹气，伍卓轩在外工作那么辛苦，家里还不太平，真替他难过。

大约过了半小时，砰砰两下大力关门声后，楼下再无声响。

乐乐欷歔："总算清静了。"

尹小沫和乐乐蹑手蹑脚地出了房间下楼梯，两位始作俑者果然不见了踪影。老太太也从房里走了出来，推了推老花眼镜摇头叹息。尹小沫要帮忙打扫，老太太拦住她，"让刘阿姨收拾吧。"

"我来帮忙。"尹小沫哪好意思坐着休息看刘阿姨一人忙碌，刘阿姨却不让，硬是把尹小沫按在椅子上。

她忙完以后给老太太打了个招呼就走了。

老太太拍拍尹小沫的头，"今天的事，让你见笑了吧。"

"没有，没有。"尹小沫赶紧否认。

"反正家里就这么个情况，你忍一忍吧。"

这话怎么听来那么奇怪。

老太太又回房了，尹小沫赶紧跑去厨房，幸好所有食材都完好无损，她稍微分了下类，动手做菜，之前耽误了那么多时间，她希望能手脚快一些，在伍卓轩回来之前全部搞定。

做到一半的时候，伍卓轩回来了，他挽起袖子洗了洗手，"我来给你打下手。"

尹小沫把他推出去，"你去休息。"

别看她人瘦瘦小小的，力气还挺大，伍卓轩笑，趁她不注意，又溜进来，"我又不是乐乐，不会帮倒忙的。"

尹小沫想了想，"你实在想找事做的话，去看看老太太。"

"嗯？"

"今天乐乐的爸爸回来过。"尹小沫简单地提了句。

伍卓轩马上就明白了，他浓眉蹙起，神情凝重，捏了捏尹小沫的面颊，"你辛苦了。"

为心爱的人洗手做羹汤，是最幸福的事，怎会觉得辛苦，尹小沫心甘情愿，她想做他身后默默奉献永远支持他的人，而不再满足于远远观望。

心情好，动作也利索，尹小沫起油锅炒好最后一道菜，擦了擦满头的汗水，把菜端上桌。奇怪的是，往常乐乐闻到香味早就跑下来了，今天她

121

叫了几声都没反应。她只得解下围裙，上楼去喊人吃饭。

走到二楼过道，她发现乐乐站在老太太的卧房前，刚要叫她，乐乐给她使了个眼色，示意她噤声。

尹小沫轻手轻脚地走过去，压低了嗓音，"怎么了？"

"尹老师，太婆婆和二叔刚才提到了你。"乐乐是真心把尹小沫当自己人看待，要不也不会告诉她。

尹小沫本不想偷听他们的对话，虽然他们谈论的话题就是她，可总觉不好，但一个名字飘进了她的耳朵，令她止住了步伐。

老太太声音带着怒气，"你不会还想着沈飞鸿吧？"

"您想哪里去了。"是伍卓轩略无奈的声音。

"那丫头以前就不喜欢你，你还指望她现在看上你？"老太太似乎气坏了。

尹小沫眼皮跳了跳。

伍卓轩一贯语气温文，"您当真想多了。"

"你不要以为我不知道，她那家服装店就是你投资的。"

尹小沫的心往下沉了沉。

伍卓轩又说："我和她是朋友，帮她的忙也在情理之中。"

老太太恨铁不成钢，"这么多年了，你别告诉我，你还忘不了她。"

尹小沫一颗心坠到了谷底。

"你要我怎么说才相信呢。"伍卓轩对着固执的老太太，一点办法都没有。

"你三天两头地往她店里跑，你让我怎么相信你。"老太太一点都不喜欢沈飞鸿，一直都觉得是她耽误了伍卓轩，否则他怎会三十多了感情生活还是一片空白。他父母在国外工作管不了他，就让她这做奶奶的来为他做主。

伍卓轩简直不知该怎么接话，都说人年纪大了，脾气也会越来越大，果然老太太一发飙，他都要抖三抖。

老太太又嘟囔，"当初要不是她一句话，你会走上演员这条路吗。"

尹小沫突然完全明白了。她很佩服自己，在这个时候还能心平气和地对乐乐说："我们先下去吧。"

Chapter 7
擦肩而过

乐乐年纪虽小,也能感觉到哪里不对。她扯扯尹小沫的衣袖,"尹老师,你别生气。"

尹小沫笑,"我没有生气。"她哪来的立场生气,她只是在这一瞬间想通了很多东西。伍卓轩怎会喜欢她这样的小丫头,他带她去沈飞鸿的店里换衣服,只是示威。后来再去拿衣服,也只是一个借口,还是为了刺激沈飞鸿。沈飞鸿对伍卓轩也并非无情,要不然收集他的杂志做什么。他们两情相悦,却将她置于什么位置。从前,尹小沫可以淡定从容地看待他们的爱情,她甚至为他们感到高兴,因为她一直希望伍卓轩能够找到属于他的幸福。可如今,她再也做不到袖手旁观从容不迫,在他扰乱了她的心湖之后。

她笑自己傻,居然会以为伍卓轩待她不同多少是喜欢她的,不过是她一厢情愿罢了。

她也笑自己蠢,这么容易就遗失了一颗心,只因他偶尔的温柔。

她没有办法再面对他,只能逃避,躲得远远的,抚平心里的伤口。

尹小沫强忍住夺眶而出的眼泪,丢下一句话,"我忽然有点不舒服,先回家了。"

"尹老师,尹老师。"乐乐连叫她数声,尹小沫只作没听见,狼狈而逃。

她不知道是怎么回到家的,只觉得手抖得厉害。手机响了好几次,她没有接听,也不敢接听。她怕听到伍卓轩的声音会让她崩溃,更害怕不是伍卓轩,她会愈加的失望。

尹小沫标榜自己是打不死的小强,天大的事睡醒了也就没事了,可这一次她高估了自己,低估了伍卓轩的影响力,她根本无法安睡,闭上眼,是伍卓轩绚丽夺目的笑容,睁开眼,墙上的伍卓轩唇角轻勾笑得无害。

她用被子蒙了头,不觉泪流满面,如今的她要怎样才能全身而退,再回到粉丝的位置。

尹小沫一直不接电话,可把伍卓轩急坏了。他不知到底出了什么事,怎么一转眼的功夫,就发生了天翻地覆的改变。

乐乐磨蹭着走来,"二叔,你先答应不骂我,我就告诉你尹老师为什么生气。"

伍卓轩蹲下身，按住乐乐的双肩，"你说，我保证不骂你。"

"尹老师听到你和太婆婆的对话没多久就说身体不舒服先回家了。"

伍卓轩若有所思，原来是这样，这个傻丫头一定是误会了什么。他拿了车钥匙，准备去尹小沫家，他要亲口告诉她，事情并不是她想象的那样。

刚坐上车，他接到一个电话，是罗秋秋打来的，她声音有点发沉，"老板，我有事要跟你说。"

"不重要的事就明天再说。"现在对伍卓轩来说，向尹小沫解释清楚同沈飞鸿的关系比较要紧。

"很重要。"

"晚点再说也不行？"

"不行，"罗秋秋又补充了一句，"是关于尹小沫的。"

伍卓轩猛地踩下刹车，尖锐刺耳的声音，罗秋秋在电话里听得心惊胆战。"老板，你没事吧？"

"没事。"伍卓轩沉声道。

"电话里说不清，我这有份资料，你方便的话，我现在给你送过去。"

"你在哪，我马上过来。"

"我在办公室。"

伍卓轩挂了电话，眉头紧蹙，他把车开得飞快，不到二十分钟就赶到位于艾柯的工作室。

罗秋秋递给他一个文件袋，"先声明，我没有查她，是找资料的时候无意间发现的。"

伍卓轩瞥她一眼，多年搭档自有默契，罗秋秋拿了包走人，"你慢慢看。"

一份薄薄的文件，此刻在伍卓轩手中却似有千斤重。他定定神，抽出资料，越看越惊心。他不常吸烟，唯有压力过大，或者人实在疲劳时才会点上一根提神。此时他连吸了三根烟，也不能平复心情。

他无法想象尹小沫一步一步地接近他是出于何种目的，也不愿相信尹小沫心机深重却故意表现得单纯天真，更不能接受之前的所有一切全是假象。他虽性子随和，可骨子里也有骄傲，尹小沫是他真心相待想捧在手心好好疼惜的女孩，却原来一直都在欺骗他。

伍卓轩眼中闪过一抹伤痛。

Chapter 7
擦肩而过

　　他不是个任人摆布的人，也不会轻易放过企图对他不利的人，可尹小沫，无论如何，终究是他们家对不起她在先。她费尽心机接近他想要报复，也情有可原。只是，他不能原谅尹小沫利用他的感情，甚至还利用了老太太和乐乐。

　　伍卓轩深深叹一口气，那么她今日的离开，便不是为了沈飞鸿的事，是良心发现抑或是害怕会被调查已经不重要了。从此以后，就当两不相欠。

Chapter 8 笑忘书

半年后。

尹小沫被曹子怡叫进办公室，郁莹跳槽后，曹子怡升职做了主编。

"小沫，这篇稿子我希望你来写。"曹子怡递给她一份文件。

"没问题。"尹小沫痛快地答应了。之前文编徐琳来不及完成工作，尹小沫正好有空，就帮她写了一篇，结果被曹子怡发现她不仅画画得好，文笔居然也不错，于是文编实在忙不过来的时候，尹小沫就要顶上去，有时写写稿子，有时还得出去采访。

曹子怡笑，"你不打开看看？"

尹小沫也笑，"你交代的任务我敢不完成吗？"就算两人私底下关系再好，工作上的事都不会含糊。她解开档案袋上的细绳，一看，愣住了。

"惊喜吗？"曹子怡问。

尹小沫喃喃道："只有惊，没有喜。"袋子里的资料是有关伍卓轩巴黎行的，拍摄是另一组跟着去的，毕竟是同旅游有关，文字和排版便落到了尹小沫这一组。

曹子怡并没有听清，还以为她高兴坏了，她兴奋地说，"我特意帮你争取的机会，怎么样，还不快感谢我。"

尹小沫低着头，"能不能换人？"如果只是写稿那也罢了，但还得和他经纪人联系，约时间把稿子送去给他最后把关，尹小沫实在没有勇气。

曹子怡感到很奇怪，"你不是他的粉丝吗？"

"是。"不管之前发生过什么，尹小沫没有否认过这一点。但是……

"那你还犹豫什么？"曹子怡笑笑，"尹小沫你别告诉我你叶公好龙。"

尹小沫根本不知该怎样解释，她只有坚持住打死也不能答应。

曹子怡最后没办法，下达了命令，"所有人都安排了其他的任务，你不去就没人干了。出不了片，来不及印刷，你让我怎么向老板交代？"

尹小沫怯生生的，"真的不能换人吗？"

"不能。"

尹小沫咬唇，"那好吧，我接受。"

她拿着文件走出办公室，曹子怡诧异，明明是件好事，她为何看来一副壮士断腕的惨烈表情。

尹小沫坐在电脑前发呆。

半年前她义无反顾地离开伍卓轩，没有给自己留下一点退路。她以学业忙碌为由向老太太辞职，她第一次开口跟许之然借钱，然后托人送去艾柯还给伍卓轩，她甚至还搬了家，换了手机号码。后来她才知道，伍卓轩根本没找过她，她自作多情而已。现在，他恐怕早忘了曾经有她这一号人存在，她那么害怕见他，又是为了什么。

这半年来，她遵照之前的承诺照常把画发到罗秋秋的邮箱，因为她还拿他当偶像崇拜，愿意尽一点绵薄之意，而伍卓轩再没有给过她私信。她还是会转发伍卓轩的每一条微博，关心他的行程，收集有他的杂志，只是她再也没有参加过伍卓轩的任何活动和粉丝见面会。

忘忧草曾经想让她担任S市的后援会会长，她以工作忙抽不开身拒绝。每次通知她有活动，她也总有各种理由推托。忘忧草也搞不懂，伍卓轩在S市发展，明明机会更多，薄荷她却反而淡然了。要不是她还在给伍卓轩画卡通人物形象，忘忧草几乎以为她退出了轩迷的圈子。

尹小沫大学毕业以后，被杂志社正式聘用，就在她入职的前一周，杂志社和伍卓轩合作的巴黎行正式启动，尹小沫没能赶上，却暗暗庆幸。

"小沫，你在想什么？"刘星拍了一下她脑袋。

尹小沫从回忆中抽离，勉强笑了笑。

"是不是昨晚没睡好，你脸色很差。"

尹小沫顺着她的话说："大概是的。"

"早点回去休息吧，我和子怡会给你打掩护的。"

"不太好吧。"尹小沫向来循规蹈矩，没刘星那么胆大妄为。

"怕什么，听我的没错。"刘星把桌上的钱包手机一股脑儿地帮她塞进包里，"走吧，没事的。"

尹小沫迟疑着。

刘星索性把她推出门，又按下电梯，"回家好好睡一觉，你看你小小年纪都有黑眼圈了。"

尹小沫对仪容是不太注重的，但听到这话也吓了一跳，回家得用茶叶敷一敷。

路上于宙打来电话，"小沫，晚上我们去看电影吧，伍卓轩主演的《一见钟情》首映礼。"

尹小沫心中一动，"听说票很难买吧。"

"票你担心什么，包在我身上。"电话里似乎还传来于宙拍胸脯的声音。

尹小沫浅浅一笑，"好。"

"那下班我来接你。"

"不用，直接在影院门口等吧。"

"也好，那个点估计会堵车，坐地铁还快一些。"

两人约好时间，尹小沫收了线。

那段最痛苦最难熬的时间，于宙帮了她很多，帮她找房子，帮她搬家，因为尹小沫不愿解释突然要搬走的缘由，他自告奋勇挺身而出解释尹小沫是要搬去和他同住，还被许之然狠狠揍了两拳。尹小沫很感激他，对他不若从前那样冷淡，有时也会答应他的邀约，他重燃了信心，又兴起追求尹小沫的念头。只是他不再鲁莽行事，而是悄悄地守候在她身边，想要渗透进她的生活，让尹小沫习惯有他的陪伴。

尹小沫到家就直接倒在了床上，眼睛却睁得大大的，毫无睡意。其实她之前就通过杂志社内部网站看过伍卓轩这次巴黎行的所有照片和行程，要写这份文稿一点都不难。难的是要和伍卓轩面对面地交流。伍卓轩曾经吃过记者乱写稿子的亏，所以他定下规定，所有有关他的稿件，必须由他亲自审核以后才准许发表。尹小沫了解他的脾气，有不合适的地方他当场就改了。

这半年来，伍卓轩的工作重心基本放到了幕后，只接了一部电影，便是《一见钟情》。尹小沫对他的关注并不亚于从前，她没有听说伍卓轩和沈飞鸿在一起，也没有其他绯闻传出，可这并不代表什么，伍卓轩保密功夫一流她是一清二楚的。也许是因为他太爱沈飞鸿，所以将她保护得很好，或许他减少曝光退居幕后也是为了沈飞鸿。他能为了沈飞鸿走上演艺道路，自然也可以为了她退出娱乐圈。尹小沫应该为他感到高兴的，可为什么心里会那样难受。胸口像有一块巨石压着，堵得发慌。她对自己说过，没什么大不了的，做不成情人，她可以再退回到粉丝的位置，像从前那样远远看着他就好，可她根本做不到。伍卓轩已经牢牢霸占住她心中最重要的地方，一旦拔除，就是一个血淋淋的窟窿。爱情原来那么伤人，尹小沫多希望她从未尝试过。如果她一开始就没有非分之想，也就不会受伤。她应该恨伍卓轩的，是他给了她希望，又生生给她当头一棒，可悲哀的是，她对伍卓轩完全恨不起来，她只怨自己，是她不知天高地厚，是她痴心妄想，是她心甘情愿地沉溺在他的似水柔情中。所以她很害怕再见伍卓轩，她怕勾起往日的情怀，她怕发现自己还是对他一往情深，她更担心在伍卓轩面前会失控落泪。尹小沫长叹一口气，到今天她才明白，足足半年了，其实她的心境从未平复过。

于宙的电话打来时，尹小沫正昏昏欲睡，她一个激灵清醒过来。

"小沫我已经到了，你到哪了？"于宙轻快地说。

尹小沫不觉惊呼，"我马上出门。"

"别急，还有很多时间。"

尹小沫梳了个马尾就匆匆出了门，下班高峰果然人山人海，她几次都没挤上地铁，最后还是被人推上去的。好不容易到达影院门口，人头攒动，黑压压的一片，比地铁里还要夸张。伍卓轩一贯受欢迎，从八岁到八十岁通吃，每年的最佳人气奖可不是白拿的。尹小沫在门口被推来搡去的，根本找不到于宙，手机接通以后也完全听不清。她想了想，给于宙发短信：我去肯德基门口等你。

就在这时，人群忽然骚动起来，尹小沫听到一声尖叫："哇，伍卓轩来了。"

尹小沫这才明白为什么今天会有那么多人。她本来想要奋力挤出人群同于宙会合，可大批疯狂的女粉丝激动地往里涌入，她身体已不受控制，只能随波逐流。

伍卓轩所坐的黑色轿车也被围得水泄不通，司机不停地喊："大家让一点地方出来，不能开门了。"

可没有人理会。"伍卓轩我爱你"的叫喊声响彻云霄。数名保安出动，终于开出一条道。

伍卓轩开门下车，他没有戴墨镜，嘴角挂着招牌似的迷人笑容。

众人又开始尖叫，"太帅了。"

"真人比照片更英俊潇洒呢。"

尹小沫眯了眯眼，大半年没见，他风采依旧。可为何他虽然在笑，笑容并未到达眼底。他弯起的嘴角，为何还带着一丝苦涩。尹小沫咬唇，比起她的百孔千疮，他会有什么不如意的事。

虽有保安护着道，女粉丝还是想要往里挤，好和伍卓轩更近一些，有的对着伍卓轩一顿狂拍，有的伸出手想要和他握手，还有的拿着纸和笔想要得到他的签名。伍卓轩全都没有理会，他知道只要一开先例，场面就无法控制了。他一边微笑，一边点头示意，眼角余光扫到一个熟悉的侧影，苦笑，怎么可能是她。她搬了家换了手机号，不就是想要避开他吗。今天又怎会出现。伍卓轩暗笑自己年老眼花了。

伍卓轩往门口走来，尹小沫心里一惊，她不能让伍卓轩看到她，她还没做好再见他的准备，她拼命往后面躲，但人实在太多，大家又都在往前拥挤，她一个人的力气怎么敌得过大伙的力量，反而被冲力推到了最前面，她一个踉跄没站稳，眼看就要和地面来个亲密接触，一只手斜插过来，拽住了她的胳膊。

"哇，伍卓轩好帅气。"

"不愧是伍卓轩，动作这么好看。"

"听说他以前练过跆拳道，身手敏捷得很。"

四目相接，尹小沫直接愣了。

伍卓轩放开她，没再看她一眼，淡淡一笑，步入会场。

其他人也随之鱼贯而入。

尹小沫被推着搡着，但毫无所觉，隐隐听到有人说："这女孩运气真好。"

"她高兴傻了吧。"

"羡慕嫉妒恨，要是伍卓轩扶我一把，我死而无憾。"

尹小沫低眉敛目，没想到她千躲万藏，竟还是没避开。但伍卓轩看她的表情，竟像是不认识她一般。尹小沫此刻心底五味杂陈。

"小沫，我终于找到你了。"于宙奔到她面前，满头大汗。

尹小沫答非所问，"嗯，人太多了。"

"我们进去吧。"

"我突然不想看了。"尹小沫仿佛郁郁寡欢。

"别傻了，我知道你期待这部电影很久了，"于宙不由分说地把她拖进门，检票后激动地问："小沫，你刚看到伍卓轩了吗？我还是第一次看到他真人，你也是吧？"

尹小沫含糊地应了声。

于宙还是很兴奋，"真人果然很帅，气场也强大。"

尹小沫不知该如何接话。

"小沫，你在这等我一会，我去买点爆米花。"

"哎，不用了。"

"我知道你们女孩子都喜欢的，我很快就回来。"于宙笑着跑开了。

尹小沫心烦意乱，手中的两张票根，被她翻来覆去地折叠，惨不忍睹。

"咦，小沫，你怎么在这？"梁冰不知打哪里冒出来，疑惑地看着她。

尹小沫微微一笑，"看电影呗。"

梁冰不是不诧异的，尹小沫突然搬家更换手机号码，她潜意识里总觉得和伍卓轩有关，而且自那以后，尹小沫再没在她面前提过伍卓轩的事，她更加确定了这一想法。但她也不好直接问尹小沫，怕勾起她的伤心事。她也不能问伍卓轩，毕竟伍卓轩并不知道她同小沫的关系。她本以为尹小沫和伍卓轩之间再无瓜葛，但今天看来事情并不是她想象的那样简单。

尹小沫扬一扬手中的票，"我和朋友一起来的。"

"是于宙？"

"嗯。"

梁冰对于宙的印象并不坏，也看得出他对尹小沫的一腔真情，但感情的事总要你情我愿，她也不好插手。

于宙捧着两大杯可乐和一大桶爆米花笑眯眯地跑回来。

梁冰跟他打了个招呼便走了。今天是首映礼，这部电影艾柯虽然没有投资，但她是伍卓轩的搭档，理应捧场的。

于宙看着梁冰的背影发了会呆。

尹小沫捅捅他，"你看什么呢？"

"小沫，有件事我一直想不明白。"于宙犹豫不决，不知该不该问。

尹小沫仰头看他，"什么事？"

"你大嫂的艾柯娱乐公司不是跟伍卓轩有合作关系吗？"

"对，怎么？"

于宙挠挠头，"按理说，你找你大嫂要几张票容易得很，"还有一句话他没说出口，梁冰给的估计都是前排的嘉宾席，而他就算再有本事托人要来的也已经在后排了，他想不通尹小沫为什么有这么好的门路不晓得用。

尹小沫吐口气，故意以轻松的口吻说，"于宙，你是不是不想帮我买票，要真不想也没关系，大不了下次我自己去排队。"

于宙连忙摆手，"当然不是，我求之不得，这活是我的，你可不能剥夺。"

尹小沫笑笑，"快开场了，我们赶快进去。"

于宙人老实，可也不傻，尹小沫避而不谈，反而让他觉得有问题。不过尹小沫不愿说，他便一个字都不会再多问。

电影的题材其实有些老套，讲述的是一对青年男女在朋友聚会上一见钟情，然后陷入热恋，但由于两人在性格上存在很大差异，家庭背景也不尽相同，从一开始的甜蜜到后来的每天吵架，最终两人决定和平分手。转眼间五年过去了，两人也曾交往过其他对象，但都找不到那种刻骨铭心的感觉。五年后，两人再度重逢，才发现其实对方是最适合自己的人。影片最终以大团圆完美结局，赚足了观众的眼泪。伍卓轩精湛的演技，更是博得阵阵掌声。

于宙很不可思议看着眼泪汪汪的尹小沫，"这种剧你也能哭成这样？"他拿出纸巾给尹小沫擦眼泪。

尹小沫也不知是被剧情打动，还是因为剧中伍卓轩的深情演绎，抑或是感怀自己过早凋零的爱情。她揉揉眼睛，"别笑话我，又不是只有我一个人哭。"

全场女观众的眼圈几乎都哭红了，于宙自言自语道："女人果真都是感性的。"

尹小沫见所有人都坐着不动，惊讶问道："不是结束了吗，怎么都没人离场？"

"据说还有抽奖的环节。大概伍卓轩也要上去说几句？否则不是白来了。"

"哦。"既来之则安之吧。

伍卓轩上台的时候，底下又是一片骚动。原来他一直坐在最后一排，难怪尹小沫没有看到他。最后一排……尹小沫忽然想到，那刚才于宙给她擦眼泪，他岂不是全看见了。转念一想，伍卓轩又怎会留意到她。退一万步，即便他看到了，又怎么样，他们早就没有任何关系。

"谢谢大家来观看首映。"这是伍卓轩的开场白，第二句直接就是："不耽误大家的时间了，我们抽奖吧。"

台下哄堂大笑，接着有人带头鼓起了掌。

尹小沫也笑了。

于宙咧嘴，"这伍卓轩还挺搞笑的嘛。"

尹小沫黯然地想：他有幽默诙谐的时候，也有严肃认真的一面，其他的还没等她开发出来，就……

奖品很丰盛，若干鼓励奖是伍卓轩签名照，三等奖为签名版的电视剧光碟，二等奖则是带有伍卓轩签名的iPadmini。等活动结束后，拿着票根去后台领奖。伍卓轩每报出一个座位号，都引发一声尖叫，数声扼腕叹息。

"下面要抽一等奖了，只有一个名额，奖品为刚才所有的总和。"伍卓轩笑眯眯的，"而且……"他卖了个关子，等大家都全神贯注了才说："我会邀请她上台，由我亲自颁奖。"

"抽我抽我抽我。"

"哇，奖品不重要，最主要是伍卓轩亲自颁奖。"

"上帝保佑我。"

于宙笑了笑，"如果抽到我，我就把这个机会让给你。"

尹小沫也笑，"你运气有那么好吗？"

"那可说不定。"于宙忽然握住她的手，"不如我们打个赌？"

尹小沫挣了几下没挣脱，"赌什么？"

"如果真的抽中我，你就答应做我女朋友。"

133

"别开玩笑了。"尹小沫神色尴尬。

于宙落寞地抽回手。

尹小沫也只能保持沉默。

"十八排四座。"伍卓轩终于报出了这个万众瞩目的座位号。

一片遗憾的哗然声中竟然没有夹杂尖叫声,也没人动弹。

"咦,十八排四座没有人吗?明明今天座无虚席嘛。"伍卓轩笑着调侃,"莫非去洗手间了?"

又引来一轮大笑。

大家的视线都投向尹小沫所在座位,旁边有人提醒她:"你不是四座吗?"

尹小沫如梦初醒,竟然是她!她压根没往中奖这方面想,所以就没在意自己的座位号。

"这不是刚才在门口差点摔倒,被伍卓轩扶了一把的女孩吗?她今天和伍卓轩真是有缘了。"有人低声说。

"她还傻坐着干吗?"

"难道要放弃?"

伍卓轩也笑得十分开心,"这位幸运观众请上台来。"

于宙推推她,"还不上去领奖?"

尹小沫打心眼里是不想上去的,可众目睽睽之下若是拒绝,岂不是令伍卓轩难堪。她咬住下唇,缓慢离座,神情凝重。

伍卓轩看着她一步一步走上前来,心情复杂难言。她看起来比半年前更瘦弱了,脸就剩巴掌那么大,唯眼神还是那么清亮和透着倔强。

此时尹小沫眼中也只看得到他一人,她努力调匀呼吸,平复心情,脸上勉强挤出一丝笑容。尽管那是比哭还难看的笑,尹小沫也顾不得了。

伍卓轩还没说话,之前一直没怎么发挥的主持人开了口,"想要拿那么多奖品也不是那么容易的,我得先问你几个问题。"

尹小沫点点头。

"你是伍卓轩的粉丝吗?"

"当然。"

"喜欢他多久了?"

"十年。"

Chapter 8
笑忘书

主持人话题突然一转,"他第一支单曲是什么?第一张专辑叫什么名字?拍摄的第一部电视剧是哪个?同哪位女演员合作的?"

尹小沫一一作答。

"回答完全正确,但这并不稀奇,我还得考你点别的,"主持人故意使坏,"伍卓轩演过那么多剧,唱过那么多歌,你知不知道他最喜欢哪部剧哪个角色哪首歌?"

尹小沫想都不用想脱口而出。

其实主持人也不知道答案,他看了伍卓轩一眼。

伍卓轩轻轻颔首。他也愣了下,很久以前,他做访问的时候被问及过这三个问题,也给出过答案。但时间久远,而且这段访谈后来因为种种原因没有公开播出,也就是说很少有人听过,除非是资深粉丝或者有心人才会特别关注,伍卓轩之前以为尹小沫接近他纯粹别有用心,那么她粉丝的身份也被他否定了,却没想到,原来错怪了她。

"果然很资深,奖品是你的了。"主持人示意伍卓轩给她颁奖。

尹小沫低着头,从伍卓轩手中接过一个手提袋,"谢谢。"

"你应得的。"伍卓轩淡淡道。

尹小沫不敢看他,头俯得更低。

"看来小女孩很害羞,你看她脸都红了。"主持人笑哈哈地活跃着气氛。

伍卓轩附和着笑了几声。

"那你回座位吧。"

尹小沫如得到特赦令一般,马上转身下台。

她竟这样迫切地想要逃开,伍卓轩莫名感到失落。

尹小沫迎着众人羡慕嫉妒恨的眼神回到座位上,似有芒刺在背,她如坐针毡。

幸好主持人就此宣布首映礼结束,提醒得奖者别忘记去后台领奖。

尹小沫拖着于宙匆匆离开。

伍卓轩的目光一直没有离开过她,但他伪装得很好,没人瞧出异样,除了梁冰。

尹小沫的反应和伍卓轩的神情还有两人的暗潮涌动她都看在眼里,她隐隐觉得他们之间发生过什么事。或许她能做些什么来推波助澜一下。

音响里苏永康低沉婉转地唱着：想要把你忘记真的好难，思念的风在我心里纠缠……

第二天，关于下季度工作计划的会议结束后，梁冰等其他人都离开以后，对伍卓轩说："有点事想问你。"

伍卓轩笑言，"跟我还吞吞吐吐的？"

梁冰试探道："你还记不记得半年前你想要个助理的事？"

"记得。"伍卓轩眼皮一跳，"怎么了？"

"哦，我就突然想起这事，你当初说半年后再问下她，说这位子给她留着，现在呢？"梁冰故作漫不经心，随口一问的样子。

伍卓轩扬了扬眉，轻描淡写道："哦，你不提我差点也忘了这事，那你问一下她好了。"

刚才还说记得，现在又说差点忘了，果然有关尹小沫的事，他就开始错漏百出。梁冰知道突破口在哪里了。"好，等我联系她以后再告诉你后续情况。"

"也不用特意告诉我。"伍卓轩好像漠不关心，但又掩饰不住内心的渴望，梁冰看着很想笑。

伍卓轩回到办公室，从抽屉里摸出一部手机。他仔细擦过屏幕，打开通讯录，里面只有一个联系人。而这个手机号，也只有一个人知道。但这半年来，从未响过一次。

他无声叹口气。

他经常翻看尹小沫的微博，知道她每天上课打工赶作业交成品，忙碌并且充实。似乎没有他的日子，她也过得很好。他没有再给她发私信，不是因为憎恨她，而是胆怯。他也有患得患失的时候，尹小沫和他在一起并非对他有感情，他有他的自尊，宁可放弃也绝不强求。但今天尹小沫的一番话，让他忽然觉得有了转机。他也并不是没有机会，不是吗？

Chapter 9 最心疼的人只有你

梁冰并没有打电话给尹小沫征询意见,而是两天后直接找了伍卓轩。
"她拒绝了。"梁冰开门见山。
伍卓轩心情马上低落,但装得若无其事,"哦,那就算了。"
"真的算了?"梁冰笑得有点狡猾。
"不算又能怎么样?你有其他办法?"梁冰试探他的同时,他也在试探梁冰。
"我可没办法。"梁冰说的是实话,尹小沫虽外表文弱,骨子里可犟得很。
伍卓轩和她对视了一会。
梁冰耸耸肩,表示无可奈何。
伍卓轩若有所思,他还有最后一招杀手锏,但不到最后关头他不想使出来。

尹小沫只花了一晚上的功夫就把稿子赶出来了,接下来的步骤该联络伍卓轩的经纪人罗秋秋,尹小沫在屋里徘徊许久,才拨通了那个电话。
"你好,我是罗秋秋。"
"您好,我是悦君杂志的,想和您预约伍先生的时间,看他什么时候有空,我把稿子带来给他过目。"尹小沫有点紧张,说得结结巴巴的,还停顿了好几次。
"他现在就有时间,你方便过来吗?"

137

"现在？晚上九点？尹小沫迟疑了。

"他明天要离开S市，半个月后才回来。"罗秋秋好心提醒她。

尹小沫跳起来，"您告诉我地址，我马上过来。"半个月，开什么玩笑，幸好她今晚打了这个电话，否则她就等着被炒鱿鱼吧。

罗秋秋报了个地址。

那是伍卓轩曾经带尹小沫去吃过饭的私人会所，她还记得老板叫范藩。

"你到了以后再打这个电话，我下去接你。"

"嗯，好的。"

尹小沫把稿子打印出来，叫了部出租车，直奔会所。

路上有些塞车，她心急如焚，生怕伍卓轩等得不耐烦一走了之，她没法跟曹子怡交代。

总算在半小时之内赶到，尹小沫擦擦汗，刚想给罗秋秋电话，一名年轻的侍应生走来很有礼貌地问："请问是尹小姐吗？"

"我是。"

"请跟我来。"

侍应生在前面领路，把她带到二楼包房。

罗秋秋还担心她会被拦在外头，其实伍卓轩早就做了安排。他一直站在窗户边，看到尹小沫下了出租车，立刻叫人下去接应。罗秋秋对尹小沫充满了好奇，是怎样的女子有那么大的魔力，能够吸引住伍卓轩全部的注意力。

侍应生敲了敲门，"伍先生，尹小姐到了。"

"进来。"

听到这熟悉的富有磁性的嗓音，尹小沫心跳得厉害。

一看到尹小沫，罗秋秋就有种熟稔感。"咦，你不就是那天抽中头奖的女孩？"首映那天她有事不在场，后来看过视频，所以对尹小沫有印象。

尹小沫点点头。

伍卓轩眼眸淡淡扫过罗秋秋，她马上会意地说："老板，我家里有事，想先走了。"

"好。"

罗秋秋投去意味深长的一瞥，拎着包施施然离开。

Chapter 9
最心疼的人只有你

她一走，宽大的房间只剩下尹小沫和伍卓轩两个人，但一直没人开口说话，气氛就这样僵着，有些冷场。

尹小沫想，她不开口，他是不是打算就这样静默下去。她终于忍不住，"伍先生，稿子请您过目。"她双手递过去。

伍卓轩不接，"你叫我什么？"声音冷冰冰的。

"伍，伍先生……"有哪里不对吗，尹小沫并不觉得。

伍卓轩接过文件夹重重扔在桌上。

尹小沫还是头一回见他发脾气，吓一跳。

伍卓轩也不知道自己为何会这般恼怒，他向来好涵养，从不失控，偏尹小沫能轻易挑起他的火气。"坐，"他还是没给她好脸色瞧。

尹小沫战战兢兢地坐下。

伍卓轩忽然又于心不忍，放柔了声音："喝什么？"

"不用。"

伍卓轩又问一遍，"喝什么？"

"我不渴。"

伍卓轩视线胶着在她身上，尹小沫马上说："随便。"

"这是范藩的独家配方，他今天不在，恐怕没法满足你。"

尹小沫笑了一下，明媚如春光。

伍卓轩给她倒了一杯鲜榨橙汁，"将就下吧。"

"谢谢。"

她那么客气，让伍卓轩刚好一点的心情又坠落谷底。

气氛突然又变得有些怪异。

尹小沫脑中牢记今天到此的目的，并且贯彻始终，她小声说："麻烦你看一下稿子有没有问题。"

"尹小沫，我和你之间是不是除了公事就没有别的了？"伍卓轩浓眉紧蹙，尽力克制住满腔的火气，胸口一起一伏的。

尹小沫惊呆了，难道她还指望他们之间除了公事还能有些别的？早在半年前，他们的感情就像未及升起的行星，过早地陨落了。

"不用看了，你走吧。"伍卓轩恢复到淡漠冷凝。

这是在赶她走？尹小沫自然不肯放弃，她咬了咬唇，"请不要为难

139

我，没有你的首肯，我没法向老板交代。"

"我的意思是我相信你，就这样发表吧。"

"呃……"尹小沫无法相信就这样轻易过关了。

"还不走？不怕我反悔吗？"伍卓轩挑一挑眉。

尹小沫匆匆丢下一句"谢谢"，告辞离去。

伍卓轩燃起一支烟，灰白烟雾袅袅隐去了他落寞的面庞。

尹小沫下楼时巧遇范藩。

"尹小沫。"他一张口便叫出了她的名字，可见当初印象深刻。

"嗨。"

范藩上下打量她，"怎么不多坐会？"

尹小沫滞了滞，不知如何作答。

所幸范藩也不纠缠于此，笑一笑，"以后常来玩。"

尹小沫又不知该说什么了。

这女孩连客套都不会，怎么可能使心机耍阴谋呢，范藩绝对不信。他对伍卓轩也这样说，他相信自己看人的眼光，尹小沫绝对是个表里如一的人。

范藩走进房，抽走伍卓轩手上的烟，"少抽点。"

尹小沫的身影消失在夜色中，伍卓轩颓然坐下。

范藩拍拍他的肩，"我刚碰到尹小沫了。"

"是吗。"伍卓轩淡淡道。

"我还是那句话，她值得你真心对待。"

伍卓轩苦笑了下，尹小沫现在对他唯恐避之不及，他又能怎么办。

范藩一副过来人的沉重语气，"不要让自己将来后悔。"

伍卓轩知道范藩曾经有过一个很要好的女朋友，但因为种种原因没能在一起，他很后悔当初没能坚持，但也没有勇气再去找她。他冲着范藩点点头，他一定不会重蹈覆辙。

三天以后伍卓轩回到S市，他想找个借口再见尹小沫，罗秋秋拨通悦君杂志的电话，意外得到一个消息，尹小沫被杂志社解聘了，理由是无故旷工。

伍卓轩皱眉，这对一向把工作放在首位，又兢兢业业的尹小沫来说是个打击。"什么时候的事？"

Chapter 9
最心疼的人只有你

"就今天早上。"

伍卓轩担心尹小沫会接受不了，想要去找她，可也不知她在哪。何况现在这个节骨眼上，他要是出现，尹小沫恐怕更会觉得难堪。他想了想，"你告诉杂志社，她并没有旷工，她在我这里写稿，就说是我要求的。"

"时间勉强对得上。"罗秋秋算了下，前后相差了三天，如果硬要这么做，也不是不可以。

伍卓轩眸色微沉，"你去办吧。"

尹小沫被辞退的时候，一滴眼泪都没有流，也没有过多解释，那天她确实早退了。只怪她运气不好，人事部正好来查岗，一问之下，尹小沫并没有采访任务，刘星和曹子怡帮她百般掩盖，也没能打动铁面无私的人事总监。

刘星哭得稀里哗啦的，"对不起小沫，都是我的错，我不知道会发生这种事。"

尹小沫还反过来安慰她，"当然不能怪你，你也是为我好。"

刘星一片好意，而且她自己平常也是吊儿郎当的，也没人敢找她的茬，谁料这回好心办了坏事，悔之晚矣。她扯着尹小沫的衣袖，"我请你吃饭吧，当是我赔罪。"

"别傻了，你还有很多事情要做，以后我也没法再帮你了，你赶紧回去工作吧。"尹小沫抱了抱她。

曹子怡也是一脸惋惜，尹小沫是她看好的人才，没想到会败在这种小事上。不过她并不感伤，她坚信金子到哪里都是发光的。"小沫，这点小挫折不算什么，我认识许多杂志社主编，回头我帮你安排面试。"

"谢谢子怡姐。"尹小沫抱着个纸箱子黯然离开。

她表情淡然，嘴上劝慰刘星，心里还是很难过的。她在悦君杂志干了八个月的兼职，同大家都相处得特别愉快，很有感情，她从来没想过会以这种方式离开。半年前她辞去了家教工作以后，完全就靠杂志社插图的活来维持生计了。好不容易熬到毕业转了正，还没做满两个月，就灰溜溜地走人，她是不甘心的。可不甘心又能有什么用。好在不用再交学费，之前也存了点钱，就是欠许之然的债务又得延期归还了。

尹小沫暂时不想回家，在公司楼下的星巴克坐了会。衣着光鲜的男女来来往往，每个人看起来都很忙碌。一名男子从她身旁经过，操一口流利的广东话，一开口就是谈着几千万的生意。而她尹小沫还在为生计发愁。

"小沫？"一个声音在她头顶上方响起，柔柔的。

"飞鸿姐……"尹小沫愣了愣。

沈飞鸿笑意盈盈道："我可以坐下来吗？"

尹小沫点点头。

"你这是……"沈飞鸿注意到她身旁的纸箱。

尹小沫不太好意思跟她说刚被炒鱿鱼的事。

沈飞鸿也是见过世面的人，即便尹小沫不说，她也能看出来。之前尹小沫突然跟她提出学业繁重不能再去做模特，她虽诧异但不会勉强。后来，伍卓轩很少再提到尹小沫的名字，她有了不好的预感，隐约觉得和她有关。在没有弄清楚之前，她也不好贸贸然就去找尹小沫解释，这一拖就过去了半年时间。她微微一笑，"你最近好吗？"

"挺好。"尹小沫手无意识地摩挲着咖啡杯，在光彩照人的沈飞鸿面前，她总感觉自惭形秽。

沈飞鸿浅笑，在手机里一通翻找，然后举到尹小沫面前，"看，帅吗？"

照片里是个金发碧眼的外国青年，年纪可能比沈飞鸿要小一两岁，尹小沫好奇地问："他是？"

沈飞鸿大大方方地说："我未婚夫。"

尹小沫神情呆滞了。

"我们不相配吗？"

"很配……可是……"尹小沫想不通，她不是应该和伍卓轩才是一对吗。

沈飞鸿弯了弯嘴角，"可是什么？"

尹小沫在她眼中看到了笑意。她咬了咬唇，垂下眼睫。

"你是想问伍卓轩吧？"

尹小沫下意识地点点头，随后又愣愣地摇头。

沈飞鸿在她手背上拍了拍，"他喜欢的是你。"她是个明白人，早就看出伍卓轩对尹小沫动情，所以才会放弃。否则以她的性格怎会不主动争取。

尹小沫眼皮狂跳，紧接着一颗心也猛烈震颤。

Chapter 9
最心疼的人只有你

"有误会的话,就尽早解决。"沈飞鸿丢下一句话,飘然离去。

尹小沫脑中反反复复回旋着沈飞鸿的话:他喜欢的是你。他喜欢的是你。他喜欢的是你。

沈飞鸿已经说得这样直白了,她依然不敢相信。

她亲耳听到老太太的那番话,她只知道伍卓轩对沈飞鸿从未忘情。就算他喜欢她,恐怕也只是退而求其次。尹小沫眸光黯沉,她也有她的骄傲,她不要不属于她的爱情。

尹小沫回到家没多久就接到曹子怡的电话,她语气颇兴奋,"小沫,老板让你回来。"

"嗯?"尹小沫惊讶。

"他说是他误会你了,还让我向你表达歉意。"

"怎么回事?"尹小沫明知自己确实犯了错,这不是误会。

"你管他怎么回事,让你回来你就回来呗。"曹子怡不以为然道。

尹小沫可不想浑浑噩噩的,她潜意识里觉得有事发生,所以必须弄清楚。"子怡姐,麻烦你帮我打听下什么原因好吗?"

曹子怡了解她的脾气,遂答应,"我问清楚了再打给你。"

尹小沫吐口气。

五分钟以后,她的手机铃声再次响起,她还以为是曹子怡,却是倪倩。

"亲爱的小沫,最近在忙什么?"倪倩懒洋洋地说。

尹小沫本想哭诉今天的遭遇,想了下还是不要让她担心,就若无其事道:"还能忙什么,不就那样吗。"

倪倩笑了笑,"你什么时候有空,请你吃饭。"

"你请我当然随时都有空。"

"那择日不如撞日吧,就今天。"倪倩笑着说。

尹小沫一口答应,"行。"

倪倩迟疑了会,"你不介意我多带一个人吧。"

除了许之然也不会是别人,尹小沫想,何况他终究是她哥哥,也不可能一辈子不见面。她爽快道:"不介意。"

倪倩松口气,她就怕尹小沫犟脾气又上来。许之然也真是的,每次想

143

见妹妹都要她出面，害她费尽脑细胞想各种理由，夹心饼干的滋味她真是受够了。

尹小沫本不看好倪倩和许之然这一对，因为许之然花心、大男子主义，而倪倩单纯天真，可他俩竟在一起快一年了还如胶似漆的，跌破所有人眼镜。可见一物降一物。尹小沫不再反对，衷心希望他们能修成正果。

倪倩发到尹小沫手机上的地址竟然是范藩的私人会所，她想了很久，有心不去，又怕许之然误会她矫情，去的话她又担心撞上伍卓轩。最后她把心一横，她又不是去偷情，哪用考虑那么多事。碰上就碰上，反正她不欠他什么。

尹小沫径直走进会所，畅通无阻。

许之然惊异，"我还想着下去接你呢，没人拦你？"

尹小沫尴尬笑笑，别人刷卡，她只要刷脸就成，也不知道是不是件好事。她怕许之然再问起，忙转移话题，"倪倩呢？"

"她刚打来电话说要加班，晚一点才到，让我们先吃。"

"哦。"

许之然极有绅士风度地帮她拉椅子，接过包包和外套放在一边。"菜我已经点了，不过你别说我大男子主义，全是你和倩倩喜欢的。"

尹小沫哑然失笑，看来他真的为倪倩改变了许多。

"喝一点红酒好吗？"

"好。"

许之然殷勤替她倒酒，夹菜，服务周到。

尹小沫有受宠若惊的感觉。"你这样，我很不习惯。"

"为女士服务是天经地义的。"许之然坦然道，他在倪倩的影响下，很多臭毛病都没了。

尹小沫佩服倪倩对许之然的改造，爱情的魔力果然很强大。

两人难得心平气和地坐在一起吃顿饭，有说有笑，这在从前是不敢想象的。

他们二人交谈甚欢，另一个人可不那么乐意。

伍卓轩远远看着，眉头拧得越来越紧。

Chapter 9
最心疼的人只有你

"那不是艾柯娱乐的总裁许之然吗？"范藩说。

早在看到他的第一眼，伍卓轩便认出了他的身份。许之然名下有许多家公司，同时也是艾柯娱乐的执行总裁，但基本不管事，全权交给梁冰打理，所以他们并无深交，但遇到了也会点点头打个招呼。

"小沫怎么会和他在一起？"范藩狐疑道。

"我怎么知道。"伍卓轩语气不悦。

范藩好笑地看着他，醋意还不小。便故意刺激他，"许之然年轻有为，长得也不赖，是个不错的选择。"

"不错个鬼。"伍卓轩低咒了一声。

范藩大笑，"认识你这么久，原来你也会骂脏话。"

"许之然是梁冰的前男友。"伍卓轩顿了顿，"花边新闻无数，几乎每两个月换一任女友，上娱乐版头条的时候比我还多。"

范藩笑得前俯后仰。

伍卓轩瞪他。

"好像谁把醋坛子打翻了。"范藩打趣他，还是头一次看到他气急败坏的模样。

伍卓轩眉目冷峻，尹小沫对着许之然竟笑得这般开心，令他很不爽。他步子刚一动，范藩紧张地拽住他，"喂，你想砸场子也别在我的地盘。"

"你想哪里去了，我去打个招呼。"

"呃……"范藩目光很是哀怨，就是打招呼他才担心，"我和你一起去。"

伍卓轩扶额，"随你。"

范藩便屁颠屁颠地跟在他身后，心情微妙，说不好是想给他做后盾抑或是获取今后笑话他的资本。

伍卓轩就在许之然斜对面找了个座位坐下，尹小沫因为背对着他而无所察觉。

许之然却瞧见了，"遇到个朋友，我过去打个招呼。"

尹小沫颔首，好奇地转过身，身体随之一僵。

"嗨！"许之然熟稔地拍伍卓轩的肩。

伍卓轩笑笑，"这么巧。"

范藩翻白眼：不愧是影帝，装得真像。

尹小沫则想：他不是有个专用包间的吗，跑大厅来也不怕被人围观。

许之然笑眯眯的，"新电影什么时候首映，我去捧场。"

"已经上映了。"伍卓轩淡淡道。

"也没事，我明天去也不会影响票房。"许之然自己笑起来。

伍卓轩的语气和表情一样淡。

"方便的话帮我签个名吧，我有个朋友特别崇拜你。"许之然笑着指指座位，他也是最近才从倪倩那儿得知尹小沫是伍卓轩的铁杆粉丝，从前对她关心不够，希望从现在开始补偿还来得及。

伍卓轩闷声道："这有什么问题，举手之劳而已。"

"我叫她过来，她一定很开心。"许之然冲着尹小沫招招手，尹小沫见躲不过，只好硬着头皮走过去。

"小沫，伍卓轩答应给你签名，我看顺便再合个影吧。"许之然为能找到机会满足尹小沫的心愿而高兴。

尹小沫勉强一笑，"不用了吧。"

伍卓轩呵呵笑道："之然，看来是你夸大了事实啊。"

许之然也笑，"她害羞，"他推了推小沫，"机会可不是经常有的。"

尹小沫手心里全是汗水，她这个大哥又好心办坏事了。

范藩笑着打圆场，"来来，我来给你们照相，我的技术可好了，轻易不出手。"

尹小沫笑容僵硬，伍卓轩神情中混杂着波澜，被范藩定格在一瞬间。

许之然到处找纸笔，尹小沫只想尽快离开，她从包里拿出随身笔记本，递给伍卓轩。伍卓轩随手翻了翻，尹小沫大窘，刚要阻止，伍卓轩已经在空白页上写下一行字。尹小沫在他收笔的刹那夺了回来，面色绯红。

伍卓轩心情大好，因为他看到某一页上写满了他的名字。

尹小沫忐忑不安，笔记中写有太多对他的想念，不知他看到了没有。

许之然达到了目的，心情也很好，"谢啦。"他拉着尹小沫回座位。

伍卓轩视线落在许之然抓着尹小沫胳膊的手上，面色难看了几分。范藩替许之然祈祷，伍卓轩现在一定很想剁了他那只手。

许之然对伍卓轩的签名很感兴趣，"签了什么，快给我看看。"

"有什么好看的。"尹小沫不肯。

Chapter 9
最心疼的人只有你

"看一下又不会少个笔画。"

"就不给。"

许之然眼珠子一转,悄声说:"伍卓轩的字一定很难看,所以你才不给我看。"

尹小沫:"……"

"要不就是有错别字。"

"你幼稚不幼稚啊,"尹小沫被他烦怕了,翻到有伍卓轩签名的那一页,拿在手里给他看,许之然要接过去,尹小沫不让,许之然嘟囔:"小气。"

尹小沫觑他一眼,吐吐舌头。她感觉到有一道炽热的目光,令她如芒在背。她忍住回头的冲动,身体微微颤抖。

"咦,他怎么知道你叫尹小沫,我好像没说你的名字。"许之然扬扬眉。

"你刚说了。"尹小沫睁眼说瞎话。

许之然狐疑道:"我记得我没说啊。"

尹小沫坚持:"你肯定说了。"

许之然耸耸肩,"好吧。"他伸手揉揉尹小沫的秀发,宠溺而自然。

范藩发现伍卓轩的拳头捏紧了。他胆战心惊地给伍卓轩添了杯水,提醒他保持风度。同时鄙夷他像块木头似的杵在这里,越看越生气,不是给自己找罪受吗。

伍卓轩心里万般不是滋味,他真的有冲上去给许之然两拳的冲动。他一向引以为傲的自制力,在尹小沫面前一点用处都没有。

直到尹小沫和许之然吃完这顿饭,倪倩还是没出现。许之然给她打了个电话,说好一会去接她。大概是倪倩要同尹小沫说话,许之然笑着把手机递给尹小沫。

"听说今天沟通得很愉快?"倪倩笑着问。

"嗯。"尹小沫笑得开心,"也亏你调教有方。"

倪倩娇嗔道:"竟敢糗我!"

"我哪敢。"尹小沫努努嘴,"你后台多强大。"

许之然嘿嘿地笑了。

伍卓轩一颗心沉了又沉,看尹小沫和许之然的表情和动作,他们关系肯定不寻常，加上上一回电影首映礼的那名男生，他的竞争对手不少。他忽然觉得不能再这样下去，只要还有机会，他要为将来再努力一次。

尹小沫的猜测没错，的确是发生了一些事，杂志社才会重新想要聘用她。不过连曹子怡都没想到是因为伍卓轩的关系，她说给尹小沫听的时候也是不可思议的口吻。

"小沫，你去送稿子给伍卓轩这有什么不能说的，你为什么不跟人事主管解释清楚呢？"

尹小沫噤声，竟然是他在帮她。

"既然这样就没问题了，小沫，你明天就回来上班，我们都忙死了。"

"子怡姐，抱歉，我还是不能回去。"尹小沫想不明白伍卓轩为什么要帮她，但是不想欠他的人情。

"小沫，现在不是使性子的时候。"曹子怡平静地说，"杂志社确有不对的地方，但能够及时承认错误弥补过失，你就睁只眼闭只眼吧。"

"子怡姐，我没有使小性子……"尹小沫不知该怎么说，伍卓轩好意撒谎帮她，她也不好拆他的台，但她不愿接受帮助又是另一回事。

"小沫你……"曹子怡叹息，这姑娘的自尊心太强了。

尹小沫缓缓道："对不起，子怡姐……"

"算了，我相信你有你的难处。"曹子怡总是无条件信任她，只因对她的了解。

尹小沫很感激曹子怡没再追问缘由。她对伍卓轩仍有感情，可爱又不能爱，忘也忘不了，放又放不下，她除了躲避，远离他，想不到别的办法。

伍卓轩是在一个月后才知道尹小沫并没有接受他的好意。杂志社联系他想要给他做一个个人专访，伍卓轩指明要尹小沫完成，却被告知尹小沫并没有回去上班。

"她到底在搞什么名堂。"伍卓轩恨恨地对罗秋秋说。

罗秋秋修着指甲，淡定道："女人心，海底针。"

"那依你的心态，你告诉我她在想什么。"

"我怎么知道，我又不是女人。"

伍卓轩："……"

罗秋秋表情波澜不兴地说："老板你什么时候把我当做女人了？这个年代，不就是把女人当男人用，把男人当牲口用。"

伍卓轩："……"

罗秋秋继续气定神闲地修指甲。

伍卓轩思前想后，决定动用杀手锏。"你马上帮我联系尹小沫，还是算了，你把她现在的住址给我找出来吧。"

罗秋秋眼睛都发亮了，老板终于忍不住要出手了，有好戏看了。

尹小沫这一整个月都在街头给人画像。

在街头卖艺的人不少，但像她这样年轻美貌的女孩却几乎没有。所以还是吸引了一部分围观人群，只可惜看的人多，买的人少，尹小沫的收入更是少得可怜。

她走在回家的路上，寻思着，难道要去找梁冰或者许之然求份工作先干着？否则再这样下去，她就要揭不开锅，并且流落街头了。

尹小沫百无聊赖地踢着一块碎石，用力大了一些，碎石滚到了前方一人的脚下。"对不起，对不起，"她一迭声道。

"没关系。"

这声音……

尹小沫抬起头，首先撞入一对幽暗深邃的黑眸，她心跳漏跳半拍。其实她一直不太敢看伍卓轩的眼睛，因为它有一种与生俱来勾魂夺魄的魔力。他修长俊挺的身影被路灯拉得更长，每靠近一步，尹小沫就多了一分压迫感。他高出尹小沫大半个头，走近了，阴影就直接覆盖住了她的身影。

伍卓轩很满意尹小沫看到他以后恍惚的表情，他薄唇微微上翘。

尹小沫反应过来以后第一步要做的就是逃跑。

伍卓轩哪容她逃离，快步上前捉住她的手，"尹小沫，你就这样讨厌见到我！"

"我没有……"

"那你跑什么？"伍卓轩在她面前总有深深的挫败感。

"我……"尹小沫在下唇咬出深深一排牙印。

"尹小沫！"伍卓轩恨恨地道，"你欠我的什么时候还？"

尹小沫迷惘，"我欠你什么？"她忽然灵光一现，"半年前我就还清了。"她理直气壮地说。

"那是衣服的钱，还有车坐垫毯子和洗车的费用。"伍卓轩边说边感到汗颜，这话要是被媒体拍到传出去，他就此隐退吧。

尹小沫开始掏钱包。

"你干吗？"

"还你钱。"

"你欠这么长时间不用利息的吗？"伍卓轩开始耍无赖了。

尹小沫磨磨牙，"总共多少？你给个数。"

"利息岂是能用金钱衡量的。"

"你究竟想怎么样？"尹小沫也清楚他的目的并不在于此。

伍卓轩很想来一句"要得也不多，你以身相许就行"，话到嘴边又咽下去，"你来给我当助理。"

尹小沫沉默了，他这是想做什么。

两人大眼瞪小眼，伍卓轩忍不住问："怎么样？"

"我会还你钱的，而且你当时答应我可以分期付款。"

"有吗？我不记得了。"伍卓轩睁眼说瞎话的本领修炼得炉火纯青。

尹小沫瞪大眼，原来他也会胡搅蛮缠的。

"分期付款也不是不可以，你替我工作，每个月从薪水里扣。"伍卓轩嘴角噙着若有若无的笑意。

看来不答应是不行了，尹小沫咬咬牙，"要做多久？"

"一年为期。"伍卓轩有自己的打算，如果一年时间还不能打动她，那他就……他就直接表白，吓到她最好，哼。

尹小沫故作轻松道："好吧，一言为定。"手心里却湿漉漉的，紧张得全身都是汗。

"你回去收拾一下，明天一早我派车来接你。"

"这么快？"尹小沫拧了拧眉。

"是，明天新戏开机。"这也是伍卓轩今晚必须找她的原因，他可不想一走三个月，回来以后尹小沫又跑了。

Chapter 9
最心疼的人只有你

尹小沫语气淡淡的,"哦。"

伍卓轩唇微翘,双眸闪亮如星,尹小沫低下头,心想他怎么还不走。

"我送你到门口。"伍卓轩又补充了一句,"门洞口。"

尹小沫不觉想起了半年前的某一天晚上,伍卓轩送她回家,也是执意送她到门洞口,然后轻轻在她额头落下一吻。那个时候,她真以为爱情来临了。原来不过是水中月,镜中花。

伍卓轩何尝没有想到那一晚的事,犹记得那夜的月色也如今晚这般柔美。他很想直接吻上她娇艳欲滴的嘴唇,但最后还是不敢。他做事从不瞻前顾后缩头缩尾,只有尹小沫,他小心翼翼地呵护,甚至不敢逼她太紧,生怕会令她受到惊吓。

"我到了。"尹小沫低声说。

"嗯。"

尹小沫心头微微一跳。

"大约八点钟来接你,可以吗?"

尹小沫点点头。

伍卓轩身体往前凑了凑,尹小沫心跳突然加速。伍卓轩从她肩头拂下一片树叶,含笑看着她。

尹小沫面红耳赤,她这是想哪里去了,她还在隐隐期盼些什么。

"早点睡。"

"哦。"

"晚安。"

"哦。"

伍卓轩现在才知道,她语无伦次答非所问的时候,其实是她内心慌乱手足无措的表现。至少他成功地搅乱了她的心绪,伍卓轩今天的目的也就达到了。

尹小沫虽然没有经验,也知道拍摄一部电视剧周期至少需要三个月。她要离开三个月,而且明天就要走,很多事情需马上办妥。例如给房东打款,例如向倪倩和许之然交代一下,再比如梁冰问起的话她要怎么回答。

出乎她意料的是梁冰对于她离开S市去外地工作三个月的解释毫不怀

疑,也没有追问的意思,完全不像她平日的作风。只是在最后来了句,"回头见。"

见什么。尹小沫莫名其妙。

相对梁冰,许之然就没这么好打发,他连珠炮似的问了一堆问题,"去哪里?具体干什么?有没有同事陪同?男还是女?什么时候回来?会不会很辛苦?"后来直接说:"还是不要干了,来大哥公司帮忙,事少钱多离家近。"

尹小沫失笑,"大哥,你越来越像管家婆了。"

许之然挠头,最近被倪倩带得的确有这种倾向,已经不是一个人这么说了。"大哥也是为你好。"他语重心长道。

尹小沫自然知道,她这个大哥收敛大少爷脾气,改变方式,懂得尊重人以后,同样的话会让人心里舒服许多,所以尹小沫也同他亲近了不少,有时还会撒娇,就好比现在:"大哥,我不是小孩子了,你就放心吧。"

许之然是一直把她当瓷娃娃看待了,从前没有机会照顾她,现在想弥补,想给她最好的,可尹小沫的自尊心很强,也独立,性子还倔,完全不肯接受他的任何帮忙。唯一一次,是半年前向他借了一笔钱,还老想着要尽快归还。许之然在倪倩的劝导下,明白对尹小沫态度不能强硬,她是典型的吃软不吃硬,所以他学会了给她空间,让她做自己想做的事,但也会告诉她,他是她的坚实后盾,在外头受了委屈,没关系,她还有大哥,随时欢迎她回家。"嗯。"许之然笑,"记住大哥的话,如果有人欺负你,马上告诉我,大哥一定会为你出头。"

尹小沫眨眨眼,"任何人吗?"

"当然。"许之然毫不犹豫。

不知为何,尹小沫想到了伍卓轩,脑补了一下他被许之然修理的场景,笑出了声。

正在开车回家路上的伍卓轩没来由地打了个寒战。

Chapter 10 我相信

早晨八点，接尹小沫的车准时到达。

尹小沫拖着个沉重的行李箱下楼，一个男人忙接了过去，帮她提到车子后备厢。

"谢谢。"尹小沫谢完才发现帮她的是之前一直看她不太顺眼的天宇，神情有点尴尬。

天宇倒不在意，打开车门，让她先上车。

尹小沫上了车才发现伍卓轩坐在后面，她犹豫了一下，坐到了副驾驶座上。

伍卓轩淡淡道："你抢了天宇的座位。"

"是啊，我还得给司机指路呢，尹小沫，你坐后面吧。"

尹小沫只能乖乖地换座。

伍卓轩扫她一眼，尹小沫不知该说什么，假装在包里找东西，翻出一本杂志，就津津有味地读起来。

"车上别看书，伤眼睛。"伍卓轩又开了口。

尹小沫合上书，不能看书那就闭目养神吧。然天不遂她意，车子刚好驶入一段坑洼不平的路面，一会颠簸，一会摇摆，尹小沫被颠得胃里难受。她本来就有晕车的毛病，知道今天要坐长途车连早饭都不敢吃，她捂着嘴，祈祷千万别出丑。

伍卓轩立刻发现了她的异样，"不舒服？"

尹小沫不敢说话，摇摇头。

"晕车？"

尹小沫点头。

"停车。"伍卓轩沉声道。

"老板，什么事？"司机踩下刹车后，天宇扭过头问。

"她不舒服。"伍卓轩顿了顿又说，"开窗让她透透气。"

天宇为难道："十点开机仪式，再不赶过去，怕要来不及。"

伍卓轩还没开口，尹小沫抢着说："开车吧，我撑得住。"

"不行。"伍卓轩不同意。

尹小沫坚持，"我真的没事，"她摸出话梅含了一颗在嘴里，"我有法宝。"

伍卓轩疑惑道："这玩意真的管用？"

"嗯。"尹小沫眸光盈盈闪动。

伍卓轩有些后悔，早知道她会晕车，就改走铁路了。他是一点都看不得她难受的。他迟疑着说："那继续开车吧，不舒服你就出声。"

"好。"

伍卓轩又补充了一句，"开机仪式没我也不是大问题。"

尹小沫抬眼看他，闷声道："哦。"

天宇吁口气，看来这女孩在老板心里的位置极重，以前他可不会为了任何事影响到工作的。他又有些后怕之前得罪过尹小沫，幸好矛盾不是太深，补救应该还来得及。

尹小沫最大的优点就是毅力，她愣是忍了近两个小时，车开到片场，她冲下车，还能七拐八弯地找到一个垃圾桶，对着就大吐狂吐。她没吃过什么东西，所以吐的全是酸水。她脸色青白，让人看着心疼。

伍卓轩被拖着去参加开机仪式，心思却全在尹小沫身上。好不容易脱身，却怎么都找不到她。最后在休息的地方看到她，身边还站着个男人，两人有说有笑。伍卓轩不动声色地走过去，原来是他的好友兼工作室签约艺人同时要在新戏出演男二的凌奕。他轻咳一声。

"哎，轩哥。"

"你怎么在这？"

"刚才我看她吐得很厉害，拿了点水给她漱口。"凌奕说着，还递过

Chapter 10
我相信

去一块手绢,温柔道:"擦擦嘴。"

尹小沫顺势接过,"谢谢。"

伍卓轩皱眉,"那边找你有事,你去看看吧。"

"好。"凌奕临走前还对尹小沫说:"好好休息。"

伍卓轩心里顿时起了微妙的变化,凌奕比他年轻,长相也出色,尽管现在还不是一线艺人,但他很努力本身也有资本,只要抓到机会红透半边天那是迟早的事。尹小沫的美丽并不是只有他一人会欣赏,现在他已经有了两大情敌,他费尽心机才把尹小沫暂且带离那两人,没想到半路又杀出个凌奕。伍卓轩在心中哀叹连连。

尹小沫当然不会知道他在吃醋,就奇怪他不是应该有很多事情要忙吗,怎么还有空到处溜达。

"好些没有?"伍卓轩在她身边坐下,柔声问。

原来他还是很关心她的,尹小沫心情略复杂,"好很多了。"

"一会让天宇带你回房休息。"

"刚凌奕说下午就定妆正式开拍了,我……"

伍卓轩打断她,"不急,你休息一天,明天开始工作也不迟。"

"我已经没事了……"

"尹小沫,你听话。"

尹小沫闭上嘴。

伍卓轩揉揉她的发,"就在这待着,别走开。"

"好。"时隔几月,伍卓轩再次抚摸她的头发,尹小沫心情微妙。好像有不同感受,又好像什么都没变。

天宇急匆匆赶来,给尹小沫安排好房间,又急匆匆离开。尹小沫忽然觉得自己这不是来做助理的,而是专门来给人添麻烦的。

她在宾馆酒店看电视看杂志玩手机,无所事事。中午还有人专门给她送了饭菜来,色香味俱全,她本来没什么胃口最后也馋涎欲滴。

她吃饱喝足正躺在床上昏昏欲睡,有人敲响她房门。

开门一看,竟是梁冰,尹小沫这才明白梁冰昨天说的"回头见"是什么意思。其实是她反应迟钝,伍卓轩艾柯工作室投资的剧,梁冰当然有份参与。

梁冰笑眯眯的，"看来还是伍卓轩比较有办法。"

尹小沫脸一红，"大嫂，你又拿我寻开心。"

"哎，你现在这么叫我不合适了吧。"梁冰几次撞见许之然和倪倩出双入对，想来他们好事将近。而她和许之然虽然做不成夫妻，现在好歹也算是朋友。

尹小沫吐吐舌头，她叫惯了，就是改不过来。

梁冰笑笑，她和许之然都是性子很急，性格很倔强的人，两个同样要强的人注定没法在一起，而倪倩比她温柔比她懂得拿捏分寸，俗话说百炼钢也能化为绕指柔，倪倩就是改造他的人。

尹小沫把椅子让给她坐，自己又倒在了床上。

梁冰奇怪道："伍卓轩都开始拍第一场戏了，你倒还在这优哉游哉。"

"我早上晕车吐得一塌糊涂，他还以为我得绝症了，不敢让我干活。"尹小沫自我调侃。

"他确实很紧张你。"梁冰笑嘻嘻地看着她。

尹小沫脸又红了，"或许吧。"伍卓轩对她的好，她懂，可伍卓轩喜欢沈飞鸿，那也是事实。她不愿做替代品，更不愿做伍卓轩的退而求其次，她如今只想熬过这一年，再慢慢退回到粉丝的位置。以前的事，就当她做了个梦，一个不属于她也不完整的美梦。

梁冰却不这样认为，她从一开始就发现伍卓轩对尹小沫的特殊感觉，也相当看好他们。但她并不知道沈飞鸿的这段插曲，她总以为是尹小沫后知后觉。可这个她帮不上忙，只有让伍卓轩自己去头疼了。

梁冰只是来剧组协调一下各方面的工作，下午又匆匆赶了回去。

尹小沫闲得发慌，取出笔记本上网。她在微博上看到剧组放出了定妆照，便支起画板随手涂鸦。完成伍卓轩的新造型后，感觉意犹未尽，就顺手把凌奕也画了。凌奕这回扮演的是一名表面文弱其实身怀绝技的书生，儒冠素服，剑眉薄唇，丰神俊朗得难以用语言形容。尹小沫每次画伍卓轩总是很上心，这次给凌奕作画，虽然有些随意，但效果竟也出奇的好。尹小沫对作品很满意，稍微修改了下就发在了微博上。

她功底深厚，画功出色，再加上除了伍卓轩以外从来没有帮别人画过

Chapter 10
我相信

卡通造型，微博上一贴出来，立刻引起了不小的轰动。

首先是忘忧草发来疑问：小薄荷，你爬墙了？

尹小沫笑着回复：怎么了，不就是画了张画嘛。

忘忧草：可你之前好像没给别人画过。

尹小沫今天心血来潮给凌奕作画，一来确实因为凌奕的造型吸引了她，二来，她也是感激凌奕今天给她的帮助。她想了想：想画就画了，没别的原因。

忘忧草发来一个偷笑的表情：我有预感某人会吃醋。

尹小沫愣了下：你说老伍？

忘忧草接连打了三个大笑：不是他还有谁。

尹小沫咬咬唇：他的我也画了。

忘忧草笑得贼贼的：等着瞧。

尹小沫并没有把忘忧草的话放在心上，伍卓轩哪有时间理会这个。再说，他也好久没有搭理过她的微博了。以前还会评论一下，或者发个私信和她简单交流，现在就当没有她这个人存在。尹小沫扯着嘴角笑了笑，忘忧草太过杞人忧天了。

她的画引起了凌奕粉丝的疯狂转发，没过多久，她发现凌奕关注了她，出于礼貌，她也回了个关注。凌奕转发后，她的粉丝数猛增。她也没在意，抱着本本躺在床上百无聊赖地继续刷微博。

这时，进来一条私信，她以为又是忘忧草，没想到却是来自久违的伍卓轩。

伍卓轩：以后只能给我一个人画。

尹小沫完全怔住了。这什么情况，果然被忘忧草言中了吗。

她还没想好怎么回答，伍卓轩的私信又进来了：记住了，下不为例。

尹小沫颇有些不乐意，伍卓轩凭什么管她。伍卓轩是她尹小沫的老板，可不是薄荷柠檬茶的。她气呼呼地想。

可能见她久不回复，伍卓轩又说：今天你给我画的造型我很喜欢。

尹小沫几乎咬牙切齿地回：我也很喜欢你这次的新戏。

这次换伍卓轩半天没反应，尹小沫忍不住说：我会很期待你这次对角色的诠释。

157

伍卓轩：我也会很期待地看你后面的作品。

尹小沫：好。

伍卓轩：早些休息，别太累着。

尹小沫犹豫了会，关掉了网页。他的语气会不会太熟稔了些，他们很熟吗，他们不过是粉丝和偶像的关系，他要不要说得跟认识了几十年似的。尹小沫很悲哀地发现，她居然在吃自己的醋。

第二天尹小沫正式开工，她事前做了许多准备工作，了解了助理的职责。她特意背了个大背包，装上饮用水、咖啡、保温杯、巧克力、饼干、口香糖、围巾、外套等一切她能想到的东西。

天宇一见她就笑，"尹小沫，你这是打算郊游？"

尹小沫答得理所当然，"多准备些总没错。"

伍卓轩闻言笑了笑。

尹小沫以前没探过班，所以对剧组的事感觉很新奇，但也尽职尽责，在伍卓轩拍戏间隙，端茶送水，忙得不亦乐乎。

伍卓轩很享受她的照顾，在尹小沫递来纸巾的时候，他没接，直接仰起头，示意她帮忙擦汗。尹小沫迟疑了下，还是照做，她动作很轻柔，伍卓轩感觉好极了。

尹小沫坐在小板凳上，托腮看着伍卓轩很快进入状态，完美演绎。他此次饰演一名侠客，白衣飘飘，气质卓然，尹小沫沉醉其中，一脸花痴状。

天宇拿了个相机给她，"去拍些剧照吧。"天宇是想讨好她，让她能更近距离地花痴伍卓轩。

尹小沫却不好意思地说："只会用傻瓜机。"单反这种高技术含量的仪器岂是她玩得转的。

"很简单的，我教你。"

"不用啦。"尹小沫还是觉得他本人比镜头里更真实更帅气。

正在拍一条打戏的伍卓轩无意间抬头，见她笑颜如花，美目流盼，不觉走了神。

杨导忙喊停。

伍卓轩忙道："抱歉。"

Chapter 10
我相信

"轩哥,是机器没摆好,不关你的事,我们再来一次好吗?"杨导挠着头说。

尹小沫"扑哧"笑出声。

伍卓轩眼斜斜地瞪过去。

尹小沫忙轻咳一声背过身,但肩膀的耸动还是泄露了她收敛不住的笑意。

中午的时候,女一号顾伊澜进组,没多做休息就化妆开始拍摄。别的演员,哪怕并不出名的配角也有一个助理陪着,而她只有一个人。

天宇奇怪地问:"伊澜,小倪呢?"

"病了,我让她多休息几天,我一个人先来了。"

顾伊澜说话爽快,性格和倪倩有点像,而且又很体贴人,尹小沫对她好感倍增,主动给她拿水取盒饭,怕她衣着单薄会着凉,还在她躺着小憩时给她盖上毯子。

伍卓轩眼角又淡淡扫过,这丫头对谁都那么好,当然,对他也很好。

顾伊澜也很喜欢尹小沫,没戏的时候就拉着她聊天。尹小沫从她口中得知,天宇之前一直是伍卓轩的助理,干了很多年。

尹小沫脱口而出,"我不会抢了他饭碗吧。"

顾伊澜笑得前俯后仰,"哪能啊。"

伍卓轩刚一出现顾伊澜就笑眯眯地说:"轩哥,商量个事。"

"什么事?"伍卓轩淡淡道。

顾伊澜笑容满面:"我助理病了,你把小沫借我几天呗。"

"不行。"伍卓轩一口就回绝了。

顾伊澜有些意外,急急地说:"你不是还有天宇吗?"

伍卓轩语气轻淡,"那我把天宇借给你。"

顾伊澜:"……"

天宇在一旁摸着鼻子笑。

顾伊澜尴尬,伍卓轩神情自若。

尹小沫低着头,也不知该说什么,还是闭嘴的好。

如此过了几天,正好碰上假期,拍摄地突然人多了起来。本来这并不是一处旅游景点，但因为伍卓轩在此，许多人就抱着碰运气的想法来了。

伍卓轩不支持粉丝探班，怕女孩子孤身在外有危险，但有时又没法控制，这是个伤脑筋的问题，只好千叮万嘱探班最好成群结队，安全最重要。

尹小沫正目不转睛地欣赏伍卓轩和顾伊澜的对手戏，手机在这要命的关头响起。

忘忧草嘻嘻哈哈的，"小薄荷，我去探班了，有什么话要我帮你带给老伍吗？"

尹小沫："……"

"我已经到地方了，不过好像是内场戏，暂时看不到。"

尹小沫弱弱地说："最近三天都是内场。"

"啊，我人品这么差！"忘忧草郁闷了。"咦，你怎么知道的？"然后她又自问自答，"别人跟你说的吧。"

尹小沫眼神微微一闪，矛盾要不要跟她说实话。

"我先找人带我进去，回头再跟你汇报情况。"

尹小沫握着手机发呆。随后她看到天宇快步走出门，没过多久，和一名长发女孩一同进来。

女孩容颜靓丽，打扮时尚，她蹦跳到尹小沫面前，"你是伍卓轩的新助理？"

尹小沫点点头。

女孩很感兴趣地上下打量她。

尹小沫猜测她就是忘忧草，有点担心她会突然拿出手机拨她的号。

还好伍卓轩刚巧结束了一场戏的拍摄，忘忧草笑容扩大，迎上前去。

"又翘班？"伍卓轩皱眉。

忘忧草笑着讨好，"调休调休。"

伍卓轩看一眼不远处的尹小沫，给忘忧草使了个眼色。忘忧草会意，跟着他往摄影棚走。

僻静处，忘忧草首先发问，"我有个问题。"

"问。"

忘忧草是伍卓轩粉丝后援会会长，又经常探班，和伍卓轩算很熟悉了，也就不再顾忌什么，张口就问："哎，你不是不请女助理的吗？"伍

Chapter 10
我相信

卓轩怕惹上不必要的麻烦，从不要女助理。这次会破例，忘忧草兴致浓厚，闻到了八卦的味道。

伍卓轩想了想，说："她不一样。"

"怎么不一样？"忘忧草大睁着眼。

"尹小沫就是薄荷柠檬茶。"

忘忧草张圆的嘴就此合不上，眼角不住地往尹小沫处瞥。

"她并不晓得我知道这事。"伍卓轩身体一动，挡住了她的目光。

"我懂，我不会和她讲的。"

"嗯。"伍卓轩很满意她的承诺。

忘忧草理解伍卓轩对粉丝的包容和贴心，但也没想到尹小沫同伍卓轩之间还有其他纠缠，只是觉得好像有哪里不对，伍卓轩不是最不希望粉丝进入他的工作以至于本末倒置的吗。不过他连女助理都破例了，这个也就不算什么了。

伍卓轩同忘忧草窃窃私语的同时，尹小沫也在忐忑不安地往他们那边瞧。特别是忘忧草有意无意将眼风扫过来以后，尹小沫就更无法淡定。转念一想，伍卓轩压根不知道她就是薄荷柠檬茶，薄荷柠檬茶就是尹小沫，又怎会吐露给忘忧草。他们说的大概是她成为他新助理的事吧。

忘忧草现在对尹小沫的兴趣比对伍卓轩还大，说了几句就蹦跶回来。伍卓轩无语，他的行情是一路看跌。忘忧草对着尹小沫嘿嘿地笑，尹小沫被她笑得毛骨悚然。

尹小沫觉得现在远离她比较好一点，给伍卓轩倒了杯水拿过去。

忘忧草就跟在她后面，寸步不离。

伍卓轩蹙眉，"我不要喝水，我要喝咖啡。"

"你早上喝过一杯了。"尹小沫语气平静。

"我早上也吃过早饭了，是不是午饭、晚饭就不用吃了？"伍卓轩气愤道。

尹小沫从容地说："你要是不吃午饭、晚饭，那明天早上的咖啡也不会有。"

伍卓轩扶额，尹小沫是他硬要弄来做助理的，他简直就是自作孽。

尹小沫不管他听没听明白，又来一句，"你可以试试看。"

161

伍卓轩鼻子都快气歪了。

忘忧草对尹小沫佩服得五体投地。谁敢这么跟伍卓轩说话啊，谁敢对伍卓轩指手画脚啊，普天之下唯有尹小沫一人！

一会剧组送来了盒饭，伍卓轩挑食本性暴露无遗，这样不吃那样不吃。尹小沫才不理他，他挑出去的，她再给他拣回来，然后逼着他一口一口地吃下去。伍卓轩表情可怜，对着忘忧草诉苦："你看她就这样对我。"

忘忧草冷静地吐出一句话："老伍，你傲娇了。"她转向尹小沫，比大拇指夸赞，"干得漂亮，再接再厉。"

尹小沫汗颜，她只是尽好她助理工作的本分。

伍卓轩只是表面上颇不情愿，心里可受用了。尹小沫管着他，也是为他好，证明她心里有他。

忘忧草好奇地问："老伍，你最近这段日子都是这样过的？"

伍卓轩颔首，"自从她进组，我就苦不堪言，没有夜戏的时候，晚上十一点就要我睡觉。"

忘忧草若有所思，"难怪你气色变好了，这都是小沫的功劳。"

伍卓轩："……"

尹小沫唇微翘起，又极力忍住。

忘忧草不禁感叹，"找小沫来当你助理，真是找对了人。"如果是她，可能只顾着花痴，哪有这等魄力。

伍卓轩撇嘴。

尹小沫的手机再度响起，她抱声歉闪到一边接听电话。

"小沫，你去了哪里，家里电话怎么好几天都没人接？"是于宙。

尹小沫哑然，她通知了许之然，通知了梁冰，甚至还告诉了梁开开一声，却偏偏漏了于宙。她是真没把他放在心上，尹小沫心中愧疚，口气也软了几分，"对不起，忘记和你说了，我去了外地工作。"

"外地？"于宙拔高了音量。

"嗯，大概要待三个月。"

"在哪座城市，你知道的，我们有许多分公司，我可以借出差过去看你。"于宙大学毕业后，进了家族企业，从部门经理做起，但谁都知道他是太子爷，未来的掌权人，给他大开方便之门，于宙在公司等于要风得

Chapter 10
我相信

风,要雨得雨。他曾也力邀尹小沫去他公司工作,只可惜被拒绝了。

尹小沫声音有点轻,"不用了,我很好。"

于宙闷闷不乐,尹小沫不告而别,可不是存心避开他吗。他小心翼翼地说:"小沫,我上次说的是玩笑话,你别生我气。"

他大约说的是要她做女朋友的事,尹小沫其实根本没上心,她收敛了呼吸,语气淡淡,"我没有生气,于宙,我们一直都是好朋友,永远都是。"

于宙心微微抽痛了一下,这算是彻底地断绝了他的念想,永远是好朋友,只是朋友……他沉默了会,忽然笑道:"是的,我们是最好的朋友。"

尹小沫舒了口气。霍然抬首,咫尺间的他眸光幽深无底,带一种说不清道不明的情绪。她心底怦然一动,奇特怪异的念头交织缠绕。

伍卓轩是来找她拿笔的,忘忧草带了些照片来签名,打算在贴吧举办活动,却无意间听到了这番对话,他心中窃喜,尹小沫明确表示他们只是朋友,那么,他就少了一个竞争对手。他挑了挑眉,"给我支笔。"

尹小沫忙翻包找给他。

伍卓轩拿了就走,没做耽搁,留下尹小沫在那胡思乱想,他到底听到了多少。

尹小沫慢吞吞地挪回原地,伍卓轩已经签完了所有照片,扫视她一眼,随口问:"你有要签的没?"尹小沫磨磨蹭蹭从钱包里拿出一张,塞过去。

忘忧草好奇,就抢过来看。然后笑得抱着肚子蹲在地上,半天起不来。

伍卓轩凑过去一瞧,哭笑不得。他咬牙切齿地问:"尹小沫,你确定要我签这张?"

尹小沫茫然道:"是啊,有什么问题吗?"

"没问题。"伍卓轩恨恨道,飞快签完扔回给她。真服了她,明明真人就在她面前,她拿张蜡像给他。

那是伍卓轩清装帝王造型进入蜡像馆以后,尹小沫趁着旅游节半价,和梁开开一起去参观,拍了许多照片。要是面对真人她肯定什么都不敢做,但好歹对象是个蜡像,她便上下其手,摸脸托下巴抓辫子,好好调戏了一番。最后梁开开说以后就拿蜡像的照片找伍卓轩签名,尹小沫记住了她的话,这次来当他的助理,她顺手把照片塞进钱包,今天恰好碰上好时

163

机，她就拿出来了，也不知伍卓轩和忘忧草为何会是这种反应。

忘忧草想：这姑娘真天然呆得可爱。

伍卓轩则幽怨地想，她把对蜡像的热情分一点给他也好啊。

尹小沫开心地收起签名，对梁开开有交代了。

自从尹小沫离开S市，许之然便每天给她一个电话，雷都打不动。嘘寒问暖，亲切关怀。尹小沫暖在心头，笑逐颜开。伍卓轩十分不爽，谁的电话竟能让她开心成这样。他第一想到的便是许之然，讨女孩子欢心是他的专长。他做了件令自己都不齿的事，找来有关许之然花边新闻的杂志，丢在尹小沫看得到的地方。有时还当着她面翻开，和天宇讨论几句。

尹小沫莫名其妙，许之然花心博爱她早就知道，再说这都是从前的事了，他如今在倪倩的管教下，每天准时回家，亲自下厨给倪倩做饭，下雨天还接送倪倩上下班，二十四孝男友的称号非他莫属。何况，伍卓轩应该不晓得许之然是她亲大哥的事吧，他这样做的目的何在？

许之然又打来电话，尹小沫看了眼伍卓轩，当他面就接听了。

伍卓轩拿着剧本在看，耳朵却竖起。

许之然嘿嘿笑，"亲爱的妹妹，你在忙什么？"

"不忙，你呢。"

"我爸有点不舒服，我陪他在医院做检查。"许之然随口一说，然后想到这话题会不会有些敏感，静默了几秒。

尹小沫也异常沉默，过了会才问："他没事吧？"

"应该没什么事，老毛病了，血糖高，还不肯忌口，老乱吃东西。"许之然埋怨道。

尹小沫咬了咬唇，轻声说："糖尿病可马虎不得，会引发许多并发症。"尹小沫以前做家教的肖阿姨的母亲，就有严重的糖尿病，最后还导致双目失明，肝脏和心脏衰竭，家人和病人本人都苦不堪言。

"我哪里劝得动他。"许之然叹气。

尹小沫面部表情僵硬，硬生生地来了句，"那也得劝，这是你的责任。"随后"啪"挂了电话。

电话另一头的许之然一脸迷惘，又怎么惹到她了。

Chapter 10
我相信

　　伍卓轩细细观察尹小沫，她明显心不在焉，明明是要安排明天的通告，她把昨天的交给了场记，天宇问她拿矿泉水，她递过去一盒口香糖。天宇啼笑皆非，暗暗问伍卓轩，"她这是嫌弃我烟味重？"

　　伍卓轩耸肩，"她有心事。"

　　天宇也学着他的样子耸耸肩，"那只有你亲自出马了。"

　　伍卓轩把喝了一半的矿泉水交给尹小沫保管，她无意识地接过，又无意识地拧开瓶盖，喝了一口，放到一边。

　　天宇惊呆了，伍卓轩也有点讶然。

　　尹小沫还一无所觉。

　　伍卓轩颦眉，到底什么事，她看来受的打击不轻，难道是许之然另结新欢？很快他就否定了这个荒唐的念头。他想了想，把尹小沫叫到一边，柔声问："出了什么事？"

　　尹小沫一迭声地道歉："对不起，对不起，我保证不会再犯错。"

　　伍卓轩笑吟吟，"我又没骂你。"

　　"我马上去纠正过来。"

　　"不急，没什么大不了的。"

　　尹小沫低眉敛目。

　　"你有心事。"伍卓轩一语中的。

　　尹小沫不肯承认："没有。"

　　"肯定有。"伍卓轩百分百确定她有，而且是在接听电话以后。

　　尹小沫抿起唇，保持沉默。

　　"是我给你压力太大？"

　　尹小沫仰首，"不是。"她这个助理做得轻松自在，每日吃喝玩乐外带看帅哥，体重都增加了几斤，哪来的压力。

　　伍卓轩伸手揉了揉她的头发，"我不逼你，等你想说了再说。"

　　尹小沫听话地点头。

　　伍卓轩怜惜地抚了抚她的脸颊，"我先开工了。"

　　尹小沫两颊悄悄飞红了。

　　下午的戏拍到一半，第三女主角和制片方起了一些摩擦，竟拂袖而去。

伍卓轩作为投资方，派了天宇与之谈判，对方开出一堆离谱要求，例如修改剧本，增加她的戏份，给她安排保镖，24小时贴身保护，替她更换宾馆最好的房间，还有所有打戏以及她不愿意演的戏都由替身出演。

天宇回来报告时，边翻白眼边说："还不是一线女星呢，就这么大牌，以后还得了。"

尹小沫在旁边弱弱来了句："这是性格和素质问题，和红不红的没关系。"比如伍卓轩，在他低谷期和当红的时候，待人处事没有任何的分别。

"小沫说得对。"天宇不能再赞同了。

杨导眉头皱成"川"字，"那现在怎么办？"他和伍卓轩是好友，这耽搁一天就得好几十万，他替伍卓轩心疼。

伍卓轩心中已有打算，但他不能独断专行擅自做主，也要尊重合伙人的意见，他给梁冰拨了个电话，简单说明了下这里的情况。

梁冰平静听完，当即拍板："让她走。"

果然是最默契的合伙人，伍卓轩唇边泛笑，"那换谁上？"

梁冰想了想，"你让小沫试试。"

是个好主意，伍卓轩笑意加深。

杨导急切地问："梁总怎么说？"

伍卓轩淡淡道："她单方面违约的事，梁总会处理，现在让她马上走。"

"好。"杨导也是看女三不顺眼很久了，演技差，像块木头，每条都要拍十几次，谁和她搭戏谁倒霉。

天宇也松口气，他可不想再费唇舌，去碰钉子。

杨导随即问："那是不是要改通告，把后面的戏份先拍了？"

"不用。"伍卓轩笑笑，"梁总已经安排了新的人选，马上可以替代。"

"谁？"杨导和天宇同时出声相询，连尹小沫都按捺不住好奇心。

伍卓轩似笑非笑，努努嘴，"就是她，尹小沫。"

尹小沫一愕，以为自己听错了。

杨导却眼睛一亮，"梁总好眼力，清秀脱俗，雅致灵动，果然适合。"

这是在形容她？尹小沫手心微微沁出细汗。

天宇笑得东倒西歪，第一次见到她，她打翻了茶杯，第二次见她，她摔到了地上，雅致灵动，和她有半毛钱的关系吗。

Chapter 10
我相信

尹小沫也深知自己有几钱几两重，这种事她万万胜任不了。马上就想溜走，被伍卓轩一把拽住，"带她去试妆。"

"哎，我不行的，我不去，我……"

天宇笑趴在桌上，"轩哥，她真的可以吗？"

伍卓轩神色不改，"我也不知道，问杨导吧。"

杨导欣喜若狂，"我看是个好苗子。"

"那岂不是又一颗新星冉冉升起了。"天宇极尽调侃。

伍卓轩二话没说，在他脑袋上轻拍了下。

尹小沫被架去试妆，手里还被塞进一本剧本，让她先行熟悉剧情。尹小沫之前就研究过剧本，对剧情虽说不上了如指掌，但也能记得八九不离十。她知道女三的戏份不太多，但和男一男二都有对手戏。她懵了，和凌奕对戏也就算了，她要怎么面对伍卓轩。她隐约记得还有一场表白的戏码，虽然结果是被男主拒绝，但情景非常感人，她看的时候也极动容。

她马上翻开剧本，果然是有那么一段。她一着急就会摸头发，被化妆师拍掉手，"别动，刚做好造型。"

尹小沫哭丧着脸，她连抗拒的自由都没有。

花了好几个小时，就在尹小沫快睡着的时候，化妆师推了推她，"好了。"

镜中的她一袭白衣，尹小沫本来就生得古典，丹凤眼，柳叶眉，樱桃小口，皮肤白皙，这一装扮，眉目如画，皎若秋月，活脱脱一名古装仕女。

"美。"化妆师很满意自己的杰作。

尹小沫也是头一次发现自个适合这样的造型，以前梁开开拉着她去拍古装写真，她因囊中羞涩婉言拒绝了，等以后经济宽裕一些，倒是可以多做此类尝试。

天宇掀帘而入，"好了吗？"

"刚弄好，你算得倒正好。"

尹小沫一回头，天宇眼睛都看直了。尹小沫不自在地摆弄衣裳。

天宇吹了声口哨，赞叹不已。

尹小沫颇不自信，天宇推着她走出去，"让老板来评价下。"

"老板，老板。"天宇一路叫着，大嗓门真让人无奈。

伍卓轩转过头来，视线就此胶着，久久没有移开。

尹小沫心脏狂跳。

伍卓轩面无表情，一言不发。

尹小沫沮丧，不管她如何打扮，还是没法令他惊艳，他心中的绝代佳人大概只有沈飞鸿一人。她还是赶紧换下这身行头，不要再丢人现眼了。她死死咬着嘴唇，转身欲走，伍卓轩眼疾手快地按住她的双肩，笑容有丝不可捉摸，"很好。"他转而对杨导说，"马上准备拍摄。"

"好。"杨导笑得极欢畅。

"台词背不出也没关系，后期可以再配音。"

尹小沫还没反应过来，这就开始了？"哪，哪一场？"

伍卓轩笑容带着狡黠，"第54场。"

尹小沫脸都吓白了，这一上来就是告白戏是要闹哪样。

杨导命人架起机器，做好准备工作。

伍卓轩趁还有时间教了尹小沫走位的一些技巧，她一一记住。

剧情是这样的，女三暗恋男主已久，但羞于开口，便写了首藏头诗，偷偷塞在男主的枕头底下，她在窗外见男主读过诗后，便敲门而入，想问他的答案。

这场戏便是从男主翻开枕头拿出信开始的。

杨导比了个手势，伍卓轩会意，走到床前拿出信。镜头拉近，纸上是一首七言藏头诗：

　　我自倾慕君已久，
　　喜藏眉梢把汝求。
　　欢颜展笑消烦忧，
　　你思情肠吾思羞。

伍卓轩是专业素养很强的人，可在脑补这是尹小沫写的表白情诗以后，他不厚道地笑场了。他咬牙忍了许久，仍是没忍住。最后只好招手示意暂停，肩膀抖得厉害。他一边笑一边说："不好意思，让我先笑完。"

天宇不可思议地看着他，这还是伍卓轩第一次笑场吧，即便头一回拍

Chapter 10
我相信

戏都没犯过这种错误。

尹小沫神色变换了几次,到底哪里好笑了,他竟不顾形象地笑成这样。

杨导轻轻咳嗽几声,"你笑够了再说话。"

所有人面面相觑,同样不明白伍卓轩的笑点何在。只有冰雪聪明的顾伊澜稍稍看出了点名堂,从伍卓轩拒绝将尹小沫借给她起,她就想到了这个可能性,如今更加证实了。她唇边弯起隐不去的笑意。

凌奕用胳膊碰碰她,不解问道:"轩哥这是在笑什么?"

顾伊澜笑瞥他一眼,"估计笑筋搭错了吧。"

凌奕噎了下,"那你又在笑什么?"

"只可意会不可言传。"顾伊澜神神秘秘的。

凌奕不爱搭理她了。

顾伊澜眨眨眼,笑容极妩媚。

那一边,伍卓轩终于笑够了停下来,跟每个人道歉,"对不起,对不起。"

当然,没人会责怪他。再好的演员也是凡人,总会有喜怒哀乐,虽然他的笑点和大家不在同一起跑线上。

杨导笑问:"可以重新开始了吗?"

"可以,可以。"伍卓轩凝神静气,暂时先把尹小沫这一茬忘掉。

杨导举手挥动手势,拍摄继续进行。

伍卓轩这次顺利进入状态,该尹小沫上场了,她在窗外看着他展开信纸,看过以后,仔细收好。她在导演的示意下,缓慢走过去,敲了敲门,"尉迟公子可在屋内?"

伍卓轩把她让进屋,"这么晚柳姑娘找在下何事?"

尹小沫吞吞吐吐地问:"不知公子可有看过信?"

伍卓轩挑眉:"信,什么信?"

戏外的尹小沫满脸通红,戏中的柳姑娘红晕染上面颊,戏外的伍卓轩淡定从容,戏中的尉迟公子装作毫不知情。

尹小沫回忆着台词,揣摩着此时柳姑娘的心情,低声说:"是小女子写给尉迟公子的信。"

"哦?"伍卓轩伸手,"信在何处?"

尹小沫记得剧本上写的是柳姑娘直接打开尉迟公子的包裹取出信,质问他为何要撒谎，但她临时想改一改，因为她觉得柳姑娘的性子直爽处事果断，有什么话当面说就好，何必扭扭捏捏书信传情。她本身是不敢的，但此时也不知哪里来的勇气，嘴角带笑，把藏头诗背了一遍。

伍卓轩惊讶，这已经超出了剧本的范畴，但无疑，这样的演绎更具冲击。他配合地侧过身，表现出不知所措的神情。

尹小沫又说："尉迟公子才华横溢，不可能听不懂其中之意吧。"

"自然是听懂了。"伍卓轩缓缓道。

"那请公子给小女子一个清清楚楚明明白白的答案。"尹小沫声线有些颤抖。

伍卓轩将她局促的神情收入眼底，简简单单道："相遇恨晚。"

相遇恨晚，这就是他给她的答案，亦如沈飞鸿，她想她明白了。

敢爱敢恨的柳姑娘道一句"我懂了"，转身就走。受到打击的尹小沫黯然离开。这场戏到这本来应该结束了，伍卓轩却一个箭步挡在了门口，将那封情书递还给她，两人靠近的一瞬间，伍卓轩用只有他们二人听得见的声音在她耳边轻轻说："其实我很愿意。"

尹小沫愣了愣，表情瞬息千变万化。

伍卓轩笑笑。

杨导喊停，戏到此结束。

尹小沫总算松口气，捏了一手的薄汗。

剧情改动，台词也随之变动，效果却出奇地好。杨导满意极了，"我就说小沫你是有天分的。"

天宇也对她刮目相看。

顾伊澜在心底微笑，这分明是真情流露，才会演得那么自然。接下来就是她的戏了，趁着还没开拍，她把尹小沫拉到一边，问："刚才轩哥在你耳边说了什么？"

尹小沫脸又是一红，"哪有的事。"

"怎么瞒得过我的眼睛！"顾伊澜媚笑，"尹小沫你还不从实招来。"

尹小沫哪里肯承认，一个劲地否认。

要不是杨导催她，顾伊澜一定不会轻易放过尹小沫。

Chapter 10
我相信

　　尹小沫坐在休息室发呆，伍卓轩刚才的话着实震到了她，她还来不及消化。他说愿意是什么意思？愿意接受她的表白？这是对着戏里的柳姑娘说的还是对着戏外的尹小沫说的？他代表的是尉迟公子，还是他本人？尹小沫懵懵懂懂，突然有点分不清戏剧与现实。

　　伍卓轩慢吞吞地踱进休息室，在经历了刚才的对手戏后，尹小沫尴尬得不知所以。伍卓轩很自然地坐在她身边，她往旁边让了让。

　　"我让你讨厌了？"伍卓轩脸色难看了几分。

　　"没，没有。"

　　伍卓轩冷声道："那你这是做什么？"

　　"我……我……我想让你坐得舒服些。"尹小沫战战兢兢道。

　　伍卓轩的脸终于绷不住，笑出了声。

　　尹小沫脑门上的汗滴了下来，不知是因为热还是伍卓轩带给她的压迫感。

　　伍卓轩头一歪，直接把尹小沫的肩膀当做了枕头。

　　尹小沫身体一颤，"你，你坐好。"

　　"嘘，尹小沫，我很累，你让我靠一会。"

　　伍卓轩昨晚夜戏到半夜两点，还不让尹小沫陪着，八点多就把她赶回了宾馆。他今早六点多又化妆开工，熬得很辛苦。大明星表面风光，背后也要付出努力，也有不为人知的心酸，尹小沫以前只知皮毛，也是进了剧组才深刻体会到这一点。她很心疼伍卓轩，不再有异议。

　　不一会，尹小沫就听到他均匀的呼吸声。她一动不敢动，生怕吵醒了他。肩膀很沉，她却感到很幸福。如果能帮到他，她真心愿意为他做任何事。把肩膀借给他，又算得了什么。

　　伍卓轩似乎睡得很香，唇边不自觉弯出弧度。

　　尹小沫就这样用眼角的余光一直一直在看他。她比旁人更幸运一些，她见过伍卓轩兴高采烈的模样，也见过他震怒的表情，她还看过了他动人的睡颜，恐怕只有他洗完澡半裹着浴巾的场景是她没见过的了。尹小沫思及此，鼻血都要喷出来，面色绯红，忙轻拍脸颊警告自己别再胡思乱想。

　　这时，伍卓轩睡着睡着头滑了下来，立刻惊醒。尹小沫脸上尚未褪去的红潮映入他眼帘，他狐疑道："你刚才对我做了什么？"

　　"哪有！"尹小沫惊呼。

"那你脸红什么？"

尹小沫哪敢告诉他，她拼命摇头，"没有，没有。"

伍卓轩勾了勾唇，"那你对我的蜡像做过什么？"

尹小沫懊丧，他怎么就记挂着这个梗过不去了呢。

伍卓轩倾身覆下，扳住她的双肩，"嗯？"热热的呼吸喷在她脖颈中，他温柔而极具耐心地诱哄，"告诉我。"

尹小沫在他的声声诱哄下，思绪早就不是自己的了，她口干舌燥，哑着嗓子说，"摸了摸脸和下巴抓了下辫子，还有趁人不注意，抱了抱。"

伍卓轩伸手勾起她下巴，笑容极具诱惑，"是这样吗？"

尹小沫脑袋晕乎乎的，下意识地点头。

伍卓轩抚上她红艳艳的脸颊，摩挲了几下，"是这样的吗？"

尹小沫只觉灵魂出窍，大脑只余一片空白。

伍卓轩手绕到她身后，一手托住了她的腰，另一只手揽过了她的肩膀，尹小沫整个人跌进了他怀里，伍卓轩瞳孔颜色加深，嗓音低沉，"是这样抱的吗？"

尹小沫浑身像过电一样低颤，一句"不是"死死卡在了嗓子眼里，她只是稍稍搂了下腰，哪有那么夸张。

下一刻伍卓轩的唇就贴上了尹小沫的唇，他的唇有点凉，尹小沫瑟缩了一下，挣扎道："我没有做过这个！"

"我不介意你现在做。"伍卓轩眸中露出一抹促狭的笑意。

尹小沫脸红得发涨，简直羞愤欲死。他不介意，可她还介意呢。这虽是休息室，可并不是伍卓轩的私人地方，随时可能有人进来。"你快放开我。"

伍卓轩还没答话，只听"啪嗒"一声门被推开，尹小沫担心的事终于发生了。

顾伊澜呆若木鸡地站立门前，她虽早有预感，却也没想到会撞破他们的"奸情"。一时之间慌慌张张地往回跑，但还是没忘记此行的目的，"小沫，杨导找你。"

尹小沫羞得红到了耳根，就势埋在伍卓轩的怀里，不敢抬头。伍卓轩好笑地搔了搔她头顶，"到你的戏了，还不去？"

她倒是想去，可要如何面对顾伊澜。之前还信誓旦旦，转眼间就被她

Chapter 10
我相信

看到她和伍卓轩的暧昧，一想到此，尹小沫就想找个地洞钻下去。

"害怕？那我陪你一起去。"

尹小沫腾地起身，开什么玩笑，一起去不就更说不清楚了吗。她忙说："你休息，我自己去。"转身狂奔而去。

伍卓轩抚了抚唇，刚才她清甜柔软的触感仿佛仍在，他嘴角微扬，心情极好。他随手拿起剧本翻了翻，想要看看尹小沫下面的戏份，这一看不打紧，他蓦地起身，他竟然忘记尹小沫饰演的柳姑娘不仅和他还和凌奕有很重的对手戏。他这回可失算了，懊恼得不行，寻思片刻，决定马上回去摄影棚，他得看着尹小沫，她之前已经表现出对凌奕的好感，还帮他画了卡通造型，这下面一出戏是柳姑娘被尉迟公子拒绝以后，凌奕扮演的夏侯公子对她的劝解和安慰，她可不要被他勾去了魂。

尹小沫补了下妆就正式拍摄了，顾伊澜不知打哪里冒了出来，对她眨眨眼，似笑非笑，尹小沫的脸马上又涨得通红，她暗道要糟，杨导却道："好，非常好，这样的神情最好，就这样继续下去。"

凌奕饰演的夏侯公子好言宽慰了尹小沫几句，接下去的剧情该是柳姑娘伏在他胸口哭泣，凌奕忽然觉得背脊上凉飕飕的，转身一看，伍卓轩目光灼灼，凌奕没来由地一激灵。联想到之前的小插曲，他茅塞顿开，刻意和尹小沫腾开距离，本来要拍她后背的手也就此举在半空下不来了。

杨导皱眉："凌奕你怎么回事，也太不投入了。"

凌奕心道：我敢投入吗？

杨导发话："你手举那么高干吗，你应该紧紧抱住她才对。"

凌奕的手刚一触到尹小沫，就感觉如芒在背，他额头上的汗都滴了下来，他擦擦汗，一咬牙说："杨导，轩哥在那儿看着我紧张。"

"你紧张什么？"杨导不以为然。

"压力太大了。"凌奕说。

尹小沫眼皮轻跳，伍卓轩今天把她搅得方寸大乱，她的心到现在还未平复。唇上炽热的温度犹在，她只要一想到刚才的情景就会脸红心热。

杨导没办法，只能对伍卓轩说："轩哥，麻烦您回避一下？"

"就是就是，你待在这干吗。"顾伊澜帮着杨导赶伍卓轩，她是故意的，能让伍卓轩吃味不爽的事，这辈子能看到几回。就让他自个去郁闷

173

吧，顾伊澜得意地想。

　　伍卓轩想想还是以大局为重，暂时把自己那点小心思抛到一边，他点点头，又回了休息室。

　　没有伍卓轩在场，凌奕松口气，发挥正常，尹小沫在他的带动下，也完成得很好。凌奕本以为过关了，没想到伍卓轩一来就要看监视器，吓得他赶紧先撤离。

　　剧情是柳姑娘哭得梨花带雨，在夏侯公子温言软语的宽慰下，终于破涕为笑。夏侯公子借机倾诉仰慕之情，长久的压抑和苦恋，他说得特别动情，柳姑娘含羞带怯，虽然没答应，但也有所震动。

　　两个人演得都非常用心，情绪到位，场景是在一片桃花林中，衬得画面美丽而和谐。

　　完全没察觉状况的杨导在那边啧啧称赞："郎才女貌，这两人还挺相配的。"

　　明知道这只是在拍电视剧，是假的，伍卓轩还是吃醋了，而且醋意很大，以至于他接下去几天都没给凌奕好脸色瞧。当然，他对尹小沫还是关爱有加，他没觉得尹小沫有什么问题，要错也全是凌奕的错。爱情果然是盲目的。

Chapter 11
幸福恋人

这一天，终于迎来一场倾盆大雨。伍卓轩有一场雨戏已拖了很久，为追求效果的逼真，他坚持等下大雨，所以当天色逐渐昏暗，杨导就命人开始做准备工作。

伍卓轩早就习惯拍戏时的风吹雨打，但这场戏是和尹小沫一起，他不免担心起来，怕她支撑不住。他想要和杨导商量将戏改到凉亭中，尹小沫坚决不肯，"不用顾忌我，效果怎么好就怎么来。"

这场戏是尉迟公子发现被心爱女子欺骗，夹在爱情和家国中左右为难，柳姑娘看着他痛苦万分，感同身受。肯定在暴雨中演绎更具有震慑力。

尹小沫坚持，伍卓轩一来拗不过她，二来也希望拍摄更完美，便也同意了。

大雨滂沱，伍卓轩先冲进雨中，尹小沫紧随其后，却狼狈地摔倒在泥浆地里，伍卓轩停下脚步扶起她，埋怨道："你跟出来做什么？"

尹小沫静静地看着他："我不放心你。"

"我的事无须任何人操心。"尉迟公子受了打击，态度恶劣，神情冷漠。

柳姑娘轻轻道："我只想告诉你，无论发生何事，我都会在你身边。"

两人在大雨中对视，伍卓轩用唇语说了一句话。

尹小沫愣了下，这好像剧本上没有。

伍卓轩黑眸定定地凝视着她，眼神迷人幽深，他用极轻的声音说："明年，后年，三年后，五年后，十年后，二十年后，一直在我身边吧。"

心口瞬时漏跳一拍，尹小沫脱口而出："这个世界如果只剩下一个人

愿意留在你身边，那个人也会是我。"

这话为何听起来如此地耳熟，伍卓轩来不及细想，杨导做了个手势，示意这场戏圆满完成。

杨导对尹小沫的表现赞不绝口，但也隐隐有些担心，"小沫，你和轩哥配合太默契自然，感觉会抢了伊澜的戏份。"

顾伊澜丢了颗葡萄进嘴里，"我不介意啊，完全可以让尉迟公子最后和柳姑娘结为连理。"她心态好，全然不在意被尹小沫抢走风头。她也是真心喜欢尹小沫，最重要的是，现在伍卓轩和尹小沫的暧昧，是她目前最想八卦的事。

杨导自言自语，"留点遗憾似乎更好？"

伍卓轩不置可否。

这一天凌晨两点拍完夜戏，尹小沫帮着伍卓轩提东西，无意间碰到他的手，吓一跳，"你的手好凉。"

伍卓轩虚弱地笑一下，"没事。"

"你怎么了？"尹小沫担心地去探他额头，一摸之下又是一惊，"你在发烧。"

伍卓轩笑笑，"小事。"他都习惯了，这点小病算得了什么，回去睡一觉，明天起床又是生龙活虎的。

尹小沫懊恼，怎么没早发现他身体不适。她这个助理做得一点都不称职。她情急之下早忘了她一直也在忙着拍戏，根本顾不到伍卓轩。

伍卓轩嘴上说没事，脑袋昏昏沉沉的，傍晚的时候他其实已经感到不舒服，强忍着拍完戏，打算回去吃颗药，蒙头睡一觉，这么多年来他一直都是这样。尹小沫的关切令他胸中暖暖的，心底某种奇特的渴望此时越发强烈。

尹小沫把伍卓轩送回房间，心中不安，都是她坚持要拍雨戏，才导致伍卓轩病倒，而她这个女汉子却一点事都没有。她急于要做点什么补救，思索了会，主动要求留下来照顾他。

伍卓轩微微一笑，"不用，你回房休息去。"

尹小沫怎么肯离开，她不管三七二十一，一屁股坐下，一副我就不走

Chapter 11
幸福恋人

你能奈我何的模样。

伍卓轩好笑地摇头,"我要换衣服了你也待这?"

尹小沫俏脸通红,转过身,嘟囔,"你换吧,我又不偷看。"

"其实我不介意。"

"我很介意。"尹小沫忍不住回嘴,每次都把她说得跟什么似的。

伍卓轩笑出了声,每天逗她一次已经成了种人生乐趣。

尹小沫撇嘴,她好心没好报啊。

"你要不要先洗个澡?"伍卓轩扭头问。

"你先洗吧。"尹小沫挠头。

这对话听起来怎么那么诡异。

伍卓轩在浴室搞得动静很大,尹小沫在外面听得胆战心惊。后来实在听不下去了,敲敲门,"你怎么了?"

里面沉默了一会,"难不成你要进来帮忙?"

尹小沫噎了下,"我可以喊天宇来帮你的。"

"不用。"伍卓轩发着高烧,嗓门还挺大,尹小沫便放心了。

伍卓轩打开门,但犹豫着没出来,"尹小沫,你要不要回避一下?"

尹小沫立马醒悟,浴巾什么的太刺激了,想想都要流鼻血,她触电似的弹起身,"我先回去洗澡。"

伍卓轩无声地笑了起来。他刚才在浴室里滑了一跤,蹭伤了膝盖,不想让尹小沫看到了担心,才把她骗走的。

尹小沫倒腾了好一阵,待发烫的脸平复,才拿了本小说,做好熬夜看护他的准备。她的房间就在伍卓轩隔壁,倒也不怕被人撞见。可偏偏刚打开门,就看见顾伊澜站在门口,她立刻心虚了。

顾伊澜问:"我来要点邦迪,你这有吗?咦,你这是要上哪儿去?"

"有有有。"尹小沫把她让进屋,自动忽视掉后面那句。

顾伊澜暗笑,"我拿了就走,不会耽误你。"

尹小沫咳了几声,"再胡说就不找给你了。"

"哎哟,还恼羞成怒了!"顾伊澜才不怕她。

尹小沫说归说,还是拿给了她。

顾伊澜也很快闪人,得罪轩哥的事,她是坚决不做的。

177

尹小沫悄悄折回，敲了敲门，没人应，她便拧开门球自己进去了。

伍卓轩闭着眼，身边的柜子上放着水杯和一板感冒药。

尹小沫很满意，还挺乖的。她关掉了壁灯，只留一盏床头灯，坐到床头的椅子上，翻看小说。

伍卓轩睡得很沉，尹小沫每过一段时间探探他的体温，温度持续不下，她心中七上八下。她去前台要了冰袋，给他敷在额头上，伍卓轩却醒了，捉住了她的手腕，轻声说："别走。"

"我不走，我就在这陪你。"尹小沫被他抓住的手阵阵发烫，仿佛被他传染到了热度。

伍卓轩握着她的手，又听话地阖上眼。

尹小沫一只手被他大掌握住，没法再看书，她索性俯下身，仔细看他。她好像从来没有认真地近距离地观察过他。他的睫毛很长很翘，比女孩子的还要细密。他的五官很深刻，就像是被一笔一画勾画出来那样，常常有人觉得他是混血儿，其实他是再正宗不过的炎黄子孙。他的肤色很白皙，皮肤好得不像话，吹弹可破，肤如凝脂，用在他身上一点都不夸张。尹小沫颇有些嫉妒地看着他，凭什么他的皮肤比她还要好？

她的手指不自觉地抚上他的面颊，细细摩挲，指尖的触感也好得不得了。尹小沫愤慨，好脸蛋，好身材，好皮肤，全被他占齐了。留一样给她多好。

她噘着嘴，鼓着腮帮子，可爱的模样，不经意全被伍卓轩看在眼中。他是很困，可哪舍得错过尹小沫丰富的表情。她可能比不了那些女明星漂亮，但她真实善良，她也许比不上那些女明星的好身材，但她聪明坚毅，和她在一起，总能感觉满满的正能量。伍卓轩没有办法考证出是何时喜欢上她的，可能是她每次遇上他都会出一些状况的傻模样，也许是知道她父母双亡以后她背负生活的重担还是微笑着前行，又或许是每回逗她娇羞的模样打动了他，又大概是在把她和薄荷柠檬茶统一起来以后。她不知道自己有多吸引人，他却可以轻易地列出她的优点。

尹小沫趁伍卓轩沉睡的时候吃他的豆腐，却不知他一直在装睡，且愉悦地欣赏她的神情。尹小沫心想反正一不做二不休，干脆……她咬咬牙，壮起胆子，俯身亲吻他的唇角。

Chapter 11
幸福恋人

伍卓轩哪里还按捺得住，手上稍一使劲，就反客为主地将尹小沫压在了身下。

尹小沫只觉一阵天旋地转，唇上一凉，被他吻了个正着。尹小沫惊呼，心神全然涣散，身体也变得娇弱无力，伍卓轩轻啄她的唇瓣，那样温柔，那样细致，他微咬她的嘴唇，那样炽烈，那样缠绵。尹小沫本还有一丝抗拒的心，在他的耐心诱吻下，彻底丢盔弃甲。

伍卓轩无限眷恋地吻过她唇瓣的每一处，温香软玉在怀，他差点把持不住。总算在理智尚未完全消失之前，他离开了她的唇。尹小沫因刚才的缺氧，眼中泛着薄薄的一层水光，她急促地喘息，胸口一起一伏。伍卓轩忍不住又扣住她十指，与她缠绵拥吻。尹小沫双眼迷离，不能自已，伍卓轩再一次克制住，抵着她的双肩，将她扳离自己。

尹小沫此时神情娇媚害羞，红唇被亲得娇艳欲滴，白皙透明的皮肤泛红，如此惹人遐思的画面，伍卓轩费了好大劲才挪开视线。尹小沫喘了很久才恢复神志，她羞得说不出话，咬着下唇，不敢抬头。

伍卓轩把她搂进怀里，揉了揉她的发顶，尹小沫终于有勇气挣扎了，但怎么都挣不开，不由娇嗔："你一个病人哪来那么大的力气！"

"虽然病了，但制伏你这只小野猫还是绰绰有余。"伍卓轩仍不忘调侃她。

尹小沫大窘，忙搜索言语反唇相讥，"你也不怕把感冒传染给我！"

伍卓轩淡瞥她，十分淡定地说："你偷亲我的时候怎么不怕被传染。"

尹小沫神情呆滞了，他，他怎么会知道。半晌才反应过来，大怒："你竟然装睡。"

伍卓轩当然不肯承认，无辜道："我睡得好好的，是你把我吵醒的。"

尹小沫被他驳得完全说不出话，气呼呼地转身要走。

伍卓轩可怜巴巴的一句话就成功止住了她的脚步，"我还是个病人，你答应要照顾我的。"

尹小沫被他吃得死死的，但既然答应过他，她就必须做到，尽职尽责地再去探他的额头，惊喜地发现他的烧竟奇迹般地退了下来，她总算放下了心。"要不要喝水？"

伍卓轩点点头。

尹小沫接了杯温水给他，伍卓轩却不接。

"你手又没断！"尹小沫咬牙切齿。

"我手使不上力。"

伍卓轩可怜的样子让尹小沫又心软了，她在他脑袋下垫了个枕头，小心翼翼地喂他喝水，还温柔地帮他抹了抹嘴。伍卓轩心痒痒的，趁她不注意，又偷了个香吻。尹小沫一掌拍在他胸口，"你给我好好睡觉！"

"是是。"伍卓轩忙躺下。

尹小沫忍着笑给他掖好被角，抱着双膝坐在床边。

伍卓轩不老实地睁开眼看她，尹小沫作势举起粉拳要揍他，伍卓轩装作害怕的样子把眼闭得紧紧的，引得尹小沫"咯咯"娇笑。

很快他又进入梦乡，尹小沫托着腮帮子凝视住他。想一阵，脸上红一阵，又想一阵，嘴角的笑意加深一些。不知不觉地，头一点，也迷迷糊糊地睡着了。

醒来的时候，她躺在了床上，身上盖着一层薄被，猛地闭眼再睁开，映入眼帘的是伍卓轩放大的笑脸。她语无伦次道："我，我怎么会睡在床上？"

伍卓轩笑道："我怕你着凉，抱你上的床。"

尹小沫颇不好意思，她是来照顾他的，不但睡了过去，还睡得那么死。她抬腕一看表，跳了起来，"九，九点了。"通告上是七点化妆，八点开工，现在都过了一个小时了，怎么也没人来找她。

"我放了所有人的假，今天休息一天，你还可以再睡一会。"伍卓轩抿了抿唇，心情看起来很不错。

也对，他病刚好，脸色亦有些疲倦苍白，休整一天也无可厚非，他当老板的都不急，那她就更不急了。只是，再睡一会？睡哪？睡这？尹小沫脸皮再厚也不敢再爬上伍卓轩的床。

等等，尹小沫忽然想到了什么。他是怎么通知其他人的，难道……尹小沫不敢再想下去了，她确实睡在伍卓轩床上没错，可什么事情都没发生，要是被人误会她多亏。呸呸！她想到哪里去了！

伍卓轩像是能猜到她心中所想，眨眨眼，"我打了电话给老杨，让他通知的其他人。"

尹小沫舒口气。

180

Chapter 11
幸福恋人

伍卓轩没等她把气舒完，又来一句："不过，伊澜有来感谢这难得的假期。"

尹小沫一口气没上来，差点噎死。

"但我没开门。"伍卓轩声音没什么起伏。

尹小沫恨不得拿枕头砸他，"你就不能一句话说完？"

伍卓轩坦然道："现在说完了。"

这心情像坐了过山车一样，谁受得了，尹小沫丢了个白眼给他。

伍卓轩轻轻一笑，逗弄她，看她苹果脸上绽放的多样表情，真是人生最大的乐趣。

"那他们今天都怎么安排？"

"都出去玩儿了吧。"

尹小沫终于意识到："今天剧组就只剩下我们两个？"

"大概是吧。"伍卓轩不在意的口吻。

尹小沫若有所思。

伍卓轩抬头看她，"是不是也想一块去玩？"

在尹小沫心中当然是陪伴伍卓轩更重要，因而不假思索道："我在想一会吃什么。"

伍卓轩揉揉鼻子，"我要喝鱼片粥。"

"好，没问题，我一会出去买。"

"我要喝你亲手熬的。"伍卓轩嘟嘴。

病人最大，尹小沫一口答应。

"我还要喝咖啡。"

"这个不行。"尹小沫才不会纵容他，生病本来就不能吃刺激性的东西。

伍卓轩扁嘴，"那我也不吃鱼片粥。"

尹小沫闷了会，"那你要吃什么？"

"我要喝咖啡。"

"不行。"

"我要吃棒棒糖。"

尹小沫抹把汗。"除了这两样，还要什么？"

"我要喝咖啡。"

181

尹小沫怒了："伍卓轩。"

伍卓轩缩在被子里，小声嘟囔："还说病人最大。"

尹小沫被他气乐了，他不讲理的时候就像个小孩子。她软声软气地说："病好了以后再喝，好吗？"

"三杯。"

尹小沫拿眼角扫他，"不要得寸进尺。"

伍卓轩郁闷道："两杯总成了吧？"

"信不信一杯都没有？"尹小沫出言威胁。

"信。"伍卓轩噘嘴卖萌。

尹小沫此时很想立刻画下他的表情，并配上"嘤嘤嘤嘤"的文字。

"那就一杯？"

"成交。"尹小沫爽快道。

伍卓轩忧郁了，"尹小沫，你就下好了套等着我往里钻是吧。"

尹小沫不承认亦不否认。

伍卓轩眯着眼，凑过去就要给她点颜色瞧，尹小沫一蹦几米远，调皮地吐着舌头，"我去给你做吃的。"

尹小沫仗着伍卓轩助理的身份，在宾馆厨房放开手脚大干了一场，倒腾出一小锅色香味俱全的鱼片粥，端到伍卓轩床头，盛了一小碗，知道他必定不肯自己动手，便主动喂他吃。"乖，张嘴。"舀了一勺递到他嘴边。

伍卓轩细嚼慢咽地吃下去，其间一直注视着她，眼神仿佛别有深意。

尹小沫最不敢看他的眼睛，胸有小鹿乱撞，只得放下狠话，"再看就不喂你吃了。"

伍卓轩嘿嘿笑着，继续肆无忌惮地欣赏她娇俏脸蛋浮上的一抹红晕。

尹小沫咬咬嘴唇，迎上他的目光，看就看，谁怕谁。伍卓轩火辣辣地就吻了上去，尹小沫手中拿着粥碗，怕打翻在床，一不留神就被他抵在墙上，呼吸被他掠夺一空。强烈的男子气息令尹小沫头晕目眩，她不自觉地想要回应，却又无所适从。伍卓轩把她手里的碗拿走搁在床头，强势命令她双手勾住他的腰，这个动作使得两人愈加贴近，尹小沫的青涩反应和颊上的潮红，一丝不漏地收入伍卓轩眼中。他在她唇间吻得激烈缠绵，尹小沫身体里仿佛燃烧着一团陌生的火焰，身后的墙冰冷无比，冰火两重天的考验,令她难受地扭动了下身体。

"别动。"伍卓轩哑声道。

尹小沫面红耳赤,果然不敢再动弹。

伍卓轩伏在她肩头低低喘息,他自制力向来出色,没想到尹小沫对他的影响如此之大,简单一个吻就险些令他失控。他也不是恪守礼教的柳下惠,只是他深爱尹小沫,不愿在她还没准备好的情况下草草了事,这种美好的事必须要在最完美的气氛下才会最美妙。

尹小沫对这种事毫无经验,她看伍卓轩似乎很辛苦的样子,手抚上他的后背轻拍。

"别动。"伍卓轩再次警告她,恶狠狠地,"再动,后果自负。"

尹小沫从来没有如此听话,紧紧贴着墙壁,不敢轻易眨眼,连呼吸都很谨慎。

过了许久,伍卓轩终于扳离她的身体,眼神回复清明,见尹小沫还是一副乖巧站立的模样,好笑地搔了搔她的发顶。

尹小沫小声问:"我现在可以动了吗?"

"还不可以。"伍卓轩故意捉弄她,俯身亲吻她洁白小巧的耳垂。

尹小沫浑身一颤,双手抵住他胸膛,"那啥,不是饱暖才思那啥的吗……"她语无伦次起来。

伍卓轩一愣,随即大笑不止。他拉着尹小沫坐下,"那快点吃饱吧。"

尹小沫咬着嘴唇,让他吃饱了有力气干坏事!她才没那么傻!

"换我喂你?"伍卓轩戏谑道。

尹小沫忽然觉得再和伍卓轩孤男寡女共处一室,有很大的危险。她趿着拖鞋,趁伍卓轩不注意,一溜烟跑到门口,扮了个鬼脸,"你自己慢慢吃。"她跑得很快,留下一串银铃似的笑声。

伍卓轩一时大意,让她溜走,懊丧不已,但也没法,好在总算收获了她的真心,他这场病也没白生。

尹小沫马虎地解决了午饭,躲在房里看书。

伍卓轩给她打电话,言简意赅:"过来。"

尹小沫弯一弯唇:"就不去。"

伍卓轩撒娇:"我要喝水。"

"你腿没断。"

伍卓轩:"……"

尹小沫挂了电话,心情大好,让你欺负我!

伍卓轩继续想其他招,"尹小沫,你过来,我唱歌给你听。"

尹小沫眼睛发亮,唱歌!伍卓轩是歌手出身,可已经很久没出唱片,近几年很难再有机会听到他的歌声,尹小沫怎肯放弃大好机会,但又不肯就范,她眼珠子一转,"就在电话里唱。"

"你想得美。"伍卓轩收线,等她自动上钩。

尹小沫心痒痒的,这么大的诱惑,谁能抵挡得了。另一个声音又在和她说:小白兔就要落入大灰狼之手了。她挠头,左思右想,下定决心,脸上的郑重颇有当年荆轲刺秦王的气势。

她推开门,警惕地站在门口。

伍卓轩眯眼轻笑,就知道这方法管用,招招手:"站那么远干吗。"

当然是防他突然化身为狼喽!可尹小沫哪敢说出口,磨磨蹭蹭地移过去一些,再一些。耳边似有微风拂动,下一刻便有温热的气息覆盖上来,伍卓轩抱她坐到自己腿上,修长有力的手臂紧锢在她腰间。

尹小沫小脸红扑扑的,不太适应伍卓轩的霸道强势,心中又有些期待只会为她点燃的热情。

伍卓轩爱死她脸红不知所措的模样,忍不住掐了掐她右脸颊上深深的酒窝。

尹小沫握住他的手,忽一脸严肃地说:"我有话想问你。"

"问。"伍卓轩手反包住她的。

尹小沫迟疑了会,虽然没有互相告白过,但他们的关系现在应该很明确了,有些事她不想不明不白下去,她不要胡乱猜测,她要伍卓轩亲口告诉她。"我……你……"可话到嘴边,又无从说起。

伍卓轩握着她的手紧了紧,"你想知道的,我都会告诉你。"

他的话仿佛给了她勇气,尹小沫支吾嗫嚅,"飞鸿姐……"

伍卓轩顺势摸摸她的头,"就知道你会问这个。"

尹小沫仰头看他,眼中有光芒闪动。

Chapter 11
幸福恋人

"我和飞鸿青梅竹马一起长大，我确实很喜欢她。"伍卓轩淡淡道。

尹小沫神色一黯，想要把手抽回来，伍卓轩怎么都不放，"你听我说完。"他在尹小沫眼角亲了亲，"十五岁的时候，我向她表白，她没有接受。"他顿了顿，"从十五岁到十八岁，她总共拒绝过我八次，"想必这是一段痛苦的回忆，他皱了皱眉，"后来她说等我考上电影学院以后就给我机会，我欣喜若狂，可是……"他又停顿片刻，"在我收到录取通知书的那一天，我发现她交了男朋友。"

不知为何，他在一个女人面前，讲对另一个女人的深情，尹小沫并没有觉得不妥，心中也没有任何的不舒服，她只是很心疼他，甚至有些愤慨，这么优秀的男人，沈飞鸿竟然拒绝了一次又一次，太没有眼光了。她就没想过，要是沈飞鸿接受了伍卓轩，现在还有她什么事吗。

伍卓轩半垂下眸子，"然后……"他捏了捏尹小沫的脸，对着她期待下文亮晶晶的双眼，笑道："然后就没有然后了呀。"

"可她是喜欢你的。"尹小沫说，女人的第六感一向灵敏，沈飞鸿对伍卓轩绝非无情。

"傻瓜。"伍卓轩亲昵地点了点她的俏鼻，"没有的事。"

"如果飞鸿姐现在告诉你她喜欢你，你……"尹小沫知道这个假设很无聊，但还是忍不住问。

"你以为我是人民币啊，人人都喜欢。"伍卓轩笑。

尹小沫从他腿上起来，郑重地说："我亲眼看见她买了所有关于你的杂志收藏起来，她心里是有你的。"

伍卓轩一愣，这事他的确不知晓。

"她真的喜欢你。"尹小沫低喃，她对自己的事向来后知后觉，可对别人却很敏感。沈飞鸿对伍卓轩的情意绝不在她之下，如果伍卓轩只是因为沈飞鸿拒绝他多次而不敢再往前，那完全没必要。而她，有她的自尊和骄傲。

伍卓轩狠狠吻住她，剥夺了她全部气息后，才咬牙切齿道："尹小沫，你非得亲耳听我说那三个字才不无理取闹了是吧。"

她无理取闹，尹小沫气笑了。她这不是为他好吗，她牺牲够大了。

伍卓轩叹口气，用力揽住她，再也不松开，"要我怎么说你才明白，我和飞鸿已经是过去式了，不管她现在对我是什么想法，都与我无关。尹小沫，我的心很小，装不下第二个人。"

尹小沫的脸顿时像抹了层胭脂。等等，他刚才说什么三个字。尹小沫拽着他的衣摆摇了摇，"你要说哪三个字？"

伍卓轩的脸竟也红了红，他不好意思地轻咳。

尹小沫才舍不得为难他，何况这话也未必说出来才动听，有时朦朦胧胧的，反而更美好。她仰起头，红着脸亲上伍卓轩的唇，她主动献上的樱唇如甘甜的丁香，伍卓轩捧起她的脸专心致志地拥吻她，狂烈强势如暴风雨一般将她席卷吞没……

后来，尹小沫才想起，那天她是要去听伍卓轩唱歌的，可为什么完全忘了这事。

再后来，伍卓轩给她一个允诺，一定会选择一个时机，为她唱一首只属于她的歌。

Chapter 12
如果没有你

　　尹小沫的戏份结束以后，她又恢复到小助理的角色，每天端茶送水，嘘寒问暖。伍卓轩人前装模作样保持正人君子形象，私底下黏着她最好一刻不分离。大家多多少少能看出他俩关系的不寻常，但都憋着不说，好笑地看着他们眉来眼去，暗送秋波。
　　这一天，尹小沫刚给伍卓轩泡好一杯去火清咽的茶，身后有人唤她，带着淡淡的不确定，"小沫？"
　　尹小沫转过身，又惊又喜，"子怡姐！"
　　曹子怡表情很诧异，"你怎么会在这里？"
　　"我……"尹小沫语塞。
　　陪她一同前来的罗秋秋说："小沫现在是伍卓轩的助理。"
　　曹子怡惊得目瞪口呆。
　　尹小沫不自然地笑笑。
　　曹子怡此次到来是因为之前尹小沫对伍卓轩的采访稿反响很好，杂志社想趁热打铁再做一期内容，曹子怡不放心交给别人，就只有亲自出马了。她联系到伍卓轩的经纪人罗秋秋，她很爽快地答应，第二天便带着曹子怡来片场。可曹子怡怎么都不会想到，会在这儿遇见尹小沫，她还突然成为了伍卓轩的助理。
　　罗秋秋意味深长地一笑，"先别管这个了，趁着老板现在没戏，我先带你进去做采访。"
　　"好。"

罗秋秋回头,"小沫,你也一起来。"

"哦。"尹小沫跟在后面,没忘带上祛火茶。

罗秋秋昨晚已事先和伍卓轩沟通过,因而对曹子怡的到来毫不意外,也会给予充分配合。

尹小沫直接把茶递上去,"先润润喉。"伍卓轩这几天嗓子一直不太舒服,可能是太累了,可把尹小沫心疼坏了,变着法子煮凉茶炖补汤的,再哄他喝下去。

人太多,伍卓轩没好意思让她喂,只好乖乖地伸手接过慢慢喝完。

尹小沫收起杯子,坐在一边托着下巴看他们做访谈。以前,这些只有在视频里才看得到,今天却真实地展现在她面前。

曹子怡问了一些他拍戏方面的事,伍卓轩一一作答。

接着曹子怡笑着问:"你是歌手出身,什么时候才会再出唱片和开演唱会?"

尹小沫耳朵竖了起来,这也是她很想知道的事。

伍卓轩笑一笑,带一点孩子般的稚气,"不会太久。"

尹小沫双眼发亮,这是真的吗?

"那我们期待这一天早点到来。"曹子怡温然而笑。

伍卓轩眸光投向尹小沫所在的地方,温柔地笑了。

"最后一个问题,这是代表你广大影迷和歌迷问的——"曹子怡故意停顿片刻,"他们都希望你早点成家生几个可爱的宝宝,不要浪费这么好的基因。"她自己先笑了起来,"我不是逼婚啊,就想问问现在有没有意向?"

罗秋秋皱皱眉,"曹小姐,这已经超出了采访的范围了。"

伍卓轩摆摆手,"没关系。"他想了想,才郑重回答:"有。不过她不是娱乐圈的人,所以还想大家放过她,不要吓坏她,否则把她吓跑了,我怎么办?"他半是戏谑半是真心实意地说。

曹子怡点点头,"说起来,你的粉丝相当理智,对于这个回答一定喜闻乐见。"她伸出手,"谢谢你的配合。"

伍卓轩和她握了握手,一扭头发现尹小沫不见了,这丫头,又跑哪里去了。

Chapter 12
如果没有你

尹小沫按捺不住激动又羞涩的心情，跑门外心潮澎湃去了。她捂着脸蛋笑了好久，回过神来，对面有一男子一直看着她在发笑。

她一眼瞪过去，呃，是熟人——范藩。

范藩摸着鼻子笑，"尹小沫，你心情很好。"

尹小沫回他，"你心情看上去也不错。"

范藩已经知晓她同伍卓轩的事，真心为他们感到高兴。他这次在附近进货，所以顺便来看看他们，蹭蹭饭，再借机调侃几句。

正说着话，伍卓轩走过来，他见尹小沫久久未回，就出来找她。一见范藩，先笑了下，然后把尹小沫拉到身后，宣告主权。

范藩当场就翻了个白眼，"瞧你那小气样。"

尹小沫脸红红的。

曹子怡同罗秋秋一起走出来，她先是看见伍卓轩同尹小沫交握的双手，了然地一笑，当视线接触到范藩时，脸色一变。范藩也看到了她，愣住。

尹小沫敏锐地觉察到他二人间的火花，好奇地问："你们认识？"

两人异口同声：

"认识。"

"不认识。"

光天化日，朗朗乾坤的，这两人中必有一人撒谎。

说"不认识"的曹子怡面无表情，说"认识"的范藩面露尴尬之色。

曹子怡捏了捏尹小沫的手，"我有事先走了，等你回来联系我。"

"好的。"

范藩惆怅地看着曹子怡离去的背影，若有所思。

伍卓轩拍拍他的肩，"不去追吗？"

范藩犹豫片刻，摇头，"算了，何必再去打扰她的生活。"

尹小沫算是看出了点名堂，这两人之前肯定有过一段情，在她心目中，曹子怡温柔善良，美丽动人，范藩风趣幽默，相貌堂堂，是很相配的一对，要是因为误会而错失良缘，那就太可惜了。她想了想说："子怡姐并没有男朋友。"

范藩眼皮跳了下。他看着尹小沫等她继续往下说。

尹小沫却不肯再多说什么，事实上她也不太了解，只知道追求曹子怡的人很多，还有每天一束花送到杂志社的，但她好像守着一段回忆，不愿接受任何人。

"收工了请你吃饭。"伍卓轩说，范藩对曹子怡并未忘情，曹子怡心中也并非没有范藩，这明眼人都看得出来。

范藩点点头，颓丧地找个角落坐下。

伍卓轩赶着去拍戏，示意尹小沫帮忙看着他，尹小沫会意。她给范藩拿了瓶矿泉水，"喝口水吧。"

范藩接过去，灌了几口，"谢谢。"

尹小沫看他神情很痛苦，也不晓得该怎么安慰他，只能说："有什么误会还是趁早说开的好。"

范藩抓着头发，郁郁寡欢，"是我对不起她。"

他们曾经有过一段开心的时光，范藩电影学院毕业后当了编剧，曹子怡虽学历没他高，但聪明好学，又吃得起苦，在一家杂志社站稳了脚跟。他们租了间小屋，生活在了一起。两人收入都不高，省吃俭用，过得虽辛苦，但心里满满地装着对方，苦中作乐，小日子还是有滋有味的。

后来范藩的母亲听说他有了女朋友，一来她不是本地人，二来她学历不高，三来她又是单亲家庭，没有一样符合范母选儿媳妇的标准，来了个棒打鸳鸯，硬要儿子和她分手。

范藩当然不肯，两人正处在热恋期，蜜里调油的阶段，他劝说母亲未果，一气之下就要和她断绝母子关系。当然这只是权宜之计，他希望用这种方法逼一逼母亲，让她接受子怡。没想到范母思想更极端，她当即吞了安眠药，写下遗书称儿子有了老婆不要老娘，把范藩吓得魂飞魄散。最后他和曹子怡达成统一，谎称分了手，先骗过范母再说。

两人只能偷偷摸摸地交往。范藩每回出去还得编造好借口，还要留下后路，甚至和要好朋友对好口供以防范母搞突然袭击。有一次，他和子怡手牵着手正准备去看电影，结果迎面看到母亲匆匆往这边来，急忙松开手迅速分开，情急之下他还躲进了男厕所，后来才发现认错了人。

两人的地下情维持了大约一年，心力交瘁，从一开始说好的绝不吵架，到每天一小吵三天一大吵，互相责怪对方，吵架的时候哪里有好话，一个说在他心中还是老娘比较重要老婆算什么，另一个说她不懂事让他做

Chapter 12
如果没有你

夹心饼干里外不是人。曹子怡无法再忍受这样的生活，终于提出了分手。范潘憋着一口气，立马同意了。

但这些年他从来没有忘记过曹子怡，他把两人的故事写成一个剧本以后便封了笔，专心致志做生意。他的会所里侍应生全是英俊少年也只是因为曹子怡的一句话，说是看着赏心悦目，胃口也会好些。

有时候他会想，要是那个时候坚持一下，再坚持一下，是不是结果就会不同。有时也会觉得，倒不如早些分手，省得耽误了她。

可现在他听尹小沫说曹子怡没有男友，他心中又重燃了希望。

尹小沫听完他的诉说，一方面默默同情他，双面胶的滋味绝不好受，另一方面又万般唾弃他，的确是他辜负了曹子怡。她叹口气，"我觉得子怡姐一直在等你。"

范潘神情萎靡，抱着脑袋反反复复地说："我对不起她。"

每个人心中都有一道过不去的坎，要不是今天亲眼所见，尹小沫怎会想到外表看起来开朗搞笑的范潘，也会有那么感伤的时候。

当晚，范潘把自己灌醉了。

尹小沫几次想劝他少喝点，伍卓轩拦住她，"让他喝吧，喝醉了心里就没那么难受了。"

"我们会不会也有那么一天？"尹小沫忽然有点害怕，她是那么的平凡，伍卓轩又是那么的优秀，他的家人会不会反对他们在一起？尽管奶奶和乐乐同她相处得不错，但毕竟那个时候她只是乐乐的家庭教师，碰巧她又做饭好吃，才博得她们的喜爱，可若是成为他们家庭成员的一分子，或许就……尹小沫不免胡思乱想起来。

伍卓轩轻拍她的脑袋，"傻丫头。"别说奶奶早就视她为孙媳妇，即便是反对，他也绝不会妥协。每个人的性格不一样，他不是范潘，他不会做相同的事。

尹小沫没有作声，但她相信他。

伍卓轩打发天宇把范潘送回宾馆，他载着尹小沫上山看夜景。不巧的是刚到山顶，便下起雨来，雨势虽不大，但乌云蔽天，一颗星星都看不到。

两人面面相觑，伍卓轩低咒了句，"哎，真倒霉。"

尹小沫心态极好，"我觉得没什么。"无论去哪里，只要和你在一起就好。

伍卓轩用双臂环抱住她，尹小沫顺势依偎进他怀里。

彼时，虽没有月光撩人，但伍卓轩的怀抱温暖异常，尹小沫脑中浮现一句很文艺的话：岁月静好，现世安稳。两情相悦，琴瑟和谐真是这世上最美妙的事。伍卓轩目光如炬地看着她，手轻轻抚上她精致的脸蛋，勾画着她的眉眼，碰触到嘴唇，手指便在她的樱唇上沿着唇形小心翼翼地摩挲。

尹小沫含住他的手指，坏心眼地咬了一口。伍卓轩身子轻颤了下，温热的气息覆盖而下，他牢牢扣着她的肩膀，薄唇压在了她的唇上，肆意捻转，突兀绵长，尹小沫感觉快要不能呼吸，只好牢牢抓着他的腰侧衬衣，车内静谧得只能听到两人强有力的心跳声。

伍卓轩柔软的唇一寸一寸蜿蜒而下，眼底一片灼热，尹小沫双颊酡红一片，逸出一声轻吟，情不自禁地回吻他，手攀住他的肩头，以期贴得更紧，更加鼓励了伍卓轩，他轻咬她的耳垂，引来她不自觉的低颤和羞涩回应。

如果不是这时候尹小沫的手机突然响起……

她一个激灵，恢复了神志。两颊的嫣红弥漫到耳根，她轻拍脸蛋，大口喘息。

伍卓轩爱怜地抚了抚她的脸，"先听电话。"

电话是许之然打来的，他的大嗓门震得尹小沫耳朵嗡嗡作响："喂，你在干吗？我不给你电话，你就不会打给我吗？"

上一回尹小沫挂断他电话以后，他耿耿于怀了很久，一直没再给她打过电话，结果，尹小沫像是完全忘记了他这个人，他郁闷坏了，终于还是没憋住，先低了头。

"你大半夜的打来电话，也不怕扰人清梦。"尹小沫没好气道，不知是因为被他破坏了好事还是其他什么原因。

伍卓轩看着她弯了弯唇。捉起她的另一只手吻了吻。

尹小沫涨红了脸，这当口他还有心情调戏她。

"我看你中气十足，也没睡吧。"许之然悠哉地说。

"有什么事快说。"

许之然语气马上变得幽怨，"还不是我爸！"

Chapter 12
如果没有你

"他的事你不要告诉我。"尹小沫补充了一句,"你找倪倩诉苦比较好。"

"你以为我想跟你说啊,倩倩出差了,我怕她工作劳累,不想烦她。"

尹小沫微怒,"那你就来烦我?!你拿我当备胎啊。"

许之然嬉皮笑脸,"除了你,我也找不到别人。"

尹小沫唉声叹气,"说吧,他又怎么了?"

"在医院里住了几天,偷溜回家,血糖飙升,不肯打胰岛素,还乱吃东西,我好不容易把他骗回了医院,还骂得我狗血淋头,我的血压快被他气高了。"许之然拿他那个老爸一点办法都没有。

"说完了?"

"啊?"许之然不太习惯尹小沫冷淡的态度,她对陌生人尚且热心过头,怎么对许广兆如此反感。

"说完我就挂了。"

"尹小沫,"许之然吼道,"你再敢挂我电话试试。"

尹小沫无奈,"那这次让你先挂,够给你面子了吧。"

许之然:"……"

伍卓轩也是头一次见尹小沫如此伶牙俐齿,反应迅速,她一般遇到伍卓轩智商就降为零。他在她发顶上画着圈圈,尹小沫怕痒,笑了出来。

许之然听到这声笑,狐疑道:"尹小沫你和谁在一起?"他看看表,嘀咕,"这么晚了。"

尹小沫吐吐舌头,敷衍了几句就挂了电话。

伍卓轩定定地凝视住她,诱哄般地咬她的红唇,"谁这么晚还打电话给你?查你的岗?嗯?"

尹小沫吃吃地笑,"你吃醋了?"

伍卓轩老老实实地答:"有点。"

尹小沫勾勾手指头,伍卓轩俯下身,尹小沫在他耳边说:"是许之然。"在伍卓轩醋意更浓时又说道:"他是我大哥。"

伍卓轩脸上白一阵,红一阵,他这是吃的哪门子的醋,之前还误会许之然在追求尹小沫,他是在挖坑埋自己啊。"可你们一个姓许,一个姓尹,哦,同母异父。"他想起来了那份文件,资料上显示尹小沫的父亲是尹志。

尹小沫沉默了会,"其实我也应该姓许的。"

伍卓轩疑惑地看她。

"我和许之然是同父同母的亲兄妹。"尹小沫按着胸口,仿佛鼓足了勇气又不太情愿地说出这几个字。

伍卓轩大吃一惊,"究竟怎么回事?"

"我整理爸妈遗物的时候,发现他们的验血报告,一个A型,一个AB型,怎么都不可能生出我这个O型来。"

"然后我想起有一回隐约听到我妈跟我爸说什么谢谢你这么多年来一直把她当亲生女儿对待,之前没想到自己头上,看到报告以后我才反应过来。"

"再后来我无意中得知许之然的血型也是O型。"尹小沫耸了耸肩,"已经不难猜到了。"

风有些大,伍卓轩帮她拢了拢头发。她对许广兆又爱又恨的心理他完全能够理解,这也是为何她会对许之然态度忽冷忽热的原因,上一次她听完电话以后神思恍惚,应该也是因为许广兆的病情。他吻了吻她的额头,"你担心他,对吗?"

尹小沫嘴很硬,"怎么会?他从来没有尽过做父亲的责任,我担心他做什么?"

"你身体里流着他的血,这点你无法否认。"

"那又怎样?"

伍卓轩点下她的俏鼻,"父女天性,他生病你坐立难安,嘘,别否认,你自己没觉得,我早看出来了。"他说起上一回她恍惚犯下的错,以及还喝了他的水。

尹小沫的脸刷一下红了。那个时候她就和伍卓轩间接接过了吻。

伍卓轩宠溺地亲了亲她的嘴角,"他毕竟是你亲生父亲,是你的亲人。他没有尽过做父亲的责任,可能只是因为他根本不知道你的存在。"

"可他对我母亲……"尹小沫急急地说,又收住,这不是什么光彩的事,她羞于启齿。

"上一辈的事,你我都没有资格评说,何况已经过去那么久了,我想如果你母亲泉下有知,即便不想你与他相认,也肯定不希望你恨他。"伍卓轩替她理了理秀发,把垂下的一缕发丝捋到耳后。

Chapter 12
如果没有你

尹小沫何尝不知他说的都没错，可心中仍然堵得慌。

"尹小沫，如果他出了事，你会伤心难过吗？"

尹小沫毫不犹豫，"会。"

伍卓轩又说："那你会后悔从未去探望过他，从未关心过他，从未尽过一个做女儿的责任吗？"

尹小沫彻底静默了。

伍卓轩伸手在她额角轻轻一弹，"所以，你想明白了吗？"

尹小沫又沉默许久，仿佛终于下定决心地点头，"嗯。"她抬头，笑靥如花，"我明天要请假，请求批准。"

"不准。"伍卓轩笑着说。

尹小沫的小脸瞬间皱成一团，"为什么？"

"因为我要陪你一起去。"伍卓轩笑捏她的脸蛋。

"明天有你的戏。"尹小沫对他的通告了若指掌。

伍卓轩捕捉到她的唇偷了个香，"给你两个选择，要么我明天翘班陪你，要么你等我哪天没戏再去。"

"没有第三种选择吗？例如，我一个人去……"

伍卓轩没让她把话说完，就堵上了她的唇，吻得她七荤八素后才说："两者选其一。"

最后尹小沫为了不影响拍戏进度，呃，其实是在他的淫威下，被迫答应等他几天。伍卓轩也没有食言，很快安排好时间，他本来想要自己开车，天宇担心他出现在医院会造成混乱，决定陪同前往。

临走前，尹小沫还在忐忑地问："不太好吧，还是我一个人去。"她和天宇有同样的担心，而且许之然若是知道，肯定抓着她一通审问，她想想就头疼。

伍卓轩咧嘴，"尹小沫，你在害怕什么？"

"呃，哪有。"

"我见不得人吗？"伍卓轩故意垮下脸。

就是太让人过目难忘了，尹小沫才彷徨。她抓着伍卓轩的衣角，"你真不怕到时被人围观吗？"

"放心吧，天宇会打点好一切的。"

天宇从前方驾驶座上回过头，"嗯，小沫，交给我处理。"

尹小沫这才安心了不少。

两人说笑着，尹小沫吃着薯片满手的油，伍卓轩不时帮她将一下头发，尹小沫再喂他吃一口，天宇本来专心致志地开着车，忍不住说："你俩稍微照顾一下我这个孤家寡人的心情。"

尹小沫满脸通红，马上就缩回手，伍卓轩用手肘顶着她的手送回嘴边，"别理他。"吃完才说："他以前刺激我的时候更过分。"

"怎么说？"尹小沫好奇地问。

天宇无奈讨饶："老板……"

伍卓轩笑嘻嘻的，"回头让他自己告诉你。"

尹小沫眼珠子咕噜噜地转，想着要怎样才能套出他的话。

伍卓轩把她的头按到自己肩上，"你睡会，睡着了就不会难受了。"

他还记得她晕车，尹小沫心中暖意融融，昨晚睡得很不错，最近心情又好，未必会晕，但她还是听话地合上眼。伍卓轩的肩膀很宽厚，枕着很舒服，一开始她只想闭目养神一会，后来真的睡着了。

伍卓轩另一手拿着手机刷微博，打字很不方便，但还是给薄荷柠檬茶发了条私信：嗨，懒虫，好久没作品了。

不知过了多久，尹小沫许久没动静，他侧头一看，她睡得歪歪斜斜的，脸上红扑扑，香甜温暖的呼吸，融在空气中，心中最柔软的一块被深深触动了。他缓慢搂住了她，和心爱的人在一起，看她每天都能开开心心无忧无虑，那便是最简单的幸福吧。

尹小沫这一觉睡到太阳落山了才醒，一睁眼，车已不在高速公路上，前方道路拥挤，看来已进入市区。

伍卓轩帮她擦去嘴角亮晶晶的口水，"快到了。"

尹小沫不好意思地揉眼睛，"我睡了那么久。"

"还好，也就两个多小时吧。"伍卓轩刮着她的鼻子打趣。

尹小沫对把他的肩膀当枕头使了两个多小时的事很愧疚，尤其看到他下车开门胳膊都没法抬起的时候，这种情绪更严重，她嗫嚅："对不起，是我的错，以后不会了。"

伍卓轩失笑，"尹小沫，你在自言自语什么？"

Chapter 12
如果没有你

尹小沫狗腿地帮他打开车门，笑容满面，"请吧。"她还打算扶着他走路，伍卓轩好笑地说："我又不是残疾人。"

"呸。"尹小沫蹙眉。

伍卓轩想都没想就伸手去抚平她眉间的褶皱。

尹小沫慌得忙跳开，拿起墨镜给他戴上，"拜托，这里每个人都认得你。"

伍卓轩笑，"这里是后门，根本没什么人。"

即便如此，尹小沫还是觉得要防患于未然。

天宇冲他点一下头，"轩哥，都安排好了。"他引着他们从后门电梯上去。

"等等。"尹小沫说，"我还没问大哥在哪个病房呢。"说完就要掏手机，然后又发现手机落在了车上。挠头，"瞧我丢三落四的。"

伍卓轩同天宇相视一笑，伍卓轩握了握她的手说："天宇早打听好了。"

尹小沫低头舒口气。

"别紧张，有我在。"伍卓轩握着她的手紧了紧。

尹小沫这才明白为何伍卓轩执意要陪她一起，是为了缓解她的压力，如果她一个人，说不定根本没法坚持走进病房。她反握住伍卓轩的手，"谢谢你。"

"傻瓜。"

许广兆住的自然是最好的单人病房，伍卓轩一行三人在门口被护士拦下，天宇附耳同她说了几句，她恍然大悟似的放了行，又看着伍卓轩的背影发呆，良久才问同伴："哎哎，刚才进去那个是伍卓轩吧？"

同伴迷茫抬头，"我没注意。"

"一定是，啊啊啊啊，一会出来我一定要找他签名合影。"

"瞧你那副花痴样。"

"伍卓轩哎，我迷了他很多年，他演的那谁谁，多有味道……"

"等下，你刚才说谁？"

"伍卓轩！"

"啊啊啊啊啊！"

长廊里回荡着阵阵尖叫。

尹小沫心惊胆战，伍卓轩即便戴着墨镜也难掩半分光芒，她无法想象一会医院里轰动的场面。

　　天宇停在一间病房前，象征性地敲了敲门，里面有回应："进来吧。"天宇推开门，把伍卓轩和尹小沫让进去，自己留在门外。

　　床上的老人看起来很瘦，但精神还不错，他一见尹小沫就叫出了她的名字，"你是小沫？"他的语气是肯定的。

　　尹小沫挑眉，"您……认识我？"

　　"和你母亲年轻时长一个样。"许广兆笑着说。

　　尹小沫略有失望，她还以为许广兆知道了什么。她四处一打量，床边坐着一名护工，许之然并不在，她先自松口气。

　　许广兆看出她有话想说，打发了护工，"你先出去走走，顺便给我买碗粥回来。"

　　"好的。"

　　"等一下，"尹小沫阻止了他，"糖尿病人不能喝粥。"自从知道许广兆有这病后，她没少查资料。

　　"这……"护工为难地看看她，又看看许广兆。

　　许广兆开了口："那先不买了。"

　　护工退出病房。

　　许广兆哼道："小姑娘，管得还挺宽。"

　　尹小沫还没发话，伍卓轩在一旁插嘴，"她是为您好。"

　　"你是谁？"许广兆眯眼看他，神情傲慢。尹小沫也就罢了，他算什么，也敢对他无理。瞧着瞧着，许广兆又说："你站过来点让我仔细看看，好像有点儿眼熟。"

　　尹小沫汗颜，这什么眼神。

　　"你和小沫什么关系？"许广兆开门见山地问。

　　伍卓轩声音平稳淡然，"小沫是我女朋友。"

　　尹小沫听到这话，从头到脚都酥了。

　　"衣冠楚楚，一表人才，看起来不赖。"许广兆话锋一转，"不过长相英俊的基本没几个好东西，譬如你大哥，譬如我年轻的时候，小沫你可要眼睛睁大。"

　　尹小沫确实瞪大了双眼，不过不是看伍卓轩，她对许广兆充满了好

Chapter 12
如果没有你

奇。他倒是不吝惜自我调侃。

伍卓轩却是惊出一身冷汗，这位老爷子闹这么一出，谁能想到。他不好反驳，那是不给未来老丈人面子，又不能承认，那是把自己往火坑里推。保持缄默，是目前最好的办法。

让你小子多嘴，许广兆心道，看你有多少道行，敢跟我斗。他还未察觉他此时的心态有点像和女婿闹别扭的老丈人，那小子抢走的可是他上辈子的情人。

尹小沫讪讪地说："您这话以偏概全了。"她自然要帮伍卓轩说话。

"是吗？娱乐圈这么乱，他接触的漂亮女明星那么多，小沫，你有信心吗？"许广兆笑眯眯地问。

"呃，您认出他了。"

"当然，我又没到老眼昏花的地步。"

尹小沫抬眼偷瞥了下伍卓轩，说实话她对自己没信心，但对伍卓轩有信心，他在娱乐圈沉浮那么多年，洁身自好，鲜有绯闻，他是经得起考验的。

伍卓轩沉不住气了，再被这老爷子说下去，他老婆就得跑了。他揽住尹小沫的肩，表情极其凝重，"这话您就说错了，只有我被小沫甩的份，我对她可是此心昭昭，日月可鉴。"

"少油嘴滑舌的。"许广兆不以为然，甜言蜜语他年轻时还说得少吗。

"我说的是大实话，她不声不响离开半年，我苦苦等待，才把她盼回来，"伍卓轩神情可怜，"不信您问小沫。"他悄悄捏了捏尹小沫的手。

他把自己说得像是苦守寒窑十八载的王宝钏，虽然大半是事实。尹小沫脸皮没他厚，怎么都没办法大言不惭地点头称是。

许广兆冷哼："那也一定是你得罪了她。"

尹小沫忍不住笑出声。

伍卓轩无奈地摸着鼻子，老丈人看来很难搞定。

许广兆招招手，"丫头，坐到我身边来。"

尹小沫的心情是极复杂的，她知道许广兆就是她的亲生父亲，但对方一无所知，她讨厌他花心博爱处处留情，可这个人再坏也与她有割舍不去的血缘关系，她憎恨他对母亲薄情寡义，但今天他所流露出的分明是对往事的忏悔和对母亲的深切怀念。人总是要到失去了才后悔，才会懂得珍惜。尹小沫认同伍卓轩的话，不想以后后悔莫及，她在踏进病房前还在纠结，而现在则完全想通了。她乖乖坐下，顺便递了杯水。

"像，真的很像。"许广兆认真专注地看了她一会。他很早就开始忏悔曾经做过的错事，所以收敛了很多。没想到他唯一的儿子其他没学到，遗传了他风流滥情的一面，幸好近一年也懂得收心养性，把他管教得服服帖帖的正是尹小沫的好朋友倪倩，他相信尹小沫也是功不可没的。他没见过尹小沫，但对她并不陌生。大多是从许之然口中得知，知道她性子倔强，傲气，连亲生大哥的资助都不愿接受，知道她吃苦耐劳，每天打数份工却从不抱怨，知道她笑着面对人生，知道她才华横溢，简直就是孟晓璐的翻版。孟晓璐是他见过最完美的女性，可他却终究辜负了她。

许广兆凝视着尹小沫，仿佛依稀看到了年轻时候的孟晓璐，巧笑倩兮，美目盼兮。

尹小沫望着他日渐苍老的脸庞，此时已不想追究孰对孰错，也不想去问他是否后悔，她只想安安静静地陪在他身边，照顾他，看他一天天的康复。"我每天都来探望您，可以吗？"

"当然好。"许广兆很开心，但又故意说："只怕某些人会不高兴。"他眼神似有似无地掠过伍卓轩。

伍卓轩郁闷，这老爷子够小心眼的，他不就插了句嘴，他就记仇到现在。

尹小沫哪里晓得他们之前的暗潮汹涌，她呵呵笑道："不会的，他一定支持我。"是伍卓轩竭力劝说，她才能放下心中那根刺，她父女二人融洽相处，也是他希望看到的。

伍卓轩除了赞同还能做什么。

许广兆得意地笑。他没有问尹小沫今天为什么会突然出现在这里，也不想去探究原因，他只知道看到小沫心情就会大好，如果能够天天看到她，想必病也会好得快一些。

尹小沫坐了一会，起身告辞，许广兆依依不舍。

"明天我再来看您，给您带好吃的。"尹小沫早有打算。

许广兆这才重新心情愉悦起来。

天宇这一回带着伍卓轩和尹小沫悄悄从另一处货梯下楼，避过了虎视眈眈的护士以及闻风而来的娱记。他们没有再去停车场，想必那儿也已被

Chapter 12
如果没有你

人围住。天宇在侧门安排了其他车来接他们，三人上车以后，才通通缓了口气。

为了她劳师动众，东躲西藏，尹小沫极度不安，她轻扯伍卓轩的衣袖，"对不起，"又对天宇说："给你添麻烦了。"

天宇莞尔，"小意思，别放在心上。"有机会替尹小沫效劳，他高兴尚且不及。他转头问了句："轩哥，现在去哪？"

伍卓轩不假思索，"去我家。"

尹小沫一怔，不自然地问："那我呢？"

伍卓轩眼中含着笑意，"自然一起去。"

尹小沫头低垂着不说话。

"丑媳妇也得见公婆，何况你又不丑。"伍卓轩拥在她背后的手稍加了点力道，扳过她的身体直视她，"奶奶和乐乐你都见过的，她们都很好相处。"

尹小沫不是害怕她们会针对她，而是半年前她突然离开，现今又突兀出现，老太太心里会怎么想，她一点把握都没有。

伍卓轩撑住下巴看她，"你的担心完全是多余的。"

说话间，车已经开进小区，伍卓轩笑着说："现在退缩也来不及了。"

尹小沫握拳，反正伸头一刀缩头也是一刀。

伍卓轩看着她壮士断腕的模样就想笑。

乐乐刚打开门就扑进尹小沫怀里，"尹老师，我想死你了。"她小嘴一噘，就快哭了。

老太太倚着门，笑眯眯地看着他们，她一直很喜欢尹小沫，在她离开后，几次三番地埋怨伍卓轩，要求他必须把人追回来，搞得伍卓轩哭笑不得，不知道谁才是她孙子，现在他不负所望地将尹小沫带回，老太太终于得偿心愿。

尹小沫鼻音浓浓地唤了一声："老太太。"

老太太呵呵笑着说："我比较喜欢听你叫我奶奶。"

尹小沫脸皮一向薄，怎么叫得出口，忙向伍卓轩求助。

伍卓轩挽起老太太的胳膊往里走，"您也太心急了。"

老太太瞪他，"我怎么能不急，我还想马上抱曾孙子呢……"

伍卓轩忙插科打诨截住她的话，生怕尹小沫听见了会害羞。

尹小沫听到也只能装作没听到，粉颊绯红，就像熟透的苹果。

晚饭是尹小沫和伍卓轩共同完成的，当然，伍卓轩只有打下手的份。

乐乐和老太太吃得津津有味，表示很久没吃到这么好吃的饭菜了。

饭后，伍卓轩抢着洗碗，尹小沫要去帮忙，被老太太按在沙发上，"让他洗，你休息会，懂得疼老婆的才是好男人。"

尹小沫脸又红了。她无所事事，便拿出手机刷微博，看到了下午伍卓轩发来的一条私信，尹小沫虽惭愧偷懒了许久，可也不满他口吻的亲昵。心中有事，她整个晚上都心不在焉，伍卓轩洗了手，问她吃不吃橙子，她也是反应慢半拍。

伍卓轩也看出她的不对劲，问她却又说没事。她拿着手机按了半天，也不知该如何回复。有心想要坦白，好像这个时机又不太对。伍卓轩拉着她上楼，"去我房里，我给你看件东西。"

老太太在身后奸诈地笑，乐乐虽不明所以也跟着奸笑，尹小沫羞红了脸，小声说："你这样会让老太太误会的。"

伍卓轩答得理直气壮面不改色，"随便她们怎么想，反正我问心无愧。"

他不说还好，这一解释，老太太就笑得更欢了。

这还是尹小沫第一次去伍卓轩的房间，出乎意料的干净整洁。她打量了一番，很满意完全看不到有女人留下的痕迹。伍卓轩随她乱转，自己从床头柜搬出个箱子，掏出一只纸盒，打开，里面躺着几个纸卷。

"咦，这什么？"

"自己看。"伍卓轩扯了扯唇角。

尹小沫刚展开纸卷，就呆住了。她把所有纸卷都展开，铺平。

所有都是有关伍卓轩的素描，有他电视剧中的帝王造型，也有他时装剧中的高富帅形象，有他蹙眉时的忧郁表情，也有他展颜时的愉悦神情。每一幅画，栩栩如生，看得出花了很多心思。

"这……你……"尹小沫那是又惊又喜，语无伦次。这是她给伍卓轩每一年生日的礼物，从高中起，已经延续了整整五年。前几幅是寄到他公司，近两年她都是拜托忘忧草转交的。

伍卓轩拥她入怀，"每一幅我都保管得很好。"

Chapter 12
如果没有你

尹小沫伏在他胸前，手指蹭着他棱角分明的下巴，忽然觉得哪里不对，画上的署名全是薄荷柠檬茶，那他……

她急于探求真相，动作大了点，一不小心没撑住，彻底跌进了伍卓轩的怀抱。

"难得你投怀送抱，让我受宠若惊呢。"伍卓轩嘴角开咧，心情好得不像话，一低头就要吻上她的嘴唇。

"等等。"尹小沫趁理智尚存，赶紧问："你早就知道了？"

伍卓轩当然懂得她指的是什么，却还存心逗她，"知道什么？"

尹小沫咬牙切齿："知道我就是薄荷柠檬茶！"

伍卓轩施施然颔首，"不然你以为呢？"

尹小沫简直无地自容，伍卓轩早就知道她和薄荷柠檬茶是一个人，才会语气亲密，她纠结了半天，吃的还是自己的醋。"那你为什么不早些说出来？"她郁闷。

"现在说也不迟嘛。"伍卓轩揉她的脸，话锋一转，"你倒说说你为何不早点告诉我？"

"我……"尹小沫语塞，一开始是为了隐瞒粉丝的身份，后来不愿让他误会她有所图谋，再后来，觉得没有说的必要，最近是一直找不到合适的时机。她强词夺理，"你又没问！"

"好好，还是我的错。"伍卓轩捏她的鼻子。

"你是怎么知道的？"这点令尹小沫很好奇，她好像没露出什么破绽嘛。

伍卓轩说了在乐乐那看到画的事，尹小沫恍然大悟，随即更吃惊了，"凭这幅画，你就能肯定是我？"

"嗯。"

"有那么神奇吗？"尹小沫才不相信。

伍卓轩抿唇，他对尹小沫的画熟悉到不能再熟悉了，她有特别的习惯，总喜欢把他的一边眉毛挑高，整个人会看起来更桀骜不驯一些，可她自己一定没发觉。

"那你今天发那条私信又是为什么？"尹小沫颇有打破沙锅问到底的决心。

"没别的意思，就是提醒你我生日快到了。"伍卓轩淡然自若道。

203

尹小沫气结，一拳挥过去，花拳绣腿自然没什么作用，最后倒在伍卓轩怀里反被他狠狠欺负了一通。

……

很久以后，当尹小沫把她就是薄荷柠檬茶的事告诉忘忧草，还对隐瞒她许久表示内疚，结果忘忧草脸上带着明显的笑意，"我早就知道了呀。"尹小沫抓耳挠腮，原来搞不清楚状况的一直只有她一个人。

伍卓轩送尹小沫回家，车开在半路，倪倩的电话进来，一张口就是兴奋的语气，"小沫，小沫，听说今天伍卓轩去看了许伯父。"

尹小沫默了默，"啊。"

"啊你个头，你要是在就好了，不过你怎么会在呢，我好激动，不知他明天还会不会出现，我要去蹲点，话说我也好久没见过真人了，上次在飞机上偶遇，纯属狗屎运……"

她话还没讲完，电话就被人抢了过去，"小沫，是我。"

"大哥……"尹小沫心里咯噔一下，许之然多精明的一个人，倪倩一时半会没想到的事，他一定能猜到。

"叫伍卓轩听电话。"听到旁边倪倩一声尖叫。

"啊？"

"啊你个头，叫他听电话。"许之然同倪倩混久了，连口头禅都是一模一样的。

尹小沫抓着手机，眼神闪烁。

伍卓轩把车停到路边，坦然地接过，"我是伍卓轩。"

许之然报了个地址，"你现在带小沫过来，我有话问你。"

伍卓轩把手机还给尹小沫。

尹小沫紧张地问："他说什么了？"

"他给了个地址让我们现在过去，"伍卓轩耸耸肩，"应该是他家。"

"他想干吗？"尹小沫声音在发抖，"不用理他的。"

那怎么行，未来舅老爷，怎么都不能得罪，伍卓轩双手握住方向盘打了个弯，车稳稳驶上主干道。

"真要去？"

Chapter 12
如果没有你

"当然。"伍卓轩看着她笑,"你怎么好像比我还紧张,你还怕他打我不成?"

尹小沫是真的有点怕,许之然才不会管你是不是大明星,若是话不投机绝不会留半点面子。这两个最亲的人,她不希望会起冲突。

"放心。"伍卓轩还是很有自信的。

尹小沫心不在焉地对着手指,脑子飞快转动,要怎样同许之然解释,他才不会生气。首先肯定会怪她隐瞒,可他们确定关系也没多久,没必要挂在嘴边吧。上一回在范藩的会所偶遇,他们也不是故意装成陌路,而是真的有误会未解开。

伍卓轩拍拍她的手背,示意她安心。

一路上尹小沫都在忐忑,比刚才去伍卓轩家还要慌乱。

伍卓轩有意缓解紧张气氛,"之前是丑媳妇见婆婆,现在轮到丑妹夫见郎舅了。"

尹小沫"扑哧"笑了出来,伍卓轩的目的也就达到了。

门是倪倩开的,她见到尹小沫便是恶狠狠的一句:"你瞒得好紧啊!"

尹小沫低眉敛目,不敢接腔。

"说,你们是什么时候勾搭成奸的!"倪倩自从听许之然说了伍卓轩出现在医院是为了陪尹小沫,她就震惊到现在。

尹小沫无语,用词可不可以不要那么彪悍。

伍卓轩上前一步,搂了搂尹小沫的腰,笑对倪倩说:"问我也是一样的。"他保护的意图太明显,有什么冲着我来的态度,差点令倪倩泪崩了,她使劲掐着闻风而来的许之然的胳膊,"你看看人家,你看看人家。"

许之然一点也不觉得哪里比不上伍卓轩,他眯着眼睛打量他,不就脸稍微好看一点,五官稍微深刻一点,皮肤稍微好一点,身材稍微挺拔一点嘛,有什么了不起。

伍卓轩气势丝毫不弱,也盯着他看,不就是尹小沫的大哥吗,比他早认识她几年,比他有更多机会照顾她,比他占尽天时地利人和,但是从今往后,照顾小沫的任务就由他一力承担。

尹小沫弱弱地说:"我们能先进去吗?"

205

倪倩忙把人让进去，她也觉得这种事还是在家里解决比较好。

许之然口吻随意，"喝什么？"

"不用了，我们坐一会就走，大哥，你有什么话就说吧。"尹小沫抢着说。

"那我不拐弯抹角了。"许之然眼神平淡地扫过伍卓轩，"你准备什么时候公开和小沫的关系？什么时候娶她？"他眼眸微沉，"小沫不可能做你的地下情人。"

"大哥！"尹小沫惊呼。

"你闭嘴。"许之然沉声道。

伍卓轩淡笑，"我从来没打算让小沫做地下情人。"

许之然点了支烟，等他的下文。

伍卓轩眼中渐渐浮起淡淡的笑，"她当然要堂堂正正地站在我身边。"

其实尹小沫并不介意地下情，伍卓轩的身份决定了他们的感情不能过早曝光，她完全了解。但听他那么一说，心里还是甜丝丝的。

"只是现在还不是时候。"伍卓轩说，坦然迎上许之然的目光，"现在公布，小沫的生活必会遭到打扰，这对她不是件好事。"

尹小沫拼命点头。她可不想每天都被娱记跟踪，生活没有一点隐私。

许之然追问："那什么时候才是适当的时机？"

"大哥，你别逼他。"尹小沫急了，这种事怎么是短时间内能够解决的。

"尹小沫，你给我闭嘴。"许之然恨铁不成钢，都说女生外向，果不其然。

倪倩笑着抚摸尹小沫的头发，"你大哥是为你好。"

尹小沫当然知道许之然做这一切都是为了她，可同时她也不希望伍卓轩为难。她喜欢他的时候他就是大明星，她不会要求他做任何改变。

伍卓轩不由得笑道："这话你不问，我也是要说的。我早已做好打算，并且已开始实施。我会尽量减少接戏，逐步将工作重心转到幕后，目前还在和游戏公司合作，开发一些新项目，以及成立一个自己的品牌，着重在服装和饰品上。"他顿了顿，"等慢慢淡出观众视线，小沫也就不用担心会被骚扰了。"

"这……"尹小沫知道他努力在转向幕后，但没想到是为了她。她仰

Chapter 12
如果没有你

起脸,"我不要你为我做牺牲。"

"傻瓜,也不全是为了你啊,总不见得我一把年纪了,还演偶像剧,都快可以演偶像的爹了。"伍卓轩打趣道。

尹小沫没忍住笑了,许之然也笑了,倪倩却感动得快哭了。

许之然很满意伍卓轩的回答,"很有规划,不错。"他挑起唇角,"那我就放心把小沫交给你了。"

"大哥……"这一回,尹小沫害羞了。

倪倩抱了抱她,恭喜几句,然后马上变脸,"你今天不说清楚怎么勾搭上偶像的,别想离开。"

不是尹小沫不肯说,而是她也不知怎么回事,好像顺理成章,顺其自然地就走到了一块。没有轰轰烈烈,没有海誓山盟,有的只是蓦然心动,携手共进。

伍卓轩眨眨眼,"是我追的小沫,还追得相当辛苦。"

尹小沫:"……"

倪倩特别感兴趣,"再多说点,再多说点。"

"费尽九牛二虎之力才追到的,比拍戏还难搞定。"伍卓轩继续睁眼说瞎话。

"还有呢,还有呢?"

尹小沫赶紧拽着伍卓轩走人,再说下去不定怎么样呢。

等人都走得看不见了,倪倩才反应过来,"这伍卓轩够狡猾的,说了半天一点实质性的都没说到。"

许之然微笑,他看得出伍卓轩对尹小沫是真心的,他很欣慰。

伍卓轩将尹小沫送到楼前,恋恋不舍地抚着她的脸,"让你住家里你不愿意,回家还得打扫,不累吗?"

尹小沫扯了扯嘴角,"不累。"她踮起脚尖轻吻他脸颊,"明天我就不陪你回剧组了,我想多陪陪……他……"

"嗯,反正没几天我也杀青了,你就别来回折腾了。"伍卓轩爱怜地吻了吻她的额头和眼睛。

"那……晚安。"

"随时给我电话。"伍卓轩做了个打电话的手势。

尹小沫乖乖点头。

"上去吧,我看你安全到家再走。"

"已经很晚了,你快走吧,应该是你安全到家告诉我才对。"

两人腻歪了一阵,终是伍卓轩拗不过她。

伍卓轩揉了揉她的发,笑着开车离开。

尹小沫看着汽车尾灯消失在转角处,又站了一会,才准备上楼。

身后有人轻轻唤她:"小沫。"

尹小沫怔忡回头,意外看到于宙站立楼前,神情复杂难辨。"你怎么会在这?"

于宙嗓音低沉,"不知道你什么时候回家,我便每天来转一转,想着哪天你家灯亮起,我才能放心。"

"你……可以打电话的,何必跑来那么辛苦。"尹小沫没想到于宙对她如此情深。

"幸好我来了,看到了,我才彻底死心了。"于宙声音听不出起伏,表情也很平静。

尹小沫咬咬唇,"对不起。"

"你们很相配。"从前于宙一直觉得他和尹小沫才是天造地设的一双,但今天他看到尹小沫俏生生地站在丰神俊朗的伍卓轩身旁,笑靥如花,他才明白什么才叫一对璧人。

"谢……谢……"尹小沫简直不知要如何作答才不会伤害他。

于宙又说:"祝你幸福。"

尹小沫的表情多了一丝惘然,她无法坦然接受于宙的祝福,也没法对他说出同样祝福的话,同时她也没办法对他付出同样的感情。爱情就是这样的,不是付出都能收回相等的回报。她不爱于宙,一直都是,也无数次地拒绝过他,更加从没有给过他暧昧的讯息,尽管如此,面对于宙的真情,她还是会感到内疚。

"你不用对我感到抱歉。"于宙幽幽地说,"你并没有错。"爱情不是他爱她,她就一定得爱他。爱情也不能施舍,否则便玷污了它本身纯粹的意义。是他不甘心,以为总能等到尹小沫回头看他的一天,现在他终于

Chapter 12
如果没有你

明白，即便没有伍卓轩的出现，尹小沫也不会爱上他。也好，尹小沫有了好归宿，他替她高兴，也可以彻底放手了。

尹小沫眼神轻轻流转，"于宙，我们永远是好朋友。"

"当然。"于宙微微含笑，"要是他胆敢欺负你，一定记得告诉我。"他作势挥了挥拳头，"我会打得他满地找牙。"

尹小沫扬一扬唇角，由衷感激他的大度和包容。

"早点休息，晚安。"

"晚安。"

于宙看着她房间的灯亮起，隐约能瞧见窗边她忙碌的身影，只要她过得快乐幸福，比什么都重要。这原本就是于宙想带给她的，如今不过换了一个人去实现，那又有什么关系。他终是释然了。

尹小沫简单收拾了会，已累得腰酸背疼。冲了个热水澡，缓解了些疲劳。之前伍卓轩打来电话报过平安，她叮嘱他早些休息，这时候想必已经睡下了。可她躺在床上毫无睡意，许是离开了两个多月认床了，也可能是要和伍卓轩暂时分别，心下烦闷。

她重新爬起来，倒了杯水，打开电脑随意浏览网页。看到剧组发布的宣传海报，她脑中突然灵光闪现，答应伍卓轩的生日礼物，有了头绪。画板留在剧组没有带回来，她随手捞过一张A4纸，拿起画笔，勾勒描绘，伍卓轩薄削的唇，挺拔的鼻梁，浓密的长睫毛，深邃幽暗的眼，悄然跃上纸上。她越画越顺手，很快完工。

她很满意这次的作品，以前她画Q版形象比较多，但生日礼物全部都是素描，因为她觉得其他形式都不能够完全展现伍卓轩的风采。她笑眯眯地摸了摸画中的伍卓轩，扫描完毕，随手发到了他的私人邮箱。

过了没一会，她听到手机短信提示音，是忘忧草：快看微博。

尹小沫此时已关了电脑，懒得再开，就用手机刷开微博，然后就傻了眼。

伍卓轩更新的最新微博：谢谢你送的生日礼物，我十分喜欢。

他特意圈了薄荷柠檬茶，附带的图便是几分钟前尹小沫刚刚发给他的那张。

短短几分钟，已经被转发上千次。于是薄荷柠檬茶的名字也被轮了上千次。

尹小沫怒了，她不是怒伍卓轩发微博还带上她的名字，也不是生气伍卓轩把图发上去，她愤怒的是伍卓轩竟然这个点还没睡觉。没有她看着，他就肆无忌惮了！尹小沫迅速拨通伍卓轩的手机，电话一接通，她就冷哼。

"你牙疼？"伍卓轩笑。

"你怎么还没睡？你刚才不是答应得好好的！你这伍三点改不掉了是吗？"伍三点是伍卓轩的粉丝给他起的外号，因为他常年半夜三点才会睡觉。

伍卓轩嬉皮笑脸，"你不是也还没睡吗？"

"我这不是给你画生日礼物吗？"

"我不也是在等你的礼物吗？"

"你怎么知道我今晚就会画！"

"这就是所谓的心有灵犀一点通吧！"

尹小沫："……"

伍卓轩嘻嘻笑，"我马上就睡。"

"这还差不多。"

这时，尹小沫又收到罗秋秋的一条私信：喂喂，你俩都跑微博去秀恩爱了，太过分了吧！

尹小沫一惊：是不是会影响他，我马上让他删了。

罗秋秋：不是不是，我的意思是，太刺激我等孤家寡人了。

这幽怨的语气，与天宇是一样一样的。

尹小沫抱着手机笑着入眠，她还做了个梦，梦中伍卓轩眼底柔情万千地对她说："想管我啊，那就先嫁给我。"

仿佛有什么东西轻飘飘地落在她心尖上，暖暖的，酥酥的，似羽毛刷过，又似微风拂过。

……

尹小沫每天都变着花样做一些少糖少淀粉的营养餐送去医院，许广兆高兴得合不拢嘴，逢人便夸尹小沫贴心。

陪许广兆的护工也说："就算亲生的闺女能做到的也就这份上了吧。"

许广兆不是没有怀疑过尹小沫的身世，但孟晓璐已不在人世，无人能

Chapter 12
如果没有你

够证明，除非做亲子鉴定，但许广兆又不愿如此，他不想破坏好不容易建立起的一些亲情。后来他也想通了，无论尹小沫与他是否有血缘关系，他都会拿她当亲生的看待。

Chapter 13 我会一直等

伍卓轩的戏份在这天半夜杀青,他为了早点见到尹小沫连夜赶回S市。早上五点,他终于敲响了尹小沫家的门。

尹小沫揉着惺忪的睡眼去开门。"谁啊,那么早。"

伍卓轩结结实实地给了她一个拥抱。

尹小沫彻底醒了。"你,你怎么来了。"

"给你个惊喜,顺便查你的岗。"伍卓轩假意在卧室门口转了转。

尹小沫忍住笑,"还有床底、衣橱和阳台下水道管你忘了查。"

伍卓轩笑着使劲揉她的头发,把本就乱糟糟的短发揉得像鸟窝一样。

尹小沫郁闷地拍掉他的手,"讨厌。"

她从来都是眼神清亮精力旺盛,很少见到她眼儿朦胧一副没睡醒的模样,睡衣皱巴巴的,噘着樱桃小嘴,似乎在抗议美梦被打扰,别有一番风情万种。伍卓轩搂着她就不肯放手了。

尹小沫掩嘴打了个哈欠,"我给你做早饭去。"

"先让我抱一会。"

"吃完再抱!"

说完,两人都大笑不止。

尹小沫把他按在沙发上,"你休息下,很快有得吃。"

等她煎好蛋做了吐司倒了牛奶出来,伍卓轩已经歪歪斜斜地靠着沙发睡着了。他太辛苦了,尹小沫比谁都明白他的努力和付出。谁都不是生来就成功的,唯有勤奋加努力。

Chapter 13
我会一直等

她本想推醒他，让他去床上睡，但看他难得睡得香甜，不忍心吵他，去卧室拿了床毯子，给他轻轻盖上。他动了动，没醒，找了个更舒适的位置继续睡。

尹小沫自己再无睡意，洗漱了下，翻看昨天从信箱里拿回来还来不及看的账单和信件。

除了一些电费水费煤气费电话费，其中夹杂一封信特别惹人注目。这是一封英文信件，来自鹿特丹美术学院。

尹小沫心中一动，赶紧拆开。竟然是录取通知书。大半年前，她当时急于离开这块伤心地，就给许多知名院校发去申请，结果一直没有消息，久而久之就把这事给忘了。没想到，会在今天收到通知书。

鹿特丹美术学院是荷兰一所著名的艺术学院，在全世界也相当知名，尹小沫曾经的梦想就是去那儿留学。许之然很早就想送她去念书，但被她拒绝了。她希望用自己的能力申请奖学金留学，而不是要靠许之然的赞助。而现在，这个梦想即将实现，尹小沫却迟疑了。

如果是之前，她会毫不犹豫，甚至欢呼雀跃，但如今……

她舍不得离开伍卓轩。

去荷兰，至少得两三年时间，相思之苦，太煎熬。

和伍卓轩相比，任何东西都没有了吸引力。她笑笑，准备把通知书塞到抽屉的最底层，就当从来都没收到过这封信。

她想得出神，没发现伍卓轩已醒来并且站在她的身后，见她魂不守舍的样子，蹙了蹙眉。

一只手越过她的头顶，拿走了那封信。

伍卓轩眼睛里有一些光在闪动，他一遍又一遍地认真读着信。

尹小沫不敢猜测他的心理，咬咬唇，"我不想去，我只想待在你身边。"

伍卓轩的声音低低缓缓的，"我知道。"

"我不要和你分开。"尹小沫轻声说。

"我知道。"伍卓轩把她揽到自己胸前。

尹小沫紧紧抱着他。

伍卓轩把她扳离身体，握住她双肩，郑重其事地说："这是你的梦想对吧？"

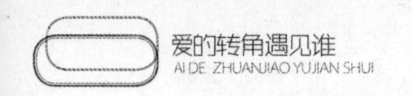

"是的，可是……"

伍卓轩打断她，声音沉稳坚定，"去吧。"

尹小沫不敢相信自己的耳朵。

"我支持你去，不是我舍得你离开，而是我希望你能够实现梦想。"伍卓轩挠了挠她的头顶，又揽她入怀。

"可是……"尹小沫急急地想要说什么，但嗓子眼仿佛被堵住了，一个字都说不出来。

伍卓轩握着她的手，把玩她圆润的指甲，"三年够不够？再长我就不等你了。"

尹小沫泪盈于睫，她不声不响地把脑袋埋入伍卓轩温暖的怀抱。她不知道有多少人能做到，成全心爱的人去完成梦想。她试着换位思考，发现她决计做不到。他是大明星，是全民偶像，大众情人，他却愿意为了她，心甘情愿等候三年。爱情应该是自私的，巴不得和爱人长相厮守，一刻不分开。爱情又是无私的，为了对方可以无条件地牺牲。尹小沫感动得无以复加，有一种不知名的东西从心底深处悄然滋生，蔓延开，如鲜花绽放。

伍卓轩在她耳边说："小沫，你才华横溢，有自己广阔的天地，我决不会限制你发展。"

尹小沫的眼眶湿润了，她不是爱哭的人，可此刻眼泪就这么毫无预警地涌出来，一滴一滴地滑落。

伍卓轩捏她的鼻尖，"傻姑娘。"

他这么一说，尹小沫哭得稀里哗啦的，怎么都劝不住。伍卓轩只好耐心哄她，"乖别哭了，再哭你邻居就要报警了，还以为你被怎么欺负了呢。"

尹小沫破涕为笑。

伍卓轩用唇温柔地吻去她脸上的泪。

"三年后你都三十五了！"尹小沫抽噎着说。

"你是嫌我老了？"伍卓轩脸色似乎黯然了几分。

"我不是这个意思，"尹小沫眸光闪动，"我会觉得是我耽误了你，会良心难安的。"

伍卓轩微微低下头，嘴唇碰了碰她的耳廓，"所以，你一定要对我负责，到那时，我已经人老珠黄没人要了。"

Chapter 13
我会一直等

尹小沫轻轻捶他，"瞎说。"别说他就跟吃了防腐剂似的，永远二十五岁，即便总有年华老去的一天，在她心目中，也是最英俊最帅气最有味道的男子。

伍卓轩扣着她的手放在嘴边印上一吻，眼中尽是笑意。

尹小沫义无反顾地踮脚亲上去。

伍卓轩臂弯一紧，一只手用力搂过她，另一只手捧起她的脸颊，像是捧着一件稀世珍宝，深吻蓦然而下，吞噬了她唇齿间逸出的呜咽。

……

次日，伍卓轩带着尹小沫在范藩的会所用晚餐，意外遇上了沈飞鸿。

尹小沫有些尴尬，沈飞鸿神情却极自然，仿佛早就料到会有这一天。她笑容满面，"终于和好如初了，恭喜你们。"

"飞鸿姐……"不知为何，尹小沫总会觉得有些愧对沈飞鸿。

伍卓轩淡淡地点头示意，"要不要一起坐？"

"我约了人，下次。"沈飞鸿声音听起来轻松愉快，心情不错的样子。

"好的，等你有空，我和小沫请你吃饭。"

"一言为定。"沈飞鸿拍拍尹小沫的肩，"好好待他。"

尹小沫羞赧颔首，"嗯。"

"你也是。"这句是沈飞鸿对着伍卓轩说的。

伍卓轩俊朗的脸上跃上一个微笑，"当然。"

沈飞鸿转过身，几不可察地叹了口气，神色变得黯然。年少时，她识人不清，没发现伍卓轩对她的好，只为追求所谓的浪漫和刻骨铭心，换来的是心上道道的伤痕。然而有些事错过了便是错过了，当她爱上伍卓轩的时候，他的心已被尹小沫牢牢占据。她悔之晚矣，唯有隐瞒心迹，就此退出。她并不会就此对爱情丧失信心，她坚信属于她的幸福还没到来。或许默默等待她的Jason会是她最后的归宿。

尹小沫一直看着沈飞鸿的背影，心情五味杂陈。

伍卓轩大掌盖住了她的手背，"不准胡思乱想。"

"我没有。"

"还说没有,尹小沫你记住,就算没有你,我也不会和飞鸿走到一起,所以你没有任何责任,而是我和她的那一篇早就翻过去了。"伍卓轩从容不迫地说,漆黑如墨的眼底沉静似水。

尹小沫低垂下头,再抬起时声音低如蚊蚋,"嗯。"

伍卓轩漂亮的嘴角微微上扬,在眼角无意间扫过沈飞鸿方向时,轻轻地"咦"了一声。

"怎么?"

伍卓轩示意她往那边看。

尹小沫顺着他的目光看去,坐在沈飞鸿对面的正是曹子怡。

"子怡姐……"尹小沫忽然觉得有冷汗从额头冒出,这家私人会所是范藩的,那么……

真是怕谁来谁,范藩眼角带着明显的笑意,直接往这边走来。

尹小沫还没想好到底要不要告诉他曹子怡也在,他已经自动自觉地在她面前停住,像生了根似的再也移不动脚步。

"范老板,你这是什么情况?对曹主编有兴趣?"沈飞鸿眉开眼笑,她今天和曹子怡也是初次见面,她不喜欢一本正经的访谈,约了边吃饭边聊。

曹子怡轻描淡写可有可无的语气,"范老板?看来今天这顿不用杂志社报销了。"

"是我的荣幸。"范藩眼里漾起柔光,目光所及之处只有她一人。

曹子怡冷哼,睨着他,不再理会。

尹小沫扯扯伍卓轩的衣袖,"怎么办?"

伍卓轩以唇语道:"静观其变。"

沈飞鸿看看范藩,又看看曹子怡,这两人一定有不寻常的关系。

每一道菜,范藩都亲自端上,耐心讲解。还奉上了他自制的招牌饮料:随便。

曹子怡看都不看他,只是低头同沈飞鸿交谈。对各种菜式不屑一顾,饮料更是一口不碰。

沈飞鸿好心说:"不合你口味吗?"

Chapter 13
我会一直等

曹子怡面不改色,"估计是对着某些人没有胃口。"

沈飞鸿顿时哀怨,"我长得这么影响市容?"

曹子怡呛了下,"我说的不是你。"

范藩自觉地退走,脸色黯淡无光。

尹小沫叫住他,小声说:"要不要帮忙?"

范藩垂头丧气,"她连说话的机会都不给我。"

尹小沫想了想,"我帮你约她?"

"好的好的,但你千万别提我,否则她肯定不会赴约。"范藩似乎看到了希望,眼睛都亮了。

尹小沫点头,"我知道。"

这头正在窃窃私语,密谋下一步行动,那一头沈飞鸿问:"你和他……"

曹子怡毫不在意地夹了筷鱼片吃了,"前男友,你懂的,呵呵。"

沈飞鸿恍然大悟,"不过他好像还对你旧情难忘。"

"错觉吧,当初分手很决绝。"这段往事曹子怡深埋心底很久,今天却很有欲望向沈飞鸿吐露。

"不能再回头了?"

曹子怡摇摇头,就算破镜重圆,也难以弥补已有的裂痕。更何况他母亲还是会反对,不会因为时间而改变。一年前她曾经遇到过范母,她眼中强烈的敌意,曹子怡至今难忘。

沈飞鸿叹气。

"先不说这个了,我今天还带着任务来的呢。"一谈起工作,曹子怡就像换了个人,精力充沛,无比敬业。

许是同样情路坎坷,沈飞鸿感同身受,十分配合曹子怡的采访,回答了她所有的提问,最后还意犹未尽地来了句,"还想问什么?"

"沈小姐你人真好。"曹子怡感叹,不是人人都那么好说话的。

"叫我飞鸿,"沈飞鸿笑,"我们年纪应该差不多。"

曹子怡也不客气,大方接受。

沈飞鸿笑着给她夹了些菜,努一努嘴,"你和他们认识吗?"

曹子怡回过头，正好撞上范藩专注的目光，她慌乱移开，瞥到尹小沫还有伍卓轩，她了然一笑，"认识。"

"原来大家都是熟人。"

曹子怡抿唇："世界真小。"可是有的时候这世界又很大，分手以后，她与范藩那些年从未相遇过。

沈飞鸿意味深长道："有缘分的人，无论身在何处，兜兜转转还是会遇上的。"

是这样的吗？曹子怡不觉冷哂了下。

过了几天，曹子怡接到尹小沫的电话，约她喝茶逛街。

尹小沫怕她会怀疑，故意迟了两天才约她，但曹子怡怎会想不到同范藩有关，只是她考虑再三，还是答应赴约。

"她同意了。"尹小沫呼了口气。

"那就好。"范藩搓了搓手。

"我会把她带到茶室，剩下的就看你的了。"

范藩郑重点头，这是他最后也是唯一的机会，他一定会好好把握住。

说是曹子怡陪尹小沫逛街购物，到最后曹子怡大包小包买了一堆，尹小沫一无所获。

"刚才那条裙子挺适合你的，为什么不买下来？"曹子怡问。

尹小沫含笑："贵了点。"

"我送你。"曹子怡拉着她的手准备返回商场。

尹小沫忙阻止她，她现在并不缺钱，只是不习惯大手大脚。

曹子怡也知道她的性子，便不再坚持。"留学的事，你决定了？"

尹小沫咬咬唇，"还没有。"

"你是怎么想的？"

尹小沫老老实实地答："我想去，可又不舍得离开这里。"

"是不舍得和伍卓轩分开吧。"曹子怡打趣道。

尹小沫坦然道："是。"

"那就要看哪个在你心中比较重要了。"曹子怡低头想了想，才说。

Chapter 13
我会一直等

曾经她也有过去国外知名杂志社工作的机会，但为了范藩，她放弃了这个机会。直到今日，范藩也不知道这件事。即便两人分了手，她也没后悔过当初做下的决定。毕竟，那个时候，爱情的魔力大过一切。"你别和我说两个都重要这样的话。"

尹小沫想都不想就说："当然是伍卓轩比较重要。"

也是个爱情至上的姑娘，曹子怡浅笑，"那你愿不愿意为了他放弃自己的理想？"

"如果非要在两者间做一个选择，那我情愿放弃理想。"尹小沫毫不迟疑。

曹子怡又问："将来会不会后悔？"

"不会，既然是我自己做的决定，就绝不会后悔。"尹小沫眸子闪烁着坚毅的光芒。

"如果，我是说如果，你和伍卓轩最终没有办法走到一起，你也不会后悔吗？"曹子怡目光幽深，耐人寻味。

"不会。"到底真心相爱过，那就足够了。

曹子怡笑容妩媚，"尹小沫，其实你已经做好决定了，不是吗？"

是啊，其实答案早就在心里了。笑容在尹小沫唇角悠悠绽放。

"哎，走得有点累了，我们找个地方坐坐吧。"

尹小沫立即想起她今天的任务，笑着说："子怡姐，我知道有个地方咖啡香浓点心有特色，我们去那吧？"

"远不远？"

"不远不远，走几分钟就到了。"

曹子怡言简意赅："那走吧。"

尹小沫忙帮曹子怡提起战利品，在前面带路。

曹子怡以为尹小沫会跟她谈范藩的事，甚至为他说好话撮合他们，但到现在为止尹小沫只字未提。她微微叹息，看来是她想多了。

尹小沫带着曹子怡去了和范藩事先约定好的"老友记"，她要了个小包房，点了一些吃食后，她苦着脸说："子怡姐，我去趟洗手间。"

曹子怡不疑有他，点点头。

尹小沫拿起包溜之大吉。

接下去就该范藩登场了。或许他万般努力后仍然失败，又或许曹子怡会被他打动，结局谁都无法预计，只要全力以赴过，那就不会留下丝毫遗憾。

晚上尹小沫做了一顿丰盛的晚餐慰劳伍卓轩，他在公司接连开了三天的会，规划下一年度计划，她很想帮他做些什么，可生意上的事她一窍不通，她就只会闷头画画埋头写稿，唯一能做的就是好好安抚他的胃。

伍卓轩问起范藩的事，尹小沫神秘笑笑，"我也不知道，反正能帮的我都帮了。"

"辛苦你了。"伍卓轩揽住她的肩膀。

尹小沫失笑，"我有什么辛苦的。"

伍卓轩指指这一桌子的菜，"忙了很久吧。"

"还好，比不了你工作劳累，所以你要多吃一点。"尹小沫笑眯眯地给他夹菜。

伍卓轩递给她一个信封，"打开看看。"

尹小沫拆开一看，心情复杂。

竟是伍卓轩不声不响地帮她办妥了护照和签证。

"你就这么盼我去？"尹小沫的语气说不出是哀怨是娇嗔抑或是惆怅，在她好不容易下定决心以后。

伍卓轩出其不意地吻了下她的唇，"傻话。"

尹小沫勾住他的脖子，"我走了你肯定不会好好吃饭，然后熬夜，咖啡当水喝，你让我怎么放心。"

伍卓轩好整以暇地看着她，"你当我三岁小孩子吗？"

尹小沫嘟囔，"也差不多。"

伍卓轩温热细密的吻落在她的额头，"你以为我舍得你离开吗？"

尹小沫噘嘴，"我看你一门心思想要赶我走。"她几乎有点不讲道理了，明知道伍卓轩事事为她考虑，还是忍不住斗气。她心情极度矛盾，她斩钉截铁地对曹子怡说那番话，其实也是在说服自己，但伍卓轩费尽心思替她安排好一切，她不免又有些动摇。她恼恨自己无法干脆利落地做出决定，只能把怨气撒到伍卓轩身上。

Chapter 13
我会一直等

伍卓轩揉了揉她的头发，自顾自说："明年会去荷兰拍一组杂志，参加春秋两季的时装发布会，一些电视剧准备在荷兰中文台播出，有一系列的宣传活动，还有……"

尹小沫吃惊，"这是做什么？"

"明年的工作安排。"伍卓轩轻啄她的手指。

"你把明年的工作都安排到荷兰去了？"尹小沫震惊。

"后年和大后年的暂时还没法安排，一步一步来吧……"

尹小沫堵上了他的唇，她吻技青涩，但并不妨碍点燃伍卓轩的热情。他狂肆霸道地掀起惊天骇浪，尹小沫逃不开那令人目眩神迷的纠缠，如一叶扁舟随波逐流，起伏皆由他，她紧紧攀着伍卓轩的肩头，任凭自己沉迷其中沉醉不醒……

不知过了多久，伍卓轩才放开她。尹小沫满脸绯红，并不是初次深吻，但每次她都脸热心跳，情难自已。

她捉住伍卓轩的领带把玩，"为什么那么傻？"

"你指的什么？"伍卓轩嘴角勾出玩味笑意。

尹小沫悄声说："安排那么多去荷兰的工作，很累的。"

"那你还说我一门心思地想要赶你走？"伍卓轩神情似怨念，似撒娇。

"是我错了。"尹小沫马上说，她没有比现在更了解伍卓轩的心意。

伍卓轩眉心舒展，"放心去吧，我会为你守身如玉的。"

尹小沫："……"

伍卓轩嘴角含笑，侧脸线条尤其柔和，就是这样的他，扰乱了她的芳心，霸道强势地占据了她整个心灵，叫她如何能够舍得远离。

她说："你对我越好，我越不想和你分开。"

"我争取每个月都去看你，假期你也可以回国，或者我飞去陪你都行，这不是问题。"

"我会想你的。"

"我也是。"伍卓轩眼底柔情百转千回。

尹小沫抿了抿唇，"其实在我心中，没有什么比你更重要。"

伍卓轩微怔。

"我给你唱一首歌，也许你从未听过，可能你听过但是忘了。"尹小沫凑过去，温热的气息拂过他的耳际，"不许笑我。"

"不会。"伍卓轩顺势捉住了她的手。

  ······
  如果可以做到的话，无论何时直到永远，
  希望你保持着自我不要改变。
  慢慢地慢慢地前进就好，
  梦想绽放的时刻，一定会到来的。
  遭受风雨的时候，我会成为你的雨伞，
  偶尔迷路的时候我就会是你的地图。
  要是云层遮挡住了那颗星星，
  我会化作风儿带来光明。
  如果可以做到的话，无论何时直到永远，
  希望你保持着自我不要改变。
  想要见证你未来的笑颜，
  所以我会陪伴在你身边一直到永远。
  ······

  伍卓轩心中震动无以复加。这首歌他听过，并且曾陪伴他度过无数个失眠的夜晚。那是七年前，他刚刚从歌坛踏入影坛。接了几部剧，反响都不好。媒体吐槽他只是脸蛋长得好，却无实力。他压力很大，有时会和朋友喝几杯，却又被娱记拍下照片，说他自暴自弃，毫无上进心。影视公司也不肯再给他男主角的戏份。他从十八岁出道，一路上顺风顺水，从未遭遇此等打击，很难接受。那是他人生中最低谷的时期，整晚都睡不着。有时也会问自己，是不是真的不适合娱乐圈，是不是应该早点离开，不要再丢人现眼。就在这时，公司交给他一个包裹，是从S市寄来的，辗转多次，终于到了他的手中。包裹里有一封信和一个礼盒，包得很漂亮。信上说：不要气馁，即便100个人里面有99个说你不行，我也认为你可以的。我百分百认同你的能力，因为我是你的头号粉丝。信上的署名是：YXM。随信的礼盒里静静躺着一盘卡带，打开后，便是略显稚嫩的女声演唱的这首歌。

Chapter 13
我会一直等

好像突然在暗夜里点亮的蜡烛，伍卓轩本以为黑暗的人生出现了一丝光明。他觉得只要还有一位粉丝在关注他，他就不该放弃理想。他坚信梦想绽放的时候，会有那么一个人见证他未来的笑颜，她说过她会一直陪伴在他身边直到永远。

后来有一次，伍卓轩来到S市一家孤儿院演出，主办方给他准备了一大束红玫瑰，他接过以后便随手交给了助理。演出完毕，他把带来的糖果巧克力分发给一众孤儿，赢得的欢呼声和掌声，远比刚才唱那些歌时得来的多。有一个小男孩，把一朵红色郁金香送给他。他很费解，为何小男孩会有郁金香，而且还是一朵。小男孩做了一番解释，是一个小姐姐给他的，现在已经走了。男孩小手中还抓着一张卡片，说是小姐姐不小心掉落的。卡片上写着：这个世界如果只剩下一个人愿意留在你身边，那个人也会是我。卡片上的署名是：YXM。伍卓轩立刻明白了，郁金香和卡片本来就是要送给他的，虽然不清楚发生了什么事，她没有亲手将卡片和花送到他手上，但可以肯定她是为他而来。也只有他的粉丝才会知道，他最喜欢的花就是红色郁金香。

YXM，伍卓轩遗憾怎么没早点想到，这便是尹小沫的英文缩写。

尹小沫哪里知道他转念间想了那么多事，她唱完以后怯怯道："这首歌是我十五岁时候写给你的，没别的意思，只想让你知晓你在我心中的重要性。我喜欢了你很久很久，梦想固然重要，但也比不上你……"

伍卓轩以吻封缄，温柔地亲吻她。

尹小沫敏锐地感觉到这次的吻和以前不一样，愈加怜爱愈加柔情，裹挟着经年的记忆，他独孤半生的心此刻终于找到了地方安置。"小沫，"他在她唇间吻得热切缠绵。

"你怎么了？"尹小沫终于找回了自己的声音。

伍卓轩没有说话，而是打开钱包，从夹层摸出一张卡片。卡片已泛黄，上面的字迹也显得模糊不清，但仔细辨认还是能够看出。

尹小沫手指微颤，嘴巴张成O形。"你……这……"她震惊于这张卡片怎会到了伍卓轩手中，太不可思议了。

伍卓轩深黑的眼眸眯了眯，"当初为什么没有亲自送给我？"

尹小沫努力回想，当初是怎么回事。那一年，她还在读中学，囊中羞

223

涩，但得知伍卓轩会来S市演出，用积攒了很久的零花钱买了一朵他最喜欢的红色郁金香。但后来发现主办方准备了大束的玫瑰花，她便打消了送花的念头。她还要赶回去上课，便把花随手送给了身边的小男孩。回去路上，她一摸裤子口袋，卡片也不翼而飞，只能一笑置之。

伍卓轩莞尔一笑，但冥冥之中自有天意，他还是收到了花和卡片。

尹小沫嫌弃地说，"这字真丑。"这么难看的字当年她居然还妄想送给伍卓轩，太丢人了。

伍卓轩大笑出声，"我觉得挺好的。"

"你也是，卡片都发黄了还留着。"

"我乐意。"

尹小沫笑意盎然，嘴角弧度越发上扬。

伍卓轩抬腕看了下表，"我该回去了。"

尹小沫羞羞答答地问，"你今晚可不可以不要走？"

伍卓轩背脊挺得笔直，声音低沉："不行。"他不是柳下惠，他不能保证孤男寡女待一个晚上，他还能恪守礼节，忍住不动她。

尹小沫小嘴一扁，眼圈顿时红了。

伍卓轩叹气，"别这样。"他拿起车钥匙，便往外走。

尹小沫一跃而起，在门前站定，自身后抱住他，"别走。"

伍卓轩身躯一震，"小沫，放手。"他自傲的自制力在尹小沫面前向来毫无用处，尤其在今天这般绮丽的氛围下。

"就不放。"尹小沫抱得更紧了。

伍卓轩薄唇轻盈勾出笑意，"别闹了。"

尹小沫强忍怯意，覆唇纠缠住他。她的动作生涩毫无章法，却让他感到莫名的兴奋和冲动。似乎有轻微的快感从四肢百骸弥散开，内心深处的渴望越发地强烈。

伍卓轩低喘，气息凌乱，"小沫，你会后悔的。"

尹小沫匍匐在他胸口，笨拙地解着他的衬衣纽扣，以行动来表达她义无反顾的决心。

伍卓轩深不见底的黑瞳牢牢锁住她，扶住她肩膀的手在升温，越抓越紧。

这是一件名家设计的衣服，与别的衬衣搭扣不同，尹小沫解了半天，

Chapter 13
我会一直等

终于没了耐性,她呼着气,气结道:"真麻烦。"

她甩甩手,打算抽离,伍卓轩已不准备放过她,打横抱起她,压在沙发上,落下的深吻掠夺和侵略意味十足,"现在后悔已经来不及了。"

"谁后悔了?"尹小沫还嘴硬。

伍卓轩嗓音喑哑,"那最好。"他灼热的气息吞噬住她,良久,满足地叹息,"尹小沫,你在玩火自焚。"

尹小沫脸红如火,手无意识地掐住他结实精壮的腰。

伍卓轩全身一凛,吮吻而下,他的唇仿佛带着某种魔力,所到之处令她瞬间轻颤,T恤很快与身体分离,每一根神经,每一处肌肤都被他轻易点燃。尹小沫紧紧闭着双眼,承受着喧然涛浪,他的吻令她贪恋迷失。

伍卓轩的吻掠过她身体的每一寸肌肤,他耐心很好,一点一点地撩拨她的感官,在她内心深处烧起了一把火,她情不自禁地弓起身子,想要得更多。

伍卓轩极尽温柔地取悦她,一个男人深爱着一个女人所能表达的方式,他一一做遍,无一遗漏。

……

当清晨的第一道阳光照射进卧房,尹小沫就醒了。昨夜最后的记忆便是自己在极度的疲惫中沉睡过去,大概是伍卓轩抱她回的房。身边传来均匀的呼吸声,他似乎睡得很熟。尹小沫拥着被子下床,一动,伍卓轩便醒了,不动声色地将春色尽收眼底,然后从背后抱住她,"早安。"

他的嗓音带着浓浓的鼻音,性感得不得了,尹小沫莫名其妙地浑身一阵发烫。"早……早安。"她声音小小,有一丝慌乱。

伍卓轩倏然将她扳过身来,唇覆盖上她的樱唇,并且迅速加深了这个吻。

尹小沫嘤咛一声,她从一开始的被动承受转为热烈的回应,被环于腰间的手臂勾倒,伍卓轩修长的身体紧压而下,美好的清晨又是在床上度过了……

再次醒来,已近中午,尹小沫没办法动弹,因为伍卓轩以全然占有的姿态拥住她,她忍不住拿脚踢他,"起床了。"

伍卓轩睁眼，眼神迷离，"让我再睡会。"

"我饿了。"尹小沫说，肚子不争气地咕咕叫。

"那你先起。"伍卓轩撒娇，还学会了讨价还价。

尹小沫怎好意思就这么起身，她想了半天，不管了，她直接卷着被子下床，伍卓轩在身后叫唤："被子还我！"她根本不敢转身看，待手忙脚乱地缩在被子里套上衣服，才背对着他把被子扔上床。

其间，伍卓轩一直在笑。

尹小沫逃也似的奔进浴室，两腿微微发软。镜中人脸红扑扑的，眼睛水汪汪的，比往日添了一丝妩媚。她拍拍绯红面颊，眉目舒朗，心情好得不像话。

再回到卧室，伍卓轩已穿戴整齐，衣冠楚楚的时候和在床上时几乎判若两人，尹小沫坏心眼地腹诽：所谓衣冠禽兽，大抵如此。

"你在想什么？"伍卓轩了解她，脑中想的肯定是什么乱七八糟的东西。

尹小沫哪敢告诉他，第一招坚决不承认，"没想什么。"第二招转移话题，"你快去洗漱，再不去公司，罗秋秋就要杀过来了。"

"难得一天不去又何妨。"伍卓轩气定神闲道。

"不行，不行。"尹小沫可不能答应，伍卓轩这个工作狂，365天全年无休，他若是请假，罗秋秋第一个便会怀疑到她身上，她可负不起这个责任。

伍卓轩不置可否地耸了耸肩。

尹小沫简单炒了两个菜，"中午就随便一点了，晚上再给你做好吃的。"

"吃什么可以由我选择吗？"

"好啊，你想吃什么？"

伍卓轩暧昧的眼神投射过来，尹小沫知道上了他的当，恼羞成怒地扔下筷子，伍卓轩忙一把拽住她，不敢再逗弄她。

尹小沫下午出门买了些晚上要用的食材，然后坐着发呆。尽管伍卓轩安排了很多在荷兰的工作，她依然不想离开。但现在终日无所事事，也不符合她的个性。她没有花男人钱的习惯，也不想做家庭主妇，她得规划下往后的人生。

她有两个想法，第一，国内也有很好的学校可以深造。第二，找份专业对口的工作，也不算埋没她在画画上的天赋。

她咬着笔杆子想了半天，哪个都是不错的选择。要不问问许之然吧，征求下他的意见，省得他老说没拿他当大哥看待。

尹小沫拨通许之然的手机，许之然嗓音轻淡，"小沫，我正好也有事找你。但我一时走不开，你能不能过来一趟？"

"好的。"尹小沫正闲得发慌，满口答应。

秘书把她引到许之然的办公室，"许总正在开会，他交代了请你等他一会。"

尹小沫点点头。

秘书冲了杯咖啡给她，然后替她掩上门。

尹小沫玩了会手机，还接了郁莹的一个电话，她在新的单位站稳了脚跟，听说尹小沫已不在悦君杂志，就想拉她过去帮忙。尹小沫大喜过望，忙答应了下来。

"那你拿笔记一下地址，抽空过来让老总看一下，过个场。"郁莹笑着说，她很看好尹小沫，悦君没留住她，是他们的损失。

尹小沫在许之然的办公桌上找到纸笔，记下地址。"谢谢郁莹姐。"

郁莹笑呵呵的，"谢什么，你有实力我才会请你。期待你早日加入我们的团队，到时我们大干一场，做出一番成绩。"

尹小沫笑着收了线，郁莹真是及时雨，总在她最需要的时刻出现。她把笔放回原处的时候，意外地在桌上一大堆文件最下面露出的一个角上看到了自己的名字。她随手抽了出来，那是一只公文袋，右下角用铅笔极淡地写了尹小沫三个字。和她有关？尹小沫抑制不住好奇心，解开绕在袋口的丝线。

如果时光可以倒流，尹小沫一定不希望看到这份资料。

她捏在手中的一支圆珠笔重重掉在了地上。

与此同时，许之然推开了门。然后他看到尹小沫手中的文件，脸上骤然变色。

尹小沫手微微颤抖，脸色煞白，"大哥，你告诉我这不是真的。"

许之然默默。他名下有许多家公司，朋友多，人脉广，这份信息是他无意间得到的，由于赶着去开会，没来得及藏好，在开会时他已经想到可能会被尹小沫看到,急忙回来,却还是晚了一步。

"大哥,你告诉我。"尹小沫倏地抬头,满脸的震惊和不可思议。

许之然叹口气,没办法再隐瞒了,他组织了下语言,"小沫,我不想骗你,你看到的都是真的。"

尹小沫身体微晃了下,险些站不住。

资料显示,当年她父母所乘坐的旅游大客车由于避让一辆私家车才会撞到树上,最后伤重不治而亡。这些她都知道。但唯一没料到的,这辆私家车竟是伍卓轩父母所有。她浑身发抖,父母的猝然离世,是她心中永远的痛。哪怕过去那么多年,仍旧痛彻心扉。

"当时伍卓轩的父母就在这辆车上,如果不是及时避让,大客车便会撞上他们,同样会两败俱伤。而且他们并没有违章驾驶,完全是因为另一辆车逆向行驶还抢道才造成的事故。"许之然怕她钻牛角尖,急忙解释清楚。

尹小沫一言不发,脸上没有任何表情。

许之然握住她的双肩,"小沫,这事和伍卓轩没有关系,你不能迁怒他。"

尹小沫此刻脑袋轰轰作响,吵得她无法静下心来思考。

看她这样子,许之然心中悔恨交加。他之前并没有考虑好要不要把这事告诉尹小沫,在他心中不觉得这是件大不了的事。可能他觉得这不重要,这事和伍卓轩没关系,因为事不关己。孟晓璐很早就离开他,他和尹志也无交集,所以他可以轻描淡写地面对。但尹小沫不是这样认为的,她和父母感情深厚,尹志是最疼爱她的人,孟晓璐又是她最崇拜的人,当年的车祸对她的打击很大,她好不容易才熬过来,现在旧事重提,父母之死还间接同伍卓轩的家人有关,这让她怎么受得了。许之然一念之差,结果让尹小沫如此痛苦,他懊恼得要命。倪倩知晓这事以后,把他一顿臭骂,这是后话了。

明明才入秋,为何周身温度像是降到了冰点,尹小沫嘴唇哆嗦了下,双目酸涩难言。

"小沫,你别吓我。"许之然抱了抱她,发现她浑身冰凉。

尹小沫好不容易才能完整说出一句话,"我没事。"她心中的悲痛不仅仅是因为父母之死同伍卓轩家人有关,而且她害怕伍卓轩是由于愧疚才对她那么好。"大哥,"她泪流满面,"我心里很难受。"

Chapter 13
我会一直等

"是大哥不好。"许之然从未见她如此脆弱和悲伤过,她一直都是坚强面对人生的智者,是与他针锋相对寸步不让的小辣椒,是心地善良乐于助人的微笑天使,可今天在他面前哭得如此伤心。"都是我不好。"他恨不得抽自己几记耳光,只要能换回尹小沫的笑颜。

"大哥,这不怪你。"尹小沫抽噎着说。这世上哪有事可以瞒得滴水不漏,与其以后再知道真相痛苦更甚,倒不如现在就给她当头一棒。她脸色白得吓人,身体摇摇欲坠。许之然马上扶她到沙发坐下。"小沫,我陪你去看医生。"

尹小沫逞强道:"没有必要。"

"你这个样子让我怎么能放心?"许之然低叹。

"我休息下就好。"尹小沫虚弱地笑笑。

许之然命人送来一杯热水,强行塞进她手里。

身体好似暖和了一些,可心底依旧冰凉如铁。一颗晶莹的泪珠,悄无声息地滴落掌心。

许之然心疼极了,都是他惹的祸。要不是他让尹小沫来公司,又怎会出这种事。可他也是为了小沫好,他知道尹小沫不舍得同伍卓轩分离,便联系了好几家国内的名校。今天刚接到他们的电话,有意接纳她。文件资料同样摆放在桌上,还是很显眼的位置,尹小沫却没有瞧见。

尹小沫勉强挤出一丝笑容,"大哥,我真的没事。"

许之然轻抚她的头发,安慰的话一个字都说不出。

尹小沫又坐了一会,擦干净眼泪,"我先回去了。"

"我送你吧。"许之然如何放心让她独自走。

"我想一个人静一静。"尹小沫语调平静。

"那你到家给我电话。"

尹小沫答得干脆:"好。"她看了看许之然,"这份文件我想带走。"

许之然不知她要来何用,担心地望着她。

尹小沫当他同意了,直接塞进包里。

她神思恍惚地回到了家。又静静看了一遍文件,等时间差不多了,开始准备晚餐。切菜险些切到手,淘米洒了一大半,排骨忘了焯水,弄得一

229

团糟。到最后索性扔着不理了。她蹲坐在厨房小矮凳上，抱着膝盖，头痛欲裂。

伍卓轩开门进来，差点一脚踩到她。他吓了一跳，忙打开灯，"小沫，你不舒服吗？"他伸手探她的额头，尹小沫不动声色地避开。

厨房一片狼藉，伍卓轩笑了笑，"原来不想做饭闹脾气呢。放着，我来。"他撩起袖管，尹小沫低声说："还是我做吧，你休息。"她推他去客厅，眼神飘忽，伍卓轩感觉到了一丝异样。

尹小沫收拾心情，很快端出了三菜一汤。一样一样地摆上桌，把筷子递给伍卓轩时，他顺势捉住她的手，尹小沫挣扎，他不放。尹小沫咬着下唇，不说话，伍卓轩抱她坐到腿上，发现她颤抖得厉害。

"出了什么事？"伍卓轩抱紧了她，可她抖得愈发严重。

尹小沫很想心平气和地吃完这顿饭，再和他摊牌。可她不善于伪装，她的神色她的动作早就出卖了她。她指指沙发上的文件袋。

那些文字猝不及防地跳了出来，伍卓轩抿紧了嘴唇。

"你早就知道的是不是？"尹小沫问，神情专注而复杂。

"是。"伍卓轩低低地应了。当初他以为尹小沫为了父母之事才接近他，后来逐渐了解到她的真心，才明白误会了她。她压根不晓得这件事，她性子单纯，根本毫无心机。他不是没想过尹小沫终有一日会知道此事，也担心会令她左右为难，更害怕的是她就此放手，从此形同陌路。他不敢想象这一天，也完全无法接受。他想要找一个最好的时机坦白，只可惜天不遂人愿。

尹小沫的心狠狠往下一坠，他果然知道。那么，他所做的一切只是因为内疚，以及替他父母赎罪。尹小沫泪眼模糊，心头仿佛被细密的针尖扎过。

"小沫，你听我说。"伍卓轩急道。

尹小沫摇头，情绪低落，"什么都别说了。"

伍卓轩心口一窒，缓了缓才说："你父母的事我很抱歉，也无法弥补，可这是一场意外，谁都不想的。"

"我明白。"是的，她什么都明白。

"小沫。"伍卓轩想要吻去尹小沫脸上的泪水，她堪堪避过。他轻轻叹息，痛彻心扉。

Chapter 13
我会一直等

尹小沫眼中凝起水汽，她伸手想要抚平他眉间的褶皱，伍卓轩已狂热地吻下来，他的唇一遍遍碾压过她的，试图用热烈的温度驱散她冰冻的心。尹小沫想要挣脱，但浑身使不上力。她在他身下承受着狂风骤雨似的激情，终于不争气地呻吟出声。

结束之后，伍卓轩双手牢牢圈着她，贴着她耳边说："小沫，不要离开我。"

尹小沫闻言不由得一凛，她把他扣住的手解开，拾起地上凌乱的衣衫胡乱穿好，缓缓吐出几个字："我已经决定了要去鹿特丹。"

尽管伍卓轩一直支持她实现梦想，但她在这个时候做出这样的决定，意味着什么，他很清楚。他沉默不语。

尹小沫何尝不伤心难过，可她接受不了这件事，她如今唯一能做的便是逃离。

伍卓轩闭了闭眼，再度睁眼时，他语气平缓，"你去吧。"他背过身，没让她看到眼中的悲怆和不舍，"我会等你。等你整理好自己的心情，等你实现了自己的梦想。你要记住，我一直在这里等你。"

眼睛酸涩无比，尹小沫却固执地不肯让眼泪落下来，她走过去从身后给了他一个长长的拥抱，她在心底说出那从未出口的三个字：伍卓轩，我爱你。

尾声 我愿意

三年后。

同住的室友徐洁最近迷上了一部国产古装偶像剧，每天晚上七点准时守在电视机前，一集不落。这一天，她茫然地从电视机前抬起头，看了眼在旁边书桌上写东西的尹小沫，"小沫，小沫。"

她又叫了一遍，尹小沫才有回应。她就是有这样的本事，任凭周围喧闹嘈杂，她丝毫不受影响。"什么事？"

"这个女演员和你长得很像。"徐洁又仔仔细细打量了她一番，"好像比你略微胖一些，但五官眉眼几乎一样。"她把尹小沫拖到电视机前，"你自己看。"

尹小沫一怔，原来现在播出的正是三年前她出演女三号的那部剧。可她不想解释，敷衍道："相貌相似也是有的。"

"可演员表里的名字也是尹小沫。"徐洁狐疑道。

"巧合也是有的。"尹小沫不想再多说，拍了拍徐洁的肩膀，"我还有工作没完成，你自己看吧。"

徐洁"哦"了一声，继续看去了。

尹小沫的心思却再也转不回去。这部剧对她和伍卓轩来说，其实有着非比寻常的意义，因为这是他二人的定情之作。她幽幽叹着气，一闪而逝的，是脸上淡淡的哀伤。

一晃，她离开伍卓轩快三年了。距离当初的三年之约还不到两个月。他的话言犹在耳，可他们却已咫尺天涯。

尾声
我愿意

三年来他们一直没有联系，无论电话短信邮件还是微博，都没有。

但这不妨碍他的行踪——传到她耳中。

她知道他来了鹿特丹拍杂志，引起骚动。

她知道他参加时装周，引领了新潮流。

她知道他尽心尽力地宣传每一部剧，在荷兰中文台创下最高收视率。

她知道并不爱足球的他，有空还会飞过来观赏荷兰足球甲级联赛。

……

他只是想要离她更近一些。

他只是想要和她共处同一片天空下。

他只是想要与她呼吸相同的气息。

他只是想要能够在鹿特丹的某一处街头同她偶遇，微笑地道一声"好久不见。"

……

可是，她都没有出现。

她怕一见面，就会再也忍受不住相思之苦，立刻投入他的怀抱。

她怕一见面，建筑了许久的防线就会崩塌陷落。

她怕一见面，她会完全放下尊严，放弃自我，放弃所有梦想。

她怕一见面，就会想起父母的车祸与他家人有关，而他对她只是一份不能推卸的责任。

……

梁冰有时会给她打来长途电话，苦口婆心地劝她："这么久了，还不能放下吗？"

许之然也会告诉她："你知道吗，伍卓轩在你母校成立了一项奖学金，叫沫轩基金，你还不能明白他的心意吗？"

倪倩更是直截了当地说："我上次帮你整理房间，找到一个iPad mini，打开页面是首藏头诗，我念给你听，'尹家眉宇正青春，小蕊大花气淑贞。沫思乐事年年增，我观自古贤达人。爱子杨花踏青草，你来试拟观国宾。'你别告诉我你不懂。"

曹子怡给她QQ留言，"我和范藩都能和好如初，你们之间还有什么跨不过去的槛？"

所有人都比她通透,她为何还要执迷不悟地坚守下去。

尹小沫不知道。她总是患得患失。

梁冰在几天后再次打来电话,尹小沫正在对一幅参赛作品进行最后的加工。她笑着说:"快点说,长途话费很贵的。"

"伍卓轩要开演唱会了。"

尹小沫淡淡道:"哦。"

"就在一个月后。"

"哦。"尹小沫语气平和。

"你生日那天。"

尹小沫眼皮跳了下,"嗯?"

"他前些日子检查身体,医生说他过度劳累,不注意休息,饮食不规律,对嗓子造成很大损伤,又因为没有对症下药,引起后遗症,有可能会失声。"

"失声?"尹小沫平淡的语调终于起了波澜。

梁冰停顿片刻,"是的,所以他这场演唱会是为你而开,他说他欠你一个承诺。"

他曾说过会为她唱一首只属于她的歌。没想到间隔了三年,他还记得。

梁冰问:"小沫,你会回来吗?"

尹小沫咬住了下唇,良久才说:"那天我有很重要的比赛,不能回来。"

梁冰叹气,"小沫,这可能是他最后一次演唱了。"

尹小沫默然。

"他的演艺生涯也许就此终结。"

尹小沫继续沉默。

梁冰喟叹,"真的不行?"

"这次比赛对我真的很重要,放弃的话,我这三年就白辛苦了。"尹小沫低声说,情绪不明。

梁冰长长叹出一口气,"不管你来还是不来,演唱会将如期举行,你自己考虑吧。"说完,便挂了电话。

尹小沫拿着话筒发了好一会儿的呆,直到徐洁用手在她眼前轻晃,

尾声
我愿意

"小沫，你还要用电话吗？"

"不好意思，你用吧。"尹小沫抱歉道。

"你有心事？"

"没有。"

徐洁笑笑，"旁观者清，当局者迷。"

她并不了解内情，却同样能一针见血。尹小沫望着她，一阵惘然。

"Hello，尹，你有心事？"

这是今天第二次有人这么问尹小沫，那是她的导师Michael。

尹小沫摇摇头，又点点头。

"说来听听。"Michael是个风趣幽默的中年人，离异单身，对尹小沫关照有加。

尹小沫想了想，"Michael，我遇到了两难的选择。我想参赛，也想回国。"

"你的国家有你放不下的人或事？"

尹小沫没料到他看得如此透彻，一时不知该如何接话。

Michael笑了笑，"你很有灵气，我对你的作品一直都很满意。我希望你能更上一层楼，不要就此止步不前。这次的比赛是个很好的机会，你好好把握。如果不是太重要的事就先放一放吧。"

"如果很重要呢？"尹小沫思绪有些混乱，讲电话时她尚能保持平心静气，但梁冰的话其实还是震到她了。

"那就要看在你心中哪个比较要紧了。"Michael深沉的眼仿佛能洞察一切。

何其熟悉的话，当初曹子怡也这么问过她。她是怎么回答来着的？她说：当然是伍卓轩比较重要。时至今日，答案依然没有改变。她怎么可能在伍卓轩面临失声的境遇下，不闻不问，不管不顾，她做不到。

Michael注视她闪动光芒的眼，"看来你已经有答案了。"

尹小沫坚定颔首。

Michael笑笑，"尹，放手去做你认为对的事吧，你的画作我会代你交上去的。"

"谢谢你。"

Michael眼中带着笑意,他很洒脱,哪怕他对尹小沫极有好感,也不会在明知她心已被占据的情况下强行留下她。他祝愿她幸福。

尹小沫赶了几个通宵,终于完成画作。又因为由Michael代为参赛,手续有些复杂,折腾掉好几天。后来签证出现问题,又浪费了几日。买机票又赶上假期回国潮,她托了许多关系,终于买到演唱会前一天的机票,如无意外,能刚好在演唱会开始前赶到。

但人算不如天算。鹿特丹恰逢百年难遇的特大暴雨,尹小沫在机场滞留了好几个小时,才盼到登机。

伍卓轩演唱会如期开唱。

他扫视了眼观众席第一排正中的位置,空空如也,不是不失望的。

但这并不会影响他的演唱,无论尹小沫在或者不在场,今天都是送给她的礼物。

演唱会到中间阶段,伍卓轩突然举着话筒说:"我要特别感激一个人,一直以来,她的鼓励给了我前进的动力,今天是她的生日,你们能不能跟我一起大声喊她的名字?"

"能。"底下喊声震耳欲聋。

"尹小沫,我们彼此都要加油。"伍卓轩说。

"尹小沫。"台下粉丝沸腾了。

"我喊Fighting,你们就叫她的名字好不好?"伍卓轩喊。

"好!"

虽然你不能和我站在同一个舞台,但我要让别人都知道,你在我心中的地位独一无二。伍卓轩黑眸深幽,欲语还休。

伍卓轩大声道:"Fighting。"

"尹小沫。"

"Fighting。"

"尹小沫。"

"Fighting。"

"尹小沫。"

尾声
我愿意

粉丝的力量是惊人的，感觉舞台上方的天花板也要被这阵阵喊声击穿了。

伍卓轩做了手势，大伙顿时安静下来。

"下面，我想唱一首歌，这首歌是专门为她而唱的。"伍卓轩眸光好似水波一般隐隐有荧光闪烁，"小沫，你告诉我，开心是要拿伤心换的，微笑，是要拿眼泪换的，成长，是要拿伤痕换的，成功，是要拿牺牲换的。我希望开心的时候，和你一起分享。微笑的时候，看到你更加动人的笑颜。成功的时候，有你见证。我要你一直陪伴在我身边直到永远。"

……
这个声音just for you，
你若听到，那样就足够了，
就算是要与全世界为敌，
I sing for you。
没有必要去怀疑，
有些笨拙也说不定，
只要能够传递给你。
我会一直歌唱下去，
直到枯竭声音，
I'm gonna sing for you, that's who I am.
……

台下掌声雷动，尖叫声不绝于耳。

一名穿浅色上衣，简单牛仔裤的纤细女子，站在最后一排听得泪流满面，不能自已。

尹小沫终于在最后一刻赶到。

听到了伍卓轩爱的告白。

她以为会错过演唱会，还好，三年了，S市的出租车师傅依然给力，带着她穿过大街小巷，将她送达幸福的彼岸。

梁冰不知何时来到她身边，变戏法似的拿出一大束红郁金香，"去献花吧。"

237

尹小沫抹干眼泪，微笑着接过，从容地一步一步走向舞台。

远远的，伍卓轩就瞧见了她的身影。

这一刻，他已等待了太久。

他面含笑意，迎接他心爱的女子。

尹小沫跨上舞台，把红郁金香递给他。

粉丝纷纷起哄，"抱一个，抱一个。"

尹小沫脸微醺。

伍卓轩笑言，"我从不会让你们失望。"他倾身抱住她，附耳道："欢迎回来。"

尹小沫还来不及表示，他的第二句话轻飘飘地丢下，"你又把我的裤子弄湿了。"

"什么？"尹小沫先惊诧后脸红，再一看，原来是花的营养液漏了出来，将他的裤子洇湿了一小块。

"你总是弄湿我的裤子。"伍卓轩喃喃道。

"哪有。"尘封已久的记忆被打开，仿似又回到了初初相识那会。

"你要赔我。"伍卓轩撒娇。

尹小沫爽快地答应："好，分期付款。"

"一言为定。"

尹小沫笑，这次的分期付款，她打算用一辈子来还。

演唱会结束以后，伍卓轩拉着尹小沫从贵宾通道直达主办方为他准备的总统套房。门一关上，他炽热的吻就密密麻麻落下来。刻意压抑了那么久，终于得到了释放。伍卓轩在尹小沫唇上吻得缠绵渴切。

手机响起。

伍卓轩不情愿地接通电话，口气不那么和善，"喂。"

梁冰在那一头叫："你在哪呢，庆功宴一堆人等着你。"

尹小沫扯扯他衣服，"你还不去。"

"这时候，庆功宴算什么。"伍卓轩挂了电话，手机关机，随手扔到一边。手一勾，把尹小沫拉入怀里，用热烈的吻攻城略地。

伍卓轩加深了这个吻，一派旖旎春宵，尽在不言中。

番外

爱的小插曲之关于弱点

某一次伍卓轩参加一档电视节目的录制,主持人笑吟吟地问:"你在影视歌三方面均有建树,现在自己做制片人,开发游戏,也办得有声有色,你这样完美,我很好奇,你有什么弱点吗?"

伍卓轩歪着脑袋,仔细思索了下,眼神温柔明媚,"薄荷柠檬茶,这个绝对不行啊,碰到就立马败下阵来。"

"啊?"主持人愕然。

伍卓轩却不肯再往下说,只是一个劲地笑。

第二天各种报纸杂志娱乐版头条:当红偶像不能喝薄荷柠檬茶?

尹小沫路过报刊亭时听见有小女孩在讨论,就好奇地买了一本回来,然后一脸黑线。她想了半天,噘着嘴把微博名字改成了薄荷绿茶。

过了几天,伍卓轩再度接受采访时说:"最近我接到很多粉丝来信来电,纷纷质疑我怎么能够害怕薄荷柠檬茶呢,于是我努力去克服了,结果又发现了一个弱点,薄荷绿茶。"

尹小沫大窘,继续改名。

又过了几天，伍卓轩主动在一次活动中公开声明，表情深沉，"各位粉丝，实在不好意思，最终我发现柠檬茶、绿茶什么的都好，我只是对薄荷无力，无法抵抗。"

尹小沫彻底无言了。

爱的小插曲之关于咖啡

伍卓轩嗜咖啡，众所周知。在还没有尹小沫管着他时，一天七杯雷打不动。

尹小沫做他助理的时候，规定一天最多只能喝一杯。两人结婚后，尹小沫更是严格控制，一个礼拜都不一定能喝上一回。

伍卓轩馋了，就背着尹小沫，偷偷让新任助理帮他去买咖啡。

谁料新助理小叶和尹小沫关系极好，买是买来了，但状也告过去了。

晚上伍卓轩回到家，尹小沫就开始数落他："咖啡会导致骨质疏松的你知不知道？"

伍卓轩嬉皮笑脸地任她发泄。

尹小沫怒气冲冲："咖啡喝多了对胃对心脏都不好！"

伍卓轩虚心接受："是的是的。"

"多喝咖啡会危害膀胱，影响肾功能的，你明不明白？"尹小沫冷着脸说。

"肾功能？"伍卓轩眨眨眼。

"对！"

伍卓轩扣住她白皙的下颌，出其不意地俯身深深吻下去，口齿模糊不清："那我们现在就试试。"

"试什么啊！"尹小沫的话湮灭在他充满柔情的爱抚中。

爱的小插曲之关于吃醋

尹小沫最近迷上了韩国的一个小帅哥组合，很巧的是他们要来国内开演唱会，第一站便是S市。她心动了，想要去看。

这事被伍卓轩知道了，他不动声色，晚上问她："你是不是想要去看××的演唱会？"

尹小沫有些心虚，低眉敛目，极轻地点一下头。

"票买了吗？"伍卓轩温柔地说。

"还没，据说很难买。"

伍卓轩柔声道："要不要我让天宇帮你弄张位置好点的票？"

尹小沫惊喜抬头，"你不反对我去吗？"

"为什么要反对？"伍卓轩揉着她的秀发。

尹小沫嗫嚅，"我怕你吃醋嘛。"

"我是这样的人吗！"伍卓轩佯怒。

呃，不是吗。尹小沫嘴角忍不住抽搐了下。

伍卓轩很贴心地说："这样好了，到时我开车送你去。"

尹小沫有点不敢相信地看着他，他何时那么好心了。

伍卓轩笑眯眯的，"我还可以帮你排队买周边。"

尹小沫："……"

伍卓轩抱住她，附耳说，"需要我帮你做应援扇吗？"

尹小沫："……"他真的没问题吗？

伍卓轩又握住她的手，细数需要准备的东西，"场刊啊，毛巾啊，手牌啊，文具套装啊，杯子啊，拖鞋啊……够不够？"

尹小沫忍不住去探他额头，没发烧吧。

"我说的是真的，只要你高兴。"伍卓轩紧握她的手放在嘴边印上一吻。

尹小沫很感动。

"对了，那几个人长得挺帅吧？"伍卓轩状似不经意地一问。

尹小沫果然上当，"嗯嗯，当然，每个都很帅气，活力四射，青春逼人，呃……"

伍卓轩的唇贴上她耳后娇嫩的肌肤，"比我还帅？嗯？"

"没……怎么可能……"尹小沫呼吸不稳。

伍卓轩含住她小巧的耳垂，语带诱惑，"那你喜欢他们还是喜欢我多一点？"

尹小沫痒得不行，声音发颤，"当然……当然是你。"她连连求饶。

……

演唱会那天，尹小沫打扮得漂漂亮亮准备出门。

伍卓轩提早回到家，"怎么不等我，说好了要送你的。"

"我以为你忙嘛，早忘了这事。"尹小沫脸上笑意盈盈，门票是伍卓轩帮她买的最好的位置，还坚持送她过去，她心里早乐开了花。

伍卓轩抚她的脸，"怎么会，答应你的事必须做到。我去换件衣服，马上就好。"

"好。"

尹小沫等了很久，伍卓轩一直在浴室没出来。她担心地走过去，伍卓轩探出半个脑袋，"老婆，我忘了拿衣服。"尹小沫失笑，早可以叫她帮忙了，老夫老妻了还不好意思吗。她选了件相对休闲的上衣递到门口，"衣服来了。"

伍卓轩伸手拿衣服的同时把她也拽了进去。

浴室里雾气腾腾，尹小沫一下迷了双眼。

伍卓轩把她抵在墙上，堵住了她的嘴唇。

尹小沫眩晕着，完全招架不住他的热情，只能徒劳地说："别弄皱我的衣服。"

"老婆，专心一点。"伍卓轩激烈缠绵的深吻成功将她的抗议声封在了喉间。

等尹小沫彻底清醒，已经是第二天清晨。对于错过演唱会，她很遗憾，只怪自己定力不够，抗拒不了伍卓轩的男色诱惑。

很久很久她同伍卓轩说起这件事，伍卓轩顾左右而言他的不自然的态度，她才终于想明白，这是他故意的吧。

这醋劲可够大的！

爱的小插曲之关于生孩子

尹小沫很喜欢小孩子，婚后也想尽快生儿育女。

但努力了半年，似乎还没成效。某次亲热以后她不禁开起了伍卓轩的玩笑，"喂，怎么一直没动静，是不是你不行啊！"

伍卓轩似笑非笑，黑眸更深了几分，"可能是不太行，所以得加倍努力。"

继续——

尹小沫搬起石头砸自己的脚。

没想到尹小沫要么不怀，一怀就是双胞胎，可把两人都乐坏了。伍卓轩更是把她当重点保护对象一样地看管起来。

尹小沫嘴上嫌弃他管得多，心里美滋滋的。

十月怀胎，尹小沫生下一对双胞胎女儿。一般初为人母，都是满心喜悦，第一句话是"快抱来给我看看"。尹小沫却颇有些哀怨，嘟着嘴说："伍卓轩，你上辈子的情人真多！"

伍卓轩："……"

第二句话则是："痛死我了，我再也不要生了。"

伍卓轩满口答应，"嗯嗯，咱们再也不生了。"

尹小沫怒目而视，"再有下次，你替我生！"

伍卓轩笑："好好。"

——全文完——